本科规划教材

英汉诗歌
比较与鉴赏

YINGHAN SHIGE
BIJIAO YU JIANSHANG

主　编　李冬青

副主编　彭　焱

电子科技大学出版社
University of Electronic Science and Technology of China Press

·成都·

图书在版编目（CIP）数据

英汉诗歌比较与鉴赏 / 李冬青主编. -- 成都：
电子科技大学出版社,2020.10
ISBN 978-7-5647-8351-8

Ⅰ.①中… Ⅱ.①李… Ⅲ.①英语诗歌 – 诗歌欣赏②
诗歌欣赏 – 中国 Ⅳ.①I106.2

中国版本图书馆 CIP 数据核字（2020）第 188929 号

英 汉 诗 歌 比 较 与 鉴 赏
YINGHAN SHIGE BIJIAO YU JIANSHANG

李冬青　主　编
彭　焱　副主编

策划编辑　谢晓辉
责任编辑　刘　凡

出版发行　电子科技大学出版社
　　　　　成都市一环路东一段159号电子信息产业大厦九楼　邮编 610051
主　　页　www.uestcp.com.cn
服务电话　028-83203399
邮购电话　028-83201495

印　　刷　成都市火炬印务有限公司
成品尺寸　170mm×240mm
印　　张　16.5
字　　数　400千字
版　　次　2020年10月第1版
印　　次　2020年10月第1次印刷
书　　号　ISBN 978-7-5647-8351-8
定　　价　56.00元

　　撰写本教材的初衷，是为电子科技大学"人类文明经典"课程编写配套教材。2006年笔者曾为学校非英语专业学生开设"英语诗歌赏析"，当时是作为"大学英语"选修课程，以全英文授课，所选诗歌也全为英美诗歌中的经典名篇。课程结束后，学生反响极好，但有学生提出，课程所选英语诗歌都很精彩，令人陶醉，不过毕竟英语不是他们的母语，课后能够记得的不多，如果能够在课程中加入一些中文诗歌进行比较分析就好了。学生的建议颇有道理。毕竟，中国是诗歌的国度，大部分学生从牙牙学语就开始接触中国诗歌，中国诗歌早就已经浸入他们的血液。笔者也计划在授课中加入一些中文诗歌，奈何后来学院进行课程调整，包括"英语诗歌赏析"在内的很多选修课被取消。

　　十年之后也就是2016年，学校为配合"本科精英人才培养计划"，培养学生"新四会"能力和人文素养，为2016级新生开设"人类文明经典"课程。教师可根据自己的兴趣和专长，自行选取与人文社会科学相关的话题，为学生授课8次。课程以文学、史学、哲学、政治学、经济学以及社会学等方面为核心，力图挖掘理科学生的人文潜质，培养学生的领导力，提升学生的人文素养，锻炼学生的思辨能力、思想能力和语言表达能力。在教学形式上，学生在老师引导下大量阅读人类文明经典论著，在课堂上进行深入讨论，并在教师辅导下写出有一定水平的论文作为结课成果。本人选取了"中英文诗歌比较与赏析"这一课题，并根据学校要求，着手编写一本适合该课程的教材。

　　目前，市面上有关诗歌的优秀教材已然不少，但暂未发现适合笔者所开设课程的教材，这是因为：（1）这些教材大多数面对英语专业学生，对非英语专业学生有一定难度。（2）这些教材一般只讲解英文诗歌，没有中文诗歌。（3）部分诗歌教材只是诗歌的简单罗列，没有对这些诗歌进行赏析讲解。

针对上述问题，本教材在参考已有教材的基础上做了些改变，具有以下特点。

（1）将中、英文诗歌进行对比阅读与鉴赏。在全球化日益加深、中外文化交流越来越频繁的今天，我们需要培养学生的国际化视野及跨文化交流能力，更要培养他们兼济天下的"人类情怀"。世界上各个国家、各个地区和各个民族的文化，都是整个人类社会宝贵精神财富和文明成果的重要组成部分。只了解中国文化或者只了解西方文化都是片面的，对于诗歌而言同样如此。

（2）"授人以鱼"，且"授人以渔"。除了精选超过140首经典中英文诗歌进行赏析讲解之外，本教材也试图教会读者"打鱼"本领：通过介绍诗歌基础知识，让原本对诗歌不感兴趣或者欠缺基础的读者能够掌握诗歌鉴赏的必备常识；每个章节都有"课前讨论"题目，可以引导学生在大量阅读的基础上深入思考，培养他们的批判性思维；每个章节末尾都有"思考与练习"，让读者在理解章节内容的基础上，逐渐学会去欣赏诗歌，对本校学生而言，他们还需在结课时写一篇形式完整、有自己见解的学术论文。这也正是电子科技大学所提倡的不同于传统"听说读写"的"新四会"能力："会听"，即要能听得懂别人说话，要有精神的会意、情感的互动；"会说"，即能够快速整理自己的思路并通过恰当的方式进行表达；"会读"，即在海量信息背景下学会精读，形成自己系统的认知能力；"会写"，即是一种理性整理、逻辑梳理、观点推敲的能力。归根结底，"新四会"要求学生们有科学的思辨能力和较强的口头/书面表达能力。

（3）为诗歌配上简单赏析文字。考虑到部分读者中英文水平有限，我们对大部分诗歌配上了简单的、与章节内容密切相关的赏析文字。当然，诗无达诂，对诗歌的理解自然是见仁见智，限于篇幅，笔者也并非对每首诗歌进行详细解析，赏析内容一般也仅限于与该章节内容相关，而非面面俱到，主要目的是通过这些简单赏析引导学生思考，最终让他们学会独立鉴赏诗歌的能力。

电子科技大学"人类文明经典"每门课程仅上8周，因此本教材按照八个单元撰写。每门课程都需要学生进行大量课外阅读与讨论，所以本教材虽然看上去每个章节内容较多，在把部分内容布置给学生课外阅读之后，教师是能够在八周之内完成所有教学内容的。当然，如果需要，也可以把每章的上课时间扩展至两周或者三周。

作为教材，本教材尽量还原课堂上的实际情况，设计有一些"课前讨论"问题和"思考与练习"题。另外，由于本教材定位于对诗歌感兴趣，但是缺乏专业训练的读者，因此后面也附上诗歌基础术语及重要诗人简介，供读者参考。

在本书编写过程中，笔者阅读了一些已有诗歌教材（专著）并从中吸取营养，也参考了一些学者的研究成果，已在脚注及参考文献中注明；著名青年诗人元传青特意给我寄来20本她最新出版的诗集《喊》，托我赠送给喜欢诗歌的青年学生；元传青与著名双语诗人桂清扬教授授权本教材使用他们新近创作的一些诗歌；在教材出版过程中，电子科技大学出版社谢晓辉编辑多次与笔者讨论教材的内容及设计，对她的感谢难以言表；我的研究生薛话雨和张宁校对了书稿全文。谨向以上人员致以诚挚谢意！

由于时间仓促，加之笔者水平有限，不足之处在所难免，恳请广大读者批评指正，在此先致谢意！

李冬青
2020年9月

目录
Contents

第 1 章　腹有诗书气自华：为什么要学习诗歌

课前讨论

（1）阅读电影《死亡诗社》中的台词，谈谈你对诗歌的看法。

"我们读诗写诗，并不是因为它好玩。我们读诗写诗是因为我们是人类的一分子，而人类是充满激情的。没错，医学、法律、商业、工程，这些都是崇高的追求，足以支撑人的一生。但诗歌、美丽、浪漫、爱情……这些才是我们生活的意义。"

（2）余秋雨说："从根本上说，文学首先不是一种职业，而是一种素质。"你认为文学是一种职业，还是一种素质？

1.1　从"山川异域，风月同天"谈起

2020年，我们与一场前所未有的疫情不期而遇。疫情无情，在全国上下抗疫防疫期间，除了"隔离""最美逆行者"等，让我们感动的还有日本援华物资包装上印刷的那一句句诗歌。请大家先看一则新华社的报道。

新华社济南2月12日电（记者魏圣曜、萧海川） 新冠肺炎疫情发生以来，不少国家向中国伸出援手，既有物质支持，也有精神鼓励。其中，在日本有关组织、友好城市捐助中国的物资包装上，印有含意隽永的偈子、诗句，引发中国网民共鸣。

其中，日本汉语水平考试HSK事务局支援湖北高校的物资纸箱上印有一

句话——"山川异域　风月同天";日本舞鹤市向友好城市大连捐出的物资上也印着一句诗"青山一道同云雨,明月何曾是两乡";日本东京都知事小池百合子也在接受媒体采访时公开表示要给中国提供10万套防护服,采访中她还用纸板展示成语"雪中送炭"。①

看到这些诗歌,中国网民被日本人民的深情厚谊深深感动了。曾几何时,日本在部分网友眼里一直是"恶邻",但是,这次疫情日本人民的表现,表明中日两国的民间友善力量始终会在对方遇到困难时伸出援手,提供力所能及的帮助。

"山川异域,风月同天"这两句诗歌,其实并非中国诗人所写。这是唐朝时日本政治家长屋王创作的一首诗。诗见《全唐诗》第732卷。

绣袈裟衣缘

日本·长屋王

山川异域,
风月同天。
寄诸佛子,
共结来缘。

长屋王(约684—729年)是日本奈良时代的皇族、公卿,是当时日本政界的重量级人物。他崇敬佛法,曾造袈裟1000件送给中国僧人,袈裟边缘所绣,正是上面的诗歌。《全唐诗》原诗有注释:

"明皇时,长屋尝造千袈裟,绣偈于衣缘,来施中华。真公因泛海至彼国传法焉。"

这个注释清楚表明,唐代高僧鉴真东渡正是因为被长屋王行为所感动,他不畏艰险,东渡日本传播佛法,讲授佛学理论,传播博大精深的中国文化,促进了日本佛学、医学、建筑和雕塑水平的提高,受到中日人民和佛学界的尊敬。

日本舞鹤市向友好城市大连捐赠物资上所印制的诗歌"青山一道同云雨,明月何曾是两乡"实际上是唐代诗人王昌龄的著名诗句,原诗如下:

---

① "山川异域风月同天"折射中日历史文化纽带 [EB/OL]. http://japan.people.com.cn/n1/2020/0214/c35421-31586779.html,2020-02-14.

送柴侍御

唐·王昌龄

沅水通波接武冈，
送君不觉有离伤。
青山一道同云雨，
明月何曾是两乡。

译诗　Translation

沅江的波浪连接着武冈，
送你不觉得有离别的伤感。
你我一路相连的青山共沐风雨，
同顶一轮明月又何曾身处两地呢？

这首诗歌表现了中日两国人民虽然异地相隔但"云雨相同、明月共睹"的共情和宽慰，在疫情期间，很多人感受到绝望，无助的时候，这样的诗歌，无疑像一股暖流，温暖了中日两国人民的心灵。在网络上，很多网友也是对日本的这一暖心举动赞不绝口。且看网络上对此事的一些评论。

大象公会：在韩国、朝鲜、越南淡化汉字教育的今天，中国古诗文在日本的基础教育仍有一席之地。我们因"山川异域，风月同天"而感动，不在于究竟谁会背什么诗，而在于穿透历史迷雾的血脉相连，在于寥寥数语所激荡起的心灵共鸣。无论是基础教育还是高等教育，除了学科所达到的高度，人文关怀也是不可欠缺的。许多人因"山川异域，风月同天"而感慨，并非由于我们知道的太少，而是由于有些人淡忘了诗情背后的温度。①

光明网：诗终究是诗，标语也终究是标语，只是背后的思维模式与文明感，更发人深省。这种文明感，是对法治的信仰，与同胞的共情，对个体权利的尊重。文明是精致的，不能在防疫的旗号下，对复杂的社会活动以"一刀切"的办法粗糙应付。文明就有它的体面。就像在刻不容缓的援助中，并不妨碍写上一句"青山一道同云雨，明月何曾是两乡"，事态紧急，但善意、体谅、同情也不是就无处安放了。②

---

① 极客大白. 山川异域，风月同天——诗词带来的温情与反思[EB/OL]. https://www.jianshu.com/p/6dd199c83e89，2020-03-03.

② 光明网评论员. 疫情当前，怎么火了一句唐诗[EB/OL]. http://guancha.gmw.cn/2020-02/12/content_33548295.htm, 2020-02-12.

除此之外，日本驰援武汉的应急物资包装上印着"岂曰无衣，与子同裳"。这首诗歌来自《诗经·秦风》。

诗经·秦风·无衣

先秦·佚名

岂曰无衣？与子同袍。王于兴师，修我戈矛。与子同仇！

岂曰无衣？与子同泽。王于兴师，修我矛戟。与子偕作！

岂曰无衣？与子同裳。王于兴师，修我甲兵。与子偕行！

【注释】

袍：长衣。行军者日以当衣，夜以当被。就是今之披风，或名斗篷。后常以"同袍"喻友爱之情。

王：指秦王，一说指周天子。

于：语气助词。

戈、矛：都是长柄的兵器，戈平头而旁有枝，矛头尖锐。

与子同仇：你的仇敌就是我的仇敌。

泽：同"襗"，内衣，指今之汗衫。

戟：兵器名。古戟形似戈，具横直两锋。

作：起。

裳：下衣，此指战裙。

甲兵：铠甲与兵器。

译诗 Translation

怎能说你无衣裳？我的长衣可共享。大王起兵打敌人，整理戈矛上战场。你我仇敌皆一样。

怎能说你无衣裳？我的汗衫可共享。大王起兵打敌人，整理矛戟上战场。一起出发去打仗！

怎能说你无衣裳？我的战裙可共享。大王起兵打敌人，整理甲兵上战场。你我一起往前闯！

(李冬青 译)

这是一首秦国的军歌，全诗分为三章，每章五句，三章的意思基本相同，运用《诗经》中典型的重章叠句的形式逐层推进，表现了战士之间亲密无间、共御外敌的豪迈气概。后世常用"同袍"指战友、兄弟，即来源于此。

以上这些诗歌都非常准确地表明了中日两国人民希望世代友好的良好祝愿，这实际上是对习近平所提出的"人类命运共同体"的文艺表达。全球化已经让各国贸易和产业链深度融合，人类早已是"你中有我、我中有你""一荣俱荣、一损俱损"的命运共同体，疫情之下没有哪个国家、哪个个人可以独善其身。国际社会比以往任何时候都更需要团结合作。世界各国只有携起手来、互帮互助，才能战胜疫情；人类社会只有"同气连枝"，才能"共盼春来"。

当然，抗疫期间，我们也有很多自己的硬核标语，比如，"串门就是互相残杀，聚会就是自寻短见"。这些标语"乡土味"十足，在特定时期，对特定人群，这些硬核标语也确实达到了宣传抗疫的目的。但是，很多人认为，日本的这些来源于唐诗的"标语"更加优美，更加具有人情味。光明网如此评论：

"这并不是说'青山一道同云雨，明月何曾是两乡'就一定比'武汉加油'高级，后者的简洁明快、易背好懂，可以在短时间起到凝聚人心的效果。只是一句唐诗，让不少人在铺天盖地的所谓'硬核'的口号中，看到了一种文明感。这种文明感，在乎语言的体面、情感的深刻、行为的得体；这种文明感，又恰是疫情发展到当下，急需强调之事。"

上述例子清楚表明，诗歌在关键时候能够凝聚人心，也能够让人感受到语言之美，让我们更加容易接受其传达的信息。

1.2 不学诗，无以言——诗歌的重要作用

上面几个例子生动地说明了诗歌在抗疫期间的巨大作用。中国是一个诗的国度，诗歌历史源远流长，第一部诗歌总集《诗经》至今已经有2000多年的历史；中国历朝历代产出了大量优秀的诗词作品，如《诗经》《楚辞》《汉乐府诗集》、唐诗、宋词、元曲等；中国历史上的杰出诗人更是数不胜数，从高高在上的帝王到无名无姓的妇孺，都用诗歌表达自己对生活的感受。林语堂认为，诗歌是中国人的"宗教"；著名导演陈凯歌则说，"中国人的一切经验和信息都藏在唐诗里"。因此，诗歌在中国人的日常生活中起着非常重要的作用。

首先，诗歌能够提升个人的素质。中国古代贤人孔子很早就认识到了诗歌的作用，说"不学诗，无以言"。

陈亢问于伯鱼曰:"子亦有异闻乎?"对曰:"未也。尝独立,鲤趋而过庭。曰:'学《诗》乎?'对曰:'未也。''不学《诗》,无以言。'鲤退而学《诗》。他日,又独立,鲤趋而过庭。曰:'学《礼》乎?'对曰:'未也。''不学《礼》,无以立。'鲤退而学礼。闻斯二者。"

陈亢退而喜曰:"问一得三:闻《诗》,闻《礼》,又闻君子之远其子也。"

译文 Translation

陈亢向伯鱼问道:"你听到什么不同于我们的教导吗?"伯鱼恭敬地回答:"没有。他曾经有一次独自站在庭中,我小跑经过庭院,他说:'学诗了吗?'我恭敬地回答:'没有。'他说:'不学诗,没法说话。'我下来就学诗。另外一天,他又独自站在院中,我又小跑经过庭院,他说:'学礼了吗?'我恭敬地回答:'没有。'他说:'不学礼,没法立身。'我下来就学礼。就教了这两件事。"陈亢回去后高兴地说:"问一个问题得到了三个教导,教诗,教礼,又教了君子对待儿子要保持一段距离。"[①]

"不学诗,无以言"足以表明孔子对诗教的重视。他认为,学《诗经》能让人"能言",如果不学习《诗经》,就不能好好说话。

2009年3月15日,诺贝尔文学奖获得者莫言在清华大学朱自清文学节开幕式上发表演讲,题目是《我们为什么需要文学》。莫言认为,阿Q之所以求爱吴妈不成,最关键还是因为他不懂文学。

"究其根源,阿Q形象差一点是事实,但阿Q泡吴妈,最根本还是吃亏在不懂文学。假如换了徐志摩,他就会说'我是天空里的一片云,偶尔投影在你的波心……'那该是多么浪漫温馨的一个场面哦,吴妈肯定会感动得眼泪鼻涕一大把,瘫软在阿Q怀里紧紧握住阿Q的手,温柔地唱道:'你问我爱你有多深?月亮代表我的心。'"

余秋雨说:"从根本上说,文学首先不是一种职业,而是一种素质。"这里传递的信息很明确:如果文学是一种职业,那么它是极少数人才需要拥有的谋生的本领。但是,如果文学是一种素质,那么它应该是每个人都应该拥有的一种基本素养。

其次,诗歌也具有巨大的社会价值。请看《论语》中的一段话。

子曰:'小子何莫学夫诗?诗可以兴,可以观,可以群,可以怨;迩之事

---

① 齐冲天,齐小平注译. 论语[M]. 郑州:中州古籍出版社,2008:251.

父，远之事君；多识于鸟兽草木之名。

译文 Translation

　　孔子说："弟子们为什么不学习《诗经》呢?《诗经》可以用作联想，可以用作观察，可以用来联合朋辈，可以用来抒发怨恨。近说可以用来侍奉父母，远说可以用来侍奉国君，还可以多识别一些鸟兽草木的名称。"①

　　在这段话里，孔子谈到了诗歌的功用，那就是"兴观群怨"。具体什么是"兴观群怨"? 不同的人有不同的理解。笔者同意张春丽对此的理解："兴"主要指诗的审美作用，意为诗可以培养人的想象能力；"观"是就诗的认识作用而言，意为诗可以提高人们观察自然、观察社会的能力；"群"是就诗的团结作用而言，意为诗是人们交流思想、增强群体观念和凝聚力的工具；"怨"是就诗的干预现实、批评社会的作用而言，意为诗可以反映社会问题，针砭社会弊病。②孔子看到了文学的社会价值。"兴"也好，"观"也好，"群"也好，"怨"也好，主要说的是文学的社会价值，就是去观察社会、交流思想、干预现实。

　　有些学生会说："我不是文学专业的学生，我也不打算从事与文学相关的工作，我为什么要学习诗歌?"

　　我们首先来看这样一个例子。林庚是中国现代诗人、古代文学学者、文学史家。他1928年考入清华大学物理系，醉心于爱因斯坦的相对论。一个偶然的机会，他看到丰子恺的漫画，读到了"无言独上西楼""几人相忆在江楼"等诗句，觉得很美，就去找了些诗词来看，结果一看就看了进去，1930年决定转入清华大学中文系，因为他觉得艺术"能于一瞬见终古，于微小显大千"，"希望通过诗歌实现人生的解放"。后来林庚先后成为厦门大学、燕京大学以及北京大学的教授，成为中国诗歌发展史上的重要人物。

　　另外一个例子是"一个诗人赢得了一个新中国"。1945年抗日战争胜利后，中国共产党和中国国民党两党决定就中国未来的发展前途、建设大计在重庆会谈。以毛泽东为首的共产党人于1945年8月28日从延安飞抵重庆，同国民党进行了四十三天的谈判。在渝期间，诗人、爱国民主人士柳亚子向毛泽东索诗，毛泽东手书《沁园春·雪》相赠。原词如下。

---

① 齐冲天,齐小乎注译. 论语[M]. 郑州:中州古籍出版社,2008:258.
② 张春丽."兴观群怨"说与学生人文素养的培育[J].语文建设,2012(18):58-60.

沁园春·雪

毛泽东

北国风光，千里冰封，万里雪飘。望长城内外，惟余莽莽；大河上下，顿失滔滔。山舞银蛇，原驰蜡象，欲与天公试比高。须晴日，看红装素裹，分外妖娆。

江山如此多娇，引无数英雄竞折腰。惜秦皇汉武，略输文采；唐宗宋祖，稍逊风骚。一代天骄，成吉思汗，只识弯弓射大雕。俱往矣，数风流人物，还看今朝。

本词原写于1936年2月。柳亚子看完此词后十分欣赏词作的内容，征得毛泽东本人同意后将此词发表。该词发表后，整个山城为之一震，人们皆被毛泽东词作所描绘的美好前景和词人乐观自信的革命精神所影响。蒋介石召集大批文人，试图能够写出超越此词的作品，意图以此来转变民心的朝向，但文人们所作皆不能令其满意，只得作罢。这个故事充分印证了诗词作品的巨大影响力。在战争年代，毛泽东用笔杆子做武器，赢得了一场场的胜仗！以致有外国人评论他是"一个诗人赢得了一个新中国"。[①]

诗歌是我们每个人内心的共同需求，而不是文学专业学生的专利。近几年在荧屏上大火的《中国诗词大会》，勾起了中国人内心深处的那份"诗心"。但是大家如果看看《中国诗词大会》最近几年的冠军获得者，就可以看到，历届诗词大会参与者，理工科学生不在少数。2018年的《中国诗词大会》的总决赛是在两个工科女博士之间展开的：冠军获得者陈更是北京大学一般力学与力学基础专业的博士生，而与之对垒的则是中科院的硕博连读生孙晓婧，她学的是空间环境专业，主攻宇宙空间的环境探测与应用。两位理工科学生所表现出来的对中国古典诗词的酷爱和扎实的古典诗词知识基础，都让人惊叹不已。有网友如此评论："两理工科博士神仙打架，不爱诗词还好意思说是理科生？"这虽是幽默之语，但也确实说明，哪怕是理工科学生，也应该有基本的人文素养。

著名诗人Meena Alexander曾经说："诗歌的任务是使我们与世界和解——不是从表面上接受它或者对错误的事物表示赞同，而是从更大的角度进行和解，使我们回到爱，回到想象，回到我们的凡人生活。"（Poetry's task is to

---

① 周书羽认为，毛泽东寄给柳亚子的为《沁园春·长沙》。见：周书羽. 毛泽东诗词中的中国智慧[EB/OL].
http://www.qstheory.cn/zhuanqu/2017-01/19/c_1120343086.htm, 2017-01-19.

reconcile us to the world—not to accept it at face value or to assent to things that are wrong, but to reconcile one in a larger sense, to return us in love, the province of the imagination, to the scope of our mortal lives.)[①]

回到我们本章的题目：腹有诗书气自华。这句话被广为传诵，但知道这句话出处的人可能不多，它来自苏轼的《和董传留别》。

和董传留别

宋·苏轼

粗缯大布裹生涯，
腹有诗书气自华。
厌伴老儒烹瓠叶，
强随举子踏槐花。
囊空不办寻春马，
眼乱行看择婿车。
得意犹堪夸世俗，
诏黄新湿字如鸦。

苏轼的这首诗极好地阐述了读书与修养的关系。读书是积累知识、增长学问的有效途径。读书的作用不仅在于习得知识，还在于提升人的精神境界。诗歌尤其如此。常读诗书，日积月累就会使人脱离低级趣味，养成高雅、清新脱俗的气质。

思考与练习

1. 如何用恰当的英语诗歌回复日本友人的"山川异域、风月同天"？

2. 请从诗歌"兴观群怨"四大功能的角度谈谈《沁园春·雪》这首词的影响。

3. 你怎么看待理工科学生称霸《中国诗词大会》这个现象？

4. 查找抗击新冠肺炎疫情的诗词，选取两首你认为最好的诗词与同学们分享。

---

① SIMECEK K, RUMBOLD K. The Uses of Poetry [J]. Changing English, 2016(4): 309-313.

第 2 章 美的有节奏的创造：什么是诗歌

课前讨论

（1）你认为诗歌是什么？请尝试给诗歌下一个定义。

（2）诗歌中如何炼字？试举例说明诗歌中炼字的重要性。

既然诗歌如此重要，那么，究竟什么是诗歌呢？

2.1 诗歌的形式

要了解什么是诗歌，首先让我们从形式入手，考察诗歌有哪些形式上的特征。

2.1.1 诗行与诗节

首先，让我们了解一些有关诗歌形式的基本术语。

1. 诗行/Lines

顾名思义就是诗的一行。需要注意的是，一个诗行不一定是一个完整的句子。下面例子中，汉语诗歌由8个诗行组成，而英语诗歌则是由16个诗行组成。

七律·长征

毛泽东

红军不怕远征难，

万水千山只等闲。

五岭逶迤腾细浪，
乌蒙磅礴走泥丸。
金沙水拍云崖暖，
大渡桥横铁索寒。
更喜岷山千里雪，
三军过后尽开颜。

Song to Celia

Ben Jonson

Drink to me only with thine eyes,
And I will pledge with mine;
Or leave a kiss but in the cup,
And I'll not look for wine.
The thirst that from the soul doth rise
Doth ask a drink divine;
But might I of Jove's nectar sup,
I would not change for thine.

I sent thee late a rosy wreath,
Not so much honouring thee
As giving it a hope, that there
It could not withered be.
But thou thereon didst only breathe,
And sent'st it back to me;
Since when it grows, and smells, I swear,
Not of itself, but thee.

译诗 Translation

致西丽娅

本·琼森

用你的眼神为我祝酒，
我也用眼神为你祝福；
你留下一个吻在杯口，
我就不会把美酒当作口福。

灵魂深处升出的渴求

的确愿喝神圣的美酒：

但即使我能品尝朱威的甘醇，

我也不愿拿它与你这杯交换！

我最近赠你一玫瑰花环，

并非全是为了向你献媚，

也有为它祈福的心愿，

愿它永不凋谢枯萎。

但你只对它闻了闻，

之后又把它送回。

此后它茁壮成长，

散发出的只是你的芳香。

（李正栓 译①）

2. 诗节/Stanza

诗的一节，由排列成为一个单元的一组诗行构成。每个诗节（单元），包含两行或更多行的诗。我们可以大致将"诗节"理解为散文中的"段"。

在格律诗中，每一节通常具有相同字数（在英语则主要体现为音步）、节奏和行数。比如宋词，一般分为两阙，可以大致理解为有两个诗节。英语中的十四行诗（Sonnet），一般分为一个八行诗节（octave）和一个六行诗节（ses-tet），或者分为三个四行诗节（quatrain）和一个二行诗节（也叫对句，英文称之为couplet）。

按照以上理解，本节中所列毛泽东的《七律·长征》可以看作只有一个诗节，而英文诗《致西丽娅》则有两个诗节。

还有一些诗歌的基本术语，如音节、重音和英语诗歌的"格"，则主要是格律上的术语，将在第5章"诗歌的格律"中进行讨论。

2.1.2 分行书写/Lineation

在2.1.1节中，我们探讨了什么是"诗行"。事实上，分行书写，是区别诗歌与散文的一个非常重要的特征。②

---

① 李正栓,吴晓梅.英美诗歌教程[M].北京:清华大学出版社,2004:24-26.

② LENNARD J. The Poetry Handbook [M]. New York: Oxford University Press, 2006: 153

比如，下面这首 William Carlos Williams 的著名诗歌 *This Is Just To Say*。

This Is Just To Say

William Carlos Williams

I have eaten

the plums

that were in

the icebox

and which

you were probably

saving

for breakfast

forgive me

they were delicious

so sweet

so cold

译诗 Translation

便　条

威廉·卡洛斯·威廉斯

我吃了

冰箱

里的

李子

也许

那是你

留着

早餐吃的

原谅我吧

它们很可口

既甜

且凉

（李冬青 试译）

这首诗歌短小精干，仅有27个英文单词。但是，如果我们把它写在一起，成为如下样式：

This is just to say I have eaten the plums that were in the icebox and which you were probably saving for breakfast. Forgive me——they were delicious，so sweet，so cold.

我们发现，这不就是我们经常写的便条/留言条吗？当然，如果写在一起而不分行书写，潜意识里我们就不会把它当作"诗"去阅读，也就缺少"诗意"了。

很多读者会说，这首诗歌这么浅显，没感觉到有什么特别之处啊。但是，恰恰就是这样的一首"浅显"、看似平淡无奇的诗歌，却成了一首经典名篇。

赏析 Appreciation

这首诗歌的作者威廉·卡洛斯·威廉斯（William Carlos Williams，1883——1963）是20世纪美国最负盛名的几位诗人之一，与象征派和意象派联系紧密。他本人的职业其实是全科及小儿科医师。他反对维多利亚诗风，与意象派领军人物埃兹拉·庞德（Ezra Pound）是大学同学，因此受到庞德等人影响较大。

如前所述，这首诗歌原本算得上是一张便条，"我吃了放在冰箱里的梅子"，是一句再正常不过的话。它的循规蹈矩、平平无奇只能产生庸常和麻木的心理暗示，我们早已习惯了对诸如此类的日常话语囫囵吞枣地接受，而不是细致地加以品味。但是分行书写改变了日常话语对事态的走马观花式的讲述方式，让来也匆匆、去也匆匆的生活事态得以慢镜头回放，从而引起受众的格外关注。而且，作为一种节奏化的机制，分行脱出了零度情感话语近似直线的展开形式，而模仿强度情感话语普遍存在的波振形式，并进而借助受众对强度情感话语形式长期建立起来的条件反射来激发受众的强度情感。[①]童庆炳先生在

---

① 吕保田.诗歌分行的技术意义和精神本质——威廉斯短诗《便条》之谜探析[J].保定学院学报,2013,26（03）:65-68.

《文学理论教程》中以这个例子来说明诗歌分行所具有的化腐朽为神奇的魔力："句子还是那些，而且一字不改，只是分行排列成'诗'的样式。如此一分行，无诗意的应用文就摇身一变成'诗'了吗？"童先生评论道："显然，判断文学与非文学的标准并不简单地在于审美属性及语言形式，而主要在于：第一，文学的语言富有独特表现力，例如'那么甜'与'那么凉'；第二，文学总是要呈现审美形象的世界，这种审美形象具有想象、虚构和情感等特性，例如《便条》建构了一个想象的人际关系状况；第三，文学传达完整的意义，本身构成一个整体；第四，文学蕴含着似乎特殊而无限的意味。"①

《便条》一诗是威廉斯诗学理论的反映。威廉斯认为，诗人应当打破传统语言模式的束缚，以求标新立异。他极力主张在诗歌中运用美国人民的通俗口语，避免大词、难词。对他而言，日常生活中的语言是圣洁的。包括词语在内的所有事物本来就是有诗意的，可以直接取下来入诗，而不需要诗人的刻意安排和提炼。这首诗歌采用日常生活中的口语进行写作，读起来朗朗上口，富于节奏感。

因此，从上例可知，诗歌和散文等其他文体的区别主要在形式上。分行书写，是诗歌最重要的形式上的特征。很多时候，诗人们创新的力度很大，但是终究没有摆脱分行书写这一基本要求，如下面这首 e.e.cummings 的著名诗歌 l(a。

l(a

e. e. cummings

l (a

le

af

fa

ll

s)

one

l

iness

---

① 童庆炳.文学理论教程[M].北京:高等教育出版社,1998:55-56.转引自:吕保田.诗歌分行的技术意义和精神本质——威廉斯短诗《便条》之谜探析[J].保定学院学报,2013,26(03):65-68.

　　这首诗歌是e.e.cummings的著名诗歌，形式上跟我们平时所看到的诗歌似乎相去甚远，但是如果我们仔细看看这段文字，还是能够发现，它也是满足"分行书写"的，因此我们把它归类为"诗歌"应该不会有什么问题。

　　那么，这首诗歌想表达什么意思呢？乍一看，这首诗歌让人感觉晕头转向，完全不知所云。但是我们仔细看看，发现在这首诗歌中，有一个括号。如果把括号里和括号外的英文字母连在一起来看，可以发现括号内是几个英文单词：a leaf falls，而括号外的英文字母连在一起，是loneliness，这时，大家应该大致可以明白了，这首诗歌的主题是讲孤独，就好像一片落叶掉下来一样（注意是"一片落叶"，而不是很多片落叶）。

　　英国著名诗人、剧作家Roger McGough的这首*40-love*也堪称经典。

40 love
Roger McGough

middle	aged
couple	playing
ten	nis
when	the
game	ends
and	they
go	home
the	net
will	still
be	be-
tween	them

赏析 Appreciation

　　这首诗从形式上看，如果把所有的单词连在一起，其实是一个句子：Middle-aged couple playing tennis，when the game ends，and they go home，the net will still be between them（中年夫妇打网球/比赛结束把家还/球网仍然在中间）。

　　从字面上看，这首诗就是写一对中年夫妇打网球的经历。全诗仅有20个单词，没有一个标点，被刻意分成左右两个部分，正如网球场的两边场地，中间有一条横线隔开，正如网球场地的球网。他们一起打网球，回家之后，网球场上的球网仍然还横亘在场地的中央。这确实符合我们对网球这项运动的认知。标题中的"40-love"看上去也像是一个网球比赛的比分：40比0。"love"来源于法语单词"l'oeuf"，意为"（鸡）蛋"，与"0"的形状相似，在网球比赛中用来指比分"0"（网球比赛得分按照0、15、30和40来计算。某方赢第一球得15分，赢第二球得30分，赢第三球得40分，赢得第四球后则赢得该局）。

但是作者显然不仅仅是想表达这层意思。标题"40-love"当然可以理解为40比0这样一个网球比赛比分，但是也可以理解为"40岁的爱情"。作者为什么要强调"40岁的爱情"？40岁的爱情与30岁、20岁的爱情有什么不一样吗？40岁时，人们已经开始步入中年，由于家庭和生活的压力，夫妻之间的感情开始趋于冷淡，缺乏沟通，心中也开始有了隔阂。诗歌中的"网"，不但是网球场中的球网，更是夫妻二人心中之"网"。即使他们想通过打球来增进彼此之间的感情，但是却发现，运动之后，心中的那张"网"仍然还在。这首诗对于部分中年人的爱情刻画可谓入木三分！

2.1.3 跨行连续/Enjambment

要了解跨行连续，我们应该首先了解end-stopped lines（结句行），也就是在行尾时，格律、句法与意义都达到相对完整（meter, syntax, and sense come to a conclusion at line-end）[1]。例如，克里斯蒂娜·罗塞蒂（Christina Rossetti）的这首《歌》（*Song*）。

Song

Christina Georgina Rossetti

When I am dead, my dearest,

Sing no sad songs for me;

Plant thou no roses at my head,

Nor shady cypress tree:

Be the green grass above me

With showers and dewdrops wet;

---

① PREMINGER, ALEX, BROGAN, T.V.F. The New Princeton Encyclopedia of Poetry and Poetics [M]. New Jersey: Princeton University Press, 1993: 333.

And if thou wilt, remember,
And if thou wilt, forget.

I shall not see the shadows,
I shall not feel the rain;
I shall not hear the nightingale
Sing on, as if in pain:
And dreaming through the twilight
That doth not rise nor set,
Haply I may remember,
And haply may forget.

译诗 Translation

歌

克里斯蒂娜·罗塞蒂

我死了的时候，亲爱的
别为我唱悲伤的歌
我坟上不必安插蔷薇
也无需浓荫的柏树
让盖着我的青青的草
淋着雨，也沾着露珠
假如你愿意，请记着我
要是你甘心，忘了我

我再不见地面的青荫
觉不到雨露的甜蜜
再听不见夜莺的歌喉
在雨夜里倾吐悲啼
在悠处的昏暮中迷惘啊
阳光不升起，也不消翳
我也许，也许我记得你
我也许，我也许忘记

（徐志摩 译）

在这首诗歌中，行尾的每一个单词，都是一个独立的句子或者从句的结束。

但是，在考虑格律的前提下，要每句都做到 end-stopped lines（结句行）并不容易，英语诗行中更多情况是跨行连续（enjambment）。《剑桥英语词典》对 enjambment 的解释为：in poetry, the continuing of a sentence from one line of a poem into the start of the next line（将句子从一首诗的一行延续到下一行的开头）。

在西方格律诗中，为了音韵效果，经常把一个句子或者短语从上一行延续到下一行，这种行间的"转移"被称为"跨行连续"。如下面这首诗。

When We Two Parted

George Gordon Byron

When we two parted
　　In silence and tears,
Half broken-hearted
　　To sever for years,
Pale grew thy cheek and cold,
　　Colder thy kiss;
Truly that hour foretold
　　Sorrow to this.

The dew of the morning
　　Sunk chill on my brow—
It felt like the warning
　　Of what I feel now.
Thy vows are all broken,
　　And light is thy fame;
I hear thy name spoken,
　　And share in its shame.

They name thee before me,
　　A knell to mine ear;
A shudder comes o'er me—
　　Why wert thou so dear?

They know not I knew thee,
　　Who knew thee too well—
Long, long shall I rue thee,
　　Too deeply to tell.

In secret we met—
　　In silence I grieve,
That thy heart could forget,
　　Thy spirit deceive.
If I should meet thee
　　After long years,
How should I greet thee? —
　　With silence and tears.

当初我们分别

乔治·戈登·拜伦

当初我们分别，
沉默无语泪纵流，
心几乎要碎裂，
要分离多少个年头！
当时你的脸发白又发冷，
你的吻更是发凉；
的确，那一小时的光景
预告了今日的悲伤。

清晨的露珠
滴落眉头眉发冷——
当初我的感触
似与今日的相同。
你把誓言全背弃，
你的名声浪荡轻浮；
听别人提起你的名字，

我暗中分担你的耻辱。

他们在我面前提起你，
像丧钟在我耳边回荡
我不禁浑身战栗——
我对你怎么就那么意深情长？
他们不知我对你熟悉，
其实我对你熟悉过度——
我会久久地把你惋惜，
深深地惋惜，语言难以表述。

当初你我幽会密约——
如今我无声地哀惋，
你的心竟会忘却，
你的灵魂竟会欺骗！
长长数年之后，
假若我再与你相会，
我该如何把你问候？
只能用沉默和眼泪。

（李正栓　译）

赏析　Appreciation

　　这首诗歌采用了 ABAB 的押韵方式，诗歌的第一、二句实际上应该是一句话 "when we two parted in silence and tears"，但是为了押韵的需要，将它们分成了两句，这就是"跨行连续"。第七、八句也是同样的情况。

　　跨行连续是西方诗歌中的常见情况，中国古代诗文中没有标点，当然也就不存在分行甚至分节的情况，因此，汉语诗歌的分行，主要是受到西方诗歌影响的结果。在中国新诗运动中，胡适等一大批从西方留学归来的诗人开始学习用西方诗歌的方法进行诗歌创作，分行是区分现代白话文新诗与古代格律诗的标志之一。如戴望舒的诗歌《雨巷》。

雨巷（节选）
戴望舒

撑着油纸伞，独自
彷徨在悠长、悠长
又寂寥的雨巷，
我希望逢着
一个丁香一样地
结着愁怨的姑娘。

这几句诗行，按照汉语正常顺序排列，应该是"（我）撑着油纸伞，独自彷徨在悠长、悠长又寂寥的雨巷，我希望逢着一个丁香一样地结着愁怨的姑娘"，但是如此排列，就失去了诗歌的美感。

有时候，诗歌不仅会跨行，还会跨节——诗意从一个诗节跨到另外一个诗节。下面这首诗歌是英国浪漫主义诗人 William Blake（威廉·布莱克）的诗歌 *The Sick Rose*（《病玫瑰》）。

The Sick Rose
William Blake

O Rose thou art sick.
The invisible worm,
That flies in the night
In the howling storm:

Has found out thy bed
Of crimson joy:
And his dark secret love
Does thy life destroy.

译诗 Translation

病 玫 瑰
威廉·布莱克

啊玫瑰，你病了！
那无形的飞虫

乘着黑夜飞来了
在风暴呼号中。

找到了你的床
钻进红色的欢欣；
他的黑暗而隐秘的爱
毁了你的生命。

（张德明 译[1]）

赏析 Appreciation

这首诗总共只包含两句话，这两句话的正常语序应该是："O Rose thou art sick. The invisible worm that flies in the night in the howling storm has found out thy bed of crimson joy, and his dark secret love does destroy thy life." 第二句话一直从第二个诗行跨到了第八个诗行，且跨越两个诗节，从而保证了诗歌拥有较为规律的押韵方式：ABCB。

需要注意的是，虽然在英语中跨行是一种非常普遍的诗歌创作方法，在汉语中，跨行必须和整首诗的情绪和内在韵律、节奏联系在一起，否则就会使诗歌显得不伦不类。

2.2 诗歌的定义

经过前面章节内容的介绍，我们知道了诗歌对于我们的重要性，也知道了诗歌的一些形式特征。那么，究竟什么是诗歌呢？

诗歌的定义多种多样。我们首先来看看中国古代的两大诗歌理论范畴"诗言志"和"诗缘情"的阐述。

中国很早就有"诗言志"一说，基本含义是诗歌是用来表现人的思想、抱负、志向的。[2]"诗言志"最早出现于《尚书·舜典》。

帝曰：夔！命汝典乐，教胄子，直而温，宽而栗，刚而无虐，简而无傲。诗言志，歌永言，声依永，律和声。八音克谐，无相夺伦，神人以和。

---

[1] 张剑,赵冬,王文丽.英美诗歌选读[M].北京：外语教学与研究出版社,2008：139.

[2] 所谓"诗言志"中的"志"，本身有不同理解。我们采用《尧典》中的"诗言志"的含义，认为"诗是言诗人之志的"，这个"志"的含义侧重指思想、抱负、志向。

【注释】

胄：[zhòu]，后代子孙。

栗：[lì]，庄敬、严肃

神人以和：神和人通过诗歌音乐可以交流思想感情而能协调和谐。

译文　Translation

帝（舜）说："夔，我任命你掌管音乐事物，负责教导年轻人，使他们正直而温和，宽大而严肃，刚毅而不粗暴，简约而不傲慢。诗是表达思想感情的，歌是唱出来的语言，五声是根据所唱而制定的，六律是和谐五声的。八类乐器的声音能够调和，不使它们乱了次序，那么神和人都会因此而和谐了。"

《尚书·舜典》中"诗言志"是现存中国古籍对文学观念的最早存录和表述。朱自清先生称之为中国历代诗论的"开山纲领"[1]，对后来的文学理论有着长远的影响。

与"诗言志"并行的另外一种对诗歌的理解，就是陆机提出的"诗缘情"。陆机在《文赋》中指出：

诗缘情而绮靡，赋体物而浏亮。碑披文以相质，诔缠绵而凄怆。铭博约而温润，箴顿挫而清壮。颂优游以彬蔚，论精微而朗畅。奏平彻以闲雅，说炜晔而谲诳。虽区分之在兹，亦禁邪而制放。要辞达而理举，故无取乎冗长。

译文　Translation

诗歌用以抒发感情，要辞采华美感情细腻，赋用以铺陈事物，要条理清晰，语言清朗。碑用以刻记功德，务必文质相当，诔用以哀悼死者，情调应该缠绵凄怆。铭用以记载功劳，要言简意深，温和顺畅。箴用以讽谏得失，抑扬顿挫，文理清壮。颂用以歌功倾德，从容舒缓，繁采华彰，论用以评述是非功过，精辟缜密，语言流畅。奏对上陈叙事，平和透彻，得体适当。说明以论辩说理，奇诡诱人，辞彩有光，文体区分大致如此，共同要求禁止邪放。辞义畅达说理全面，但要切记不能冗长。

陆机的意图是区分不同文体的体式特点，但是，他却准确地指出了诗歌的抒情性质"诗缘情"。我们之所以喜欢诗歌，很大程度上是因为诗歌所体现出来的强烈情感，让我们感同身受。

---

[1] 朱自清.古典文学论文集(上册)[M].上海：上海古籍出版社，1982.187- 193.

著名诗人、文学评论家何其芳对诗歌有一个较为全面的定义："诗是一种最集中反映社会生活的文学样式，它饱和着丰富的想象和感情，常常以直接抒情的方式来表现，而且在精练与和谐的程度上，特别是在节奏的鲜明上，它的语言有别于散文的语言"[①]。

从这个定义中，我们能够发现诗歌的一些基本要素：反映社会生活；想象；感情，抒情，精练，节奏；等等。

英语世界中对诗歌的理解与中国人颇为相似。让我们来看看《简明大英百科全书》（*Britannica Concise Encyclopedia*）对诗歌的定义。

(Poetry is) Writing that formulates a concentrated imaginative awareness of experience in language chosen and arranged to create a specific emotional response through its meaning, sound, and rhythm. It may be distinguished from prose by its compression, frequent use of conventions of metre and rhyme, use of the line as a formal unit, heightened vocabulary, and freedom of syntax. Its emotional content is expressed through a variety of techniques, from direct description to symbolism, including the use of metaphor and simile.

（诗歌是）一种写作，表达了对所选择的语言的体验的集中想象力，并通过其意义，声音和节奏来创造特定的情感反应。它与散文的区别可能在于其简练，频繁使用格律和押韵，使用诗行作为形式单位，使用高级词汇，句法自由。它的情感内容通过多种技巧表达，从直接描述到象征，包括暗喻和明喻的使用。

《牛津简明文学术语词典》对"诗歌"的解释则为：

(Poetry is) language sung, chanted, spoken, or written according to some pattern of recurrence that emphasizes the relationships between words on the basis of sound as well as sense: this pattern is almost always a rhythm or metre, which maybe supplemented by rhyme or alliteration or both.

（诗歌是）根据某种反复出现的模式唱、说或者写出的语言。这种模式强调声音和意义基础上单词之间的关系：这种模式几乎总是一种节奏或格律，加之以尾韵或者头韵，或两者兼而有之。

从上述定义我们知道，英语中的诗歌与汉语诗歌类似，同样需要格律、押韵、修辞手法等。这些都是诗歌的基本要素，我们将在以后的章节中逐一讲述。

① 何其芳.关于读诗和写诗[M]//何其芳文集(卷四).北京:人民文学出版社, 1984:450.

除此之外，还有很多有关诗歌的定义，兹略举数例如下。

Dylan Thomas/狄兰·托马斯

Poetry is what in a poem makes you laugh, cry, prickle, be silent, makes your toe nails twinkle, makes you want to do this or that or nothing, makes you know that you are alone in the unknown world, that your bliss and suffering is forever shared and forever all your own.

诗歌就是诗歌中的这些事物：它使你发笑，哭泣，感到刺痛，保持沉默，使脚趾甲闪光，使你想做点什么，或什么都不想做，让你知道自己在未知的世界中是孤独的，让你知道总是有人分享你的幸福和痛苦，也让你知道这些幸福和痛苦永远是你自己的。

Edgar Allan Poe/埃德加·爱伦·坡

I would define, in brief, the Poetry of words as the Rhythmical Creation of Beauty. Its sole arbiter is taste. With the intellect or with the conscience, it has only collateral relations. Unless incidentally, it has no concern whatever either with duty or with truth.

简而言之，我将词的诗定义为"美的节奏创作"。它唯一的仲裁者是品味。无论是智力还是良心，它都只有附带关系。除非偶然，否则它与责任或真理无关。

Emily Dickinson/艾米莉·狄金森

If I read a book and it makes my whole body so cold no fire can ever warm me, I know that it is poetry. If I feel physically as if the top of my head were taken off, I know that it is poetry. Is there any other way?

当我读一本书时，我遍体冰凉，什么火也无法温暖我，我知道那是诗。假如我感到我脑袋的天灵盖好似被掀掉了，我知道那是诗。还有另外的方式感受诗吗？

Marianne More/玛莉安·莫尔

Imaginary gardens with real toads in them.
想象的花园，里面有真实的蛤蟆。

Mary Oliver/玛丽·奥利弗

Poetry isn't a profession, it's a way of life. It's an empty basket; you put your life into it and make something out of that.

诗歌不是一种职业，而是一种生活方式。这是一个空篮子；你投入生命进去，并从中获取些什么。

Matthew Arnold/马修·阿诺德

At bottom a criticism of life.

归根到底，诗是一种对生活的批评。

Percy Bysshe Shelley/珀西·比希·雪莱

Poetry is the record of the best and happiest moments of the happiest and best minds.

诗歌是最幸福、最杰出人物在最幸福、最佳时刻的记录。

Robert Frost/罗伯特·弗罗斯特

Poetry is when an emotion has found its thought and the thought has found words.

诗歌是一种情感找到了思想，思想找到了单词。

Poetry is what gets lost in translation.

诗就是在翻译中失掉的东西。

Philip Larkin/菲利普·拉金

As a guiding principle I believe that every poem must be its own sole freshly created universe,.

作为指导原则，我认为每首诗都必须是自己唯一的新近创造的宇宙。

Samuel Johnson/塞缪尔·约翰逊

The art of uniting pleasure with truth by calling imagination to the help of reason.

以想象助理智，将快乐和真理融为一体的艺术。

Samuel Taylor Coleridge/塞缪尔·泰勒·柯勒律治

The best words in the best order.

最佳词语的最佳排列。

T. S. Eliot（Thomas Stearns Eliot）/托马斯·斯特尔那斯·艾略特

Poetry is not a turning loose of emotion, but an escape from emotion; it is not the expression of personality, but an escape from personality. But, of course, only those who have personality and emotions know what it means to want to escape from these things.

诗不是放纵感情，而是逃避感情，不是表现个性，而是逃避个性。自然，只有有个性和感情的人才会知道要逃避这种东西是什么意义。

Thomas Carlyle/托马斯·卡莱尔
Musical thought.
音乐性的思想。

W. H. Auden（Wystan Hugh Auden）/奥登
The clear expression of mixed feeling.
复杂感情的清晰表达。

William Wordsworth/威廉·华兹华斯
The spontaneous overflow of powerful feelings recollected in tranquility.
宁静时省记的激情的自然流淌。

给出上述诗歌定义的都是英美著名诗人。现在让我们来读一读我国的一些诗人和文学家对诗歌的解释。

白居易
奉而始终之则为道，言而发明之则为诗。

丰子恺
文学之中，诗是最精彩的。

冯琦
夫诗以抒情，文以貌事。

公刘
什么是诗？三言两语的确说不清楚。不过，我想，至少应该具备这么几条：浓烈的情愫，纯洁的主题，大胆的构思，美好的意象，精练的语言，明快的节律，飘忽的灵感，深长的回忆，大致整齐的格式和大致相近的音韵……

郭沫若
诗=（直觉+情调+想象）+适当文字。

何其芳

诗，是一种集中地反映社会生活的文学形式。它饱和着丰富的想象和感情，常常以直接抒情的方式来表现，而在精练与和谐的程度上，特别是在节奏的鲜明上，它的语言有别于散文的语言。

孔子

诗者，志之所之也，在心为志，发言为诗，情动于中而形于言。

金圣叹

诗者，人之心头忽然之一声耳，不问妇人孺子，晨昏夜半，莫不有之。

黄宗羲

诗也者，联属天地万物而畅吾之精神意志者也。

夫诗者哀乐之器也。

陆机

诗缘情而绮靡。

钱谦益

诗者，志之所之也，陶冶性灵，流连景物，各言其所欲言者而已。

邵雍

何故谓之诗？诗者言其志。既用言成章，遂道心中事。不止炼其辞，抑亦炼其意。炼辞得奇句，炼意得余味。

屠隆

夫诗由性情生者也。

王世贞

夫诗，心之精神发而声者也。

吴乔

又问："诗与文之辨？"答曰："二者意岂有异？唯是体制辞语不同耳。意喻之米，文喻之炊而为饭，诗喻之酿而为酒；饭不变米形，酒形质尽变；噉饭则饱，可以养生，可以尽年，为人事之正道；饮酒则醉，忧者以乐，喜者以悲，有不知其所以然者。如《凯风》《小弁》之意，断不可以文章之道平直出之，诗其可已于世乎？

叶燮

可言之理，人人能言之，安在诗人之言之？可征之事，人人能述之，又安在诗人之述之？必有不可言之理，不可述之事，遇之于默会意象之表，而理与事无不灿然于前者也。

余光中

诗是以最经济最有效的文字，将主观的经验客观化的一种艺术。

余秀华

诗歌不过是一个人摇摇晃晃地在摇摇晃晃的人间走动的时候，充当了一根拐杖。

张我军

高潮的感情+醇真的表现+紧迫的节奏=诗。

钟惺

夫诗，以静好柔厚为教者也。

朱熹

诗者，人心之感物而形于言之余也。心之所感有邪正，故言之所形有是非。

其实这些"定义"，大多数只是抓住诗歌的某一方面的特点加以阐发。因此，这些"定义"也并非完整而科学的定义，仅供有兴趣的读者参考。

2.3　诗歌的基本要素

看过以上那么多关于诗歌的定义，我们大概知道，诗歌的基本要素应该包含以下这些内容：意象、格律、修辞、情感、主题等。一首好的诗歌，是这些要素的完美组合，如同 Cleanth Brooks 和 Robert Penn Warren 所言，诗歌并非用这些要素如砌墙般堆砌而成，而应该像一株植物一样，各个成分之间组成一个有机的整体。①

---

① BROOKS C, WARREN R P. Understanding Poetry: An Anthology for College Students [M]. New York: Henry Holt & Company，1938：18-19.

当然，一首诗歌并不需要在以上所有方面都做得最好，但是只要其中一方面很出色，就有潜力成为一首好诗。

在接下来的章节中，我们将会就这些要素逐一进行分析：第3章从总体上讲解如何欣赏诗歌，第4章主要讲解诗歌中的意象，第5章简要介绍诗歌中的格律，第6章讲解诗歌中的修辞手法，第7章讲解诗歌的情感表达，第8章通过"意象派"和中国新诗两个实例介绍中外诗歌交流的情况。不过在分析这些基本要素之前，让我们首先看看诗人们是如何炼字的。

2.4 诗歌中的炼字

上面诗歌定义中我们读到，诗歌是使用相对精练、"高级"（heightened）的语言。英国诗人柯勒律治将诗歌定义为"the best words in the best order"（把最好的词汇放在最为恰当的位置），而中国古诗中经常论及"炼字"，也就是根据诗歌内容和意境表达需要，精心挑选最贴切、最富有表现力的字词来表情达意。其目的在于以最恰当的字词，贴切生动地表现人或事物。

中国古代诗人留下了很多有关"炼字"的佳话。杜甫曾经写下"为人性僻耽佳句，语不惊人死不休"的名句，卢延让则是为了找出诗歌中最恰当的词，"吟安一个字，捻断数茎须"，贾岛说"两句三年得，一吟双泪流"，这些诗句既说明了炼字的重要性，也说明了古代诗人们为了达到更好的传情达意的效果所付出的艰辛劳动。传说唐代著名诗僧齐己有诗《早梅》。

早 梅
唐·齐己

万木冻欲折，

孤根暖独回。

前村深雪里，

昨夜一枝开。

风递幽香出，

禽窥素艳来。

明年如应律，

先发望春台。

据《唐才子传》，齐己曾以此诗求教于诗人郑谷。诗的第二联原为"前村深雪里，昨夜数枝开。"郑谷读后说："'数枝'非'早'也，未若'一枝'佳。"齐己深为佩服，便将"数枝"改为"一枝"，并称郑谷为"一字师"。这虽属传说，但足以说明"一枝"两字是极为精彩的一笔。

北宋著名文学家、史学家、词人宋祁有词《玉楼春·春景》，也是"炼字"的典范。

玉 楼 春
宋·宋祁

东城渐觉风光好。

縠皱波纹迎客棹。

绿杨烟外晓寒轻，

红杏枝头春意闹。

浮生长恨欢娱少。

肯爱千金轻一笑。

为君持酒劝斜阳，

且向花间留晚照。

赏析 Appreciation

此词上阕写春天到来，游湖泛舟，描绘出一幅生机勃勃、色彩鲜明的早春图。下阕则写人生感慨：人生短暂，只恨欢娱太少，当然不会吝惜钱财而博取美人（自己）一笑，作者只能说劝斜阳不要匆匆下山，留一抹晚霞于花间，让自己继续享受这难得的好时光。上阕末一句"红杏枝头春意闹"，将烂漫的大好春光描绘得活灵活现，呼之欲出。清人刘体仁《七颂堂词绎》评论"红杏枝头春意闹"，一"闹"字卓绝千古。王国维在《人间词话》中评论："'红杏枝头春意闹'，著一'闹'字而境界全出。"[1]本词的作者宋祁也因为"红杏枝头春意闹"一句而名扬词坛，被世人称作"红杏尚书"。

炼字在诗歌创作中非常重要，好的诗歌作品，常常来自于作者的反复修改、润色。毛主席是举世公认的革命家、思想家和政治家，也是独步古今的诗人。他创作的旧体诗词，颇见功力。但是，他的诗歌也并非一蹴而就，而是经

---

[1] 王国维. 人间词话：人间词[M]. 北京：群言出版社，1995：5.

过反复改易的结果。周振甫在《毛泽东诗词欣赏》里收录了一封毛泽东写给胡乔木要求"笔削"的信。①

乔木同志：

　　诗两首，请你送给郭沫若同志一阅，看有什么毛病没有？加以笔削，是为至要。主题虽好，诗意无多，只有几句稍好一些的，例如"云横九派浮黄鹤"之类。诗难，不易写，经历者如鱼饮水，冷暖自知，不足为外人道也。

毛泽东
1959 年 9 月 7 日

　　毛泽东的《七律·长征》是思想性、艺术性都极高的作品之一，被誉为"革命英雄主义的千古绝唱"，但是也是反复修改的结果。

七律·长征

毛泽东

红军不怕远征难，
万水千山只等闲。
五岭逶迤腾细浪，
乌蒙磅礴走泥丸。
金沙水拍云崖暖，
大渡桥横铁索寒。
更喜岷山千里雪，
三军过后尽开颜。

　　据臧克家主编的《毛泽东诗词鉴赏》透露，《七律·长征诗》中的"金沙水拍云崖暖"，原来写的是"金沙浪拍悬崖暖"，后来将"浪拍"改为"水拍"因"水拍"包含"浪拍"，且能避免"一篇内有两个浪字"（诗中还有一句"五岭逶迤腾细浪"）。作者自注："水拍：改浪拍。这是一位不相识的朋友建议如此改的。他说不要一篇内有两个浪字，是可以的。"所以《诗刊》发表时已改为"水拍"。②

① 周振甫.毛泽东诗词欣赏[M].北京：中华书局,2010:225.
② 臧克家.毛泽东诗词鉴赏[M].增订 2 版.郑州：河南文艺出版社,2005:94.

著名"意象派"领军人物、美国著名诗人埃兹拉·庞德（Ezra Pound），也留下了一段诗歌修改的佳话。庞德的著名诗歌《在地铁车站》（*In a Station of the Metro*）是他最负盛名的诗歌，原诗如下。

In a Station of the Metro

Ezra Pound

The apparition of these faces in the crowd：
Petals on a wet，black bough.

庞德在1916年写的《高狄埃——布热泽斯卡：回忆录》中提及这首诗歌的创作过程。

I got out of a metro train at La Concorde，and saw suddenly a beautiful face，and then another beautiful woman，and I tried all that day to find words for what this had meant to me，and I could not find any words that seemed to me worthy，or as lovely as that sudden emotion. ...I wrote a thirty-line poem，and destroyed it because it was what we call work"of second intensity." Six months later I made a poem half that length；a year later I made the following hokku-like sentence...

"三年前，在巴黎，我在协和车站走出了地铁车厢，突然间，我看到了一个美丽的面孔，然后又看到一个。那一天，我整天在努力寻找能表达我的感受的文字，我找不出我认为能与之相称的，或者像那种突发情感那么可爱的文字。我写了一首30行的诗，但是撕掉了，因为它是我们所说的"二等强烈"的作品。六个月后，我写了首15行的诗；一年以后，我写下了这首类似日本俳句的诗歌……"①

庞德的诗歌，从30行改为15行，再从15行改为两行。由于庞德并未发表他的30行版本或者15行版本，我们已经无从考证庞德如果保留30行或者15行是否仍然能够得到读者喜爱。我们唯一可以确认的是，他的这首两行版本的诗歌，成为他的代表作品，堪称意象派诗歌运动的巅峰之作。

近日有媒体报道，浙江一16岁女孩岑某诺日均能写300首词牌、2000首诗、15000字小说，还在两年间出版了三本书，小小年纪已是一家杂志社"记

---

① POUND E. Gaudier-Brzeska: A Memoir [M]. London：John Lane，1916：100.

者"和新闻网站区域运营中心的负责人。她还辗转多地进行演讲，聚光灯下，举手投足间显示出了不同于这个年龄段孩子的老成。有网友计算了一下，要达到这样的产出量，24 小时不休息每分钟都要写出作品。面对质疑，其父亲回应称，其作诗数量和耗时经过测算，并未夸大。①

诗歌语言是经过精心雕琢的艺术品。日产 2000 首诗、15000 字小说，或许是可以的，但是质量如何，就不得而知了。毕竟，"好诗多自改中来"，庞德改诗的例子告诉我们，诗歌是需要经过长期思考才能成为经典的。

思考与练习

1. 请回答下面关于 *Song to Celia* 这首诗的问题。

（1）诗人为什么不愿意用 "Jove's nectar sup"② 来交换这杯酒？

（2）诗人为什么要送给 Celia 玫瑰花环？

（3）诗歌最后四行的语言与非诗歌语言有什么不同？

But thou thereon didst only breathe,

And sent'st it back to me;

Since when it grows, and smells, I swear,

Not of itself, but thee.

2. 以威廉·卡洛斯·威廉斯的诗歌《红色手推车》为例，分析"分行书写"和"跨行连续"在诗歌中的运用。

The Red Wheelbarow	红色手推车
so much depends	这么多东西
upon	都靠
a red wheel	一辆红色
barrow	手推车
glazed with rain	雨水滴答作响
water	它闪光

---

① 王远方. 光明时评：一天写 2000 首诗，这么多"神童"？[EB/OL]. https://new.qq.com/omn/20200716/20200716A0MCUU00.html?pc, 2020-07-16.

② Jove 即罗马神话中的主神 Jupiter（朱庇特），也就是希腊神话中的 Zeus（宙斯）。

beside the white	旁边有一群
chickens	白鸡

3. 本章列举了很多中外名人对诗歌的定义，你印象最深的是哪一个？为什么？

4. 阅读伊沙诗歌"张长氏，你的保姆"①，结合右边的问题，谈谈作者是如何炼字的。

张长氏，你的保姆
伊沙

我在一所外语学院任教，
这你是知道的。
我在我工作的地方，
从不向教授们低头，
这你也是知道的。
而你不知道的是，
我曾向一位老保姆致敬。
闻名全校的张长氏，
在我眼里，
是一名真正的教授，
系陕西省蓝田县下归乡农民，
我一位同事的母亲。
她的成就是：
把一名美国专家的孩子，
带了四年，
并命名为狗蛋。
一把鼻涕的崽子，
随其母亲离开中国时，
满口地道秦腔，
满脸中国农民式的朴实与狡黠。
真是可爱极了。

1. 标题"张长氏，你的保姆"让你想到了什么？

2. 可以把"外语学院"改成其他学院吗，比如"医学院""体育学院"等？

3. "从不向教授低头"，体现了作者怎样的性格？

4. 从"张长氏"这个名字，我们可以了解到该保姆的哪些情况？

5. "陕西省蓝田县下归乡农民"，作者用这个地址是否有深意？

6. "美国专家"是否也可以改为"德国专家""意大利专家"？

7. 张长氏把美国专家的孩子带了"四年"，是否也可以改为"三年"或"五年"等？

8. "满口地道秦腔"是否也可以改为"满口四川话"？

9. 谈谈你对"可爱"一词的理解。

10. 作者希望通过这首诗表达什么主题？

---

① 伊沙. 张长氏，你的保姆[J]. 语文月刊,2003,(10):6.

第 **3** 章　诗无达诂：如何欣赏诗歌

　　（1）清人谭献在《〈复堂词录〉序》中说："作者之用心未必然，而读者之用心何必不然。"谈谈你对这句话的理解。

　　（2）举例说明你是如何欣赏诗歌的。

　　很多人认为"欣赏诗歌"很困难，总觉得这应该是那些学文学专业的人所做的事情。其实诗歌欣赏并不神秘。

　　理解诗歌，不需要什么高深的诗歌理论。很多时候，我们觉得一首诗歌很好，其实就是一种感觉，就是喜欢，就如同我们听流行歌曲，每年全世界不计其数的歌手，创作出不计其数的歌曲，但是就是有那么几首歌曲，能够抓住我们的心灵。

　　诗歌也允许看不懂。有些诗歌，我们反复读，就是不知道作者想表达什么，这也是完全有可能的。有时候由于我们的知识、经验的局限，无法理解作者想要表达的意思，甚至由于作者写得不够好，导致我们无法理解诗歌的意思，这些都是有可能的。

　　请大家看看艾米莉·狄金森的这首编号为303的诗歌。[1]

---

[1] 艾米莉·狄金森终身创作约1800首诗歌，但是她的诗歌没有题目，很多人就以诗歌的第一行作为题目。后来狄金森诗歌的编撰者为她的每首诗歌加上编号，如这首诗在约翰逊(Thomas H. Johnson)所编辑的狄金森诗歌集中被编为303，教材以下章节所选狄金森诗歌的编号均采用约翰逊的编号。

The Soul selects her own Society（303）

Emily Dickinson

The Soul selects her own Society —

Then — shuts the Door —

To her divine Majority —

Present no more —

Unmoved — she notes the Chariots — pausing —

At her low Gate —

Unmoved — an Emperor be kneeling

Upon her Mat —

I've known her — from an ample nation —

Choose One —

Then — close the Valves of her attention —

Like Stone —

译诗　Translation

灵魂挑选好自己的侣伴

艾米莉·狄金森

灵魂挑选好自己的侣伴—

随后—就把门关—

对她那神圣的多数—

从此再不露面—

不为所动—她发现车驾—停在—

她那低矮的门前—

不为所动—哪怕一位皇帝跪在

她的门垫上面—

我知道她—从一个泱泱大国—

单单把一人挑选—

（连）—

从此—把她关注的阀门封锁—

如同磐石一般—

（蒲隆　译）

很多人喜欢这首诗歌，觉得写得好，但是说不清楚好在哪里。甚至对这首诗歌的主题，也不能达成一致意见：有些人认为这首诗歌是讲狄金森的爱情观，要慎重把握自己的爱情；有些人认为，这首诗歌是作者不愿与世人随波逐流的高尚灵魂；有些人认为"这是一首宣言诗，是一个不关心国事的隐居诗人的自白。"[1]这些理解，应该说都有一定的道理。所谓"诗无达诂"，对诗歌的理解本身也并没有一成不变的解释，因时因人而有不同理解。

3.1　诗无达诂

有同学比较迷信作者或者"专家学者"的理解。他们会想：我的理解是不是正确？是不是就是作者想表达的意思？或者，我的理解与那些研究诗歌的人的理解会不会不一样？大家可以先看看下面这个例子。

2011 年 6 月 10 日《中国周刊》总编辑助理林天宏发微博称，福建省高考语文试卷中的现代文阅读采用了他发表的文章《朱启钤："被抹掉的奠基人"》。林天宏做完该题，对比答案后发现，只能得一半分数，于是便在微博上调侃此事："出题老师果然名不虚传，把作者本人都打败了，幸好我当年没落在你手上。"

高考阅读题难倒原文作者，这样的事并非第一次出现。早在 2009 年，同样是福建高考语文阅读题，同样 15 分的一篇阅读文章《寂静钱锺书》，作者周劼力只拿到了 1 分。语言学家王力、作家王蒙都曾公开表示过，自己做高考语文试题成绩并不好，甚至不及格。[2]

每年高考之后，这样的新闻都有很多，有些人就义愤填膺，动不动就扯上中国高考制度的种种问题：作者本人都不能做对的题目，让高中生怎么做啊？难道作者本人对作品的理解不应该更加深刻吗？

其实，作者本人对某个作品的理解，还真的未必就比其他人更好。出现这

---

[1] 蒲隆,刘晓晖. 艾米莉·狄金森：一个谜——谜一样的人[J]. 兰州大学学报, 2000,（5）：151-156.
[2] 高考阅读题难倒原文作者[EB/OL]. http://edu.sina.com.cn/gaokao/yuedu2011/index.shtml, 2020-07-01.

种情况有很多原因：作者写出了作品，但是作者本人并没有注意到里面的每一个细节；作者因为自己水平、经历的原因，没有能够注意到一些问题。清代人谭献《〈复堂词录〉序》中说：

> 年逾四十，益明于古乐之似在乐府，乐府之余在词。昔云："祀失而求之野。"其诸乐失，而求之词乎。靡曼荧眩，变本加厉，日出而不穷，因是以鄙夷焉，挥斥焉。又其为体，固不必与庄语也，而后侧出其言，旁通其情，触类以感，充类以尽。甚且作者之用心未必然，而读者之用心何必不然。言思拟议之穷，而喜怒哀乐之相发，向之未有得于诗者，今遂有得于词。如是者年至五十，其见始定。

其中的两句"作者之用心未必然，而读者之用心未必不然"甚为重要。这两句的意思是说，作者在创作时未必有那样的意思，但读者在阅读时未必不会觉得有那样的意思。说明"文本"为个性化阅读提供了可能性和自由度。西方接受美学也认为，作品被解读之前，创作并未最后完成，作品的意蕴是在读者能动性、历史性的接受实践中生成的。这也就是所谓的"有一千个读者就有一千个哈姆雷特"。另外文学作品的"文本"本身，为读者提供了联想的可能性。大家需要明白的是，名家的理解，仅仅是诗歌许多种理解的其中一种。狄金森的某些诗歌，有超过上百种理解，我们并不能简单地说哪种理解正确、哪种理解错误。

3.2 诗歌欣赏：步骤和方法

那么，我们应该怎样去欣赏诗歌呢？不同的人当然有不同的方法，笔者是采用以下步骤欣赏诗歌的。

1. 通读全诗，解决字词句的理解问题

无论是中文还是英文诗歌，我们首先要解决诗词中的生字、难词等。比如，兰斯顿·休斯这首《梦想》。

Dreams

Langston Hughes

Hold fast to dreams

For if dreams die

Life is a broken-winged bird

That cannot fly.

Hold fast to dreams
For when dreams go
Life is a barren field
Frozen with snow.

译诗　Translation

梦　想
兰斯顿·休斯

紧紧地抓住梦想
如果梦想消亡
生命就像折翅的鸟儿
再也不能飞翔

紧紧地抓住梦想
梦想若是离开
生命就像贫瘠的田野
被冰雪覆盖

（李冬青　译）

赏析　Appreciation

这首诗歌总体来说并没有太困难的词汇，有两个单词大家可能不太熟悉。"fast"我们平时都知道是"快"的意思，但是在这里，"fast"的意思是"紧紧地"，这跟我们常用的意义相差比较大。另外，"barren"的意思是"贫瘠的"。

从语法结构而言，"that cannot fly"是"life is a broken-winged bird"的定语从句，如果按照原文的结构翻译，那就应该是"生活是一只不能飞翔的折翅的鸟儿"。当然，翻译成汉语时，为了使汉语表达更为自然，我们稍微做了改动。

除了弄懂字词，有时候我们还要搞清楚诗句的语法结构，这一点对英语诗歌，更是如此。下面的诗歌节选自著名诗人雪莱的《西风颂》（*Ode to the West Wind*）。

Ode to the West Wind

Percy Bysshe Shelley

V

Make me thy lyre, even as the forest is:
What if my leaves are falling like its own!
The tumult of thy mighty harmonies

Will take from both a deep, autumnal tone,
Sweet though in sadness. Be thou, Spirit fierce,
My spirit! Be thou me, impetuous one!

Drive my dead thoughts over the universe
Like wither'd leaves to quicken a new birth!
And, by the incantation of this verse,

Scatter, as from an unextinguish'd hearth
Ashes and sparks, my words among mankind!
Be through my lips to unawaken'd earth

The trumpet of a prophecy! O Wind,
If Winter comes, can Spring be far behind?

译诗 Translation

西 风 颂

珀西·比希·雪莱

把我当作你的竖琴吧,有如树林:
尽管我的叶落了,那有什么关系!
你巨大的合奏所振起的乐音

将染有树林和我的深邃的秋意:
虽忧伤而甜蜜,呵,但愿你给予我
狂暴的精神!奋勇者呵,让我们合一!

请把我枯死的思想向世界吹落,

让它像枯叶一样促成新的生命！

哦，请听从这一篇符咒似的诗歌，

就把我的话语，像是灰烬和火星

从还未熄灭的炉火向人间播散！

让预言的喇叭通过我的嘴唇

把昏睡的大地唤醒吧！

要是冬天已经来了，西风呵，春日怎能遥远？

（查良铮 译）

赏析 Appreciation

这首诗歌中几乎没有一个诗行是一个完整的句子（end-stopped），都是跨到了下一个诗行甚至下一个诗节。篇幅所限，我们可以看看最后三个诗行（分布在最后两个诗节），如果按照正常说话的方式，这几个诗行应该是这样："Be the trumpet of a prophecy through my lips to unawaken'd earth! O Wind, If winter comes, can Spring be far behind?" 但是作者为了押韵和节奏的需要，将这两句话分成了三个诗行，且大量用了倒装，因此我们在阅读诗歌的时候，要注意分析这些诗句的结构，还原它们原来的顺序，从而更好地理解诗句的意义。

2. 大声朗读诗歌，理解其音韵

诗歌的音韵非常重要。明代诗人谢榛《四溟诗话》中曾言：

凡作近体，诵要好，听要好，观要好，讲要好。诵之行云流水，听之金声玉振，观之明霞散绮，讲之独茧抽丝。

谢榛对诗歌的要求是"诵要好，听要好，观要好，讲要好"。好的诗歌，一定是音韵和谐，节奏铿锵，"诵之行云流水，听之金声玉振"。请大家欣赏戴望舒之《雨巷》。

雨 巷
戴望舒

撑着油纸伞，独自

彷徨在悠长、悠长

又寂寥的雨巷，

我希望逢着

一个丁香一样地
结着愁怨的姑娘。

她是有
丁香一样的颜色，
丁香一样的芬芳，
丁香一样的忧愁，
在雨中哀怨，
哀怨又彷徨；

她彷徨在这寂寥的雨巷，
撑着油纸伞，
像我一样，
像我一样地
默默彳亍着，
冷漠、凄清，又惆怅。

她静默地走近
走近，又投出
太息一般的眼光，
她飘过
像梦一般地，
像梦一般地凄婉迷茫。

像梦中飘过
一枝丁香地，
我身旁飘过这女郎；
她静默地远了，远了，
到了颓圮的篱墙
走尽这雨巷。

在雨的哀曲里，
消了她的颜色，
散了她的芬芳，

消散了，甚至她的

太息般的眼光，

丁香般的惆怅。

撑着油纸伞，独自

彷徨在悠长、悠长

又寂寥的雨巷，

我希望飘过

一个丁香一样地

结着愁怨的姑娘

赏析 Appreciation

《雨巷》这首诗是戴望舒的成名作，奠定了他在中国现代派诗坛的地位，戴望舒也因为此诗被称作"雨巷诗人"。也有人可能并不喜欢这首诗歌。不过即使讨厌这首诗歌的人，都不得不承认这首诗歌的音韵确实非常美。叶圣陶评价说，戴望舒"替新诗的音节开了一个新的纪元"[①]。著名诗人朱湘称"《雨巷》在音节上完美无缺"，"比起唐人的长短句来，实在毫无逊色。"[②]

3. 分析诗歌的意象、情感等

接下来我们就可以分析诗歌的意象、情感等方面了。我们在赏析的时候不必面面俱到，可以侧重某一方面进行赏析。如笔者对弥尔顿《致亡妻》的解读，就分别从典故的使用以及情感的表达等两方面，分别撰写了两篇文章。对这首诗歌更为详细的分析，请参考第6章和第7章。

仍以《雨巷》为例。诗歌中提及几个意象："油纸伞""雨巷""丁香""姑娘"，其中反映吟咏的是"丁香"这个意象。一看到"丁香"这个意象，中国读者心里首先想到的是"愁"字。汉语中有很多包含"丁香"的意象，都与"愁"有关。如李商隐《代赠二首·其一》。

---

① 施蛰存，应国靖. 中国现代作家选集：戴望舒[M]. 北京：人民文学出版社，1993.
② 朱湘. 朱湘书信二集[M]. 合肥：安徽文艺出版社，1987：186 -187.

代赠二首·其一

唐·李商隐

楼上黄昏欲望休，

玉梯横绝月如钩。

芭蕉不展丁香结，

同向春风各自愁。

以丁香写愁，最著名的当数南唐中主李璟的《摊破浣溪沙·手卷真珠上玉钩》。

摊破浣溪沙

南唐·李璟

手卷真珠上玉钩，依前春恨锁重楼。风里落花谁是主？思悠悠。

青鸟不传云外信，丁香空结雨中愁。回首绿波三楚暮，接天流。

在《雨巷》中，"丁香"意象的使用，让我们首先想到"愁"字，再加上"结着愁怨的姑娘"、江南雨巷的阴沉寂寞等，这所有意象的叠加，都在表达作者的"愁怨"，从而我们就基本把握了这首诗歌的感情基调。

4. 理解主题

在解决字词、理解音韵、分析意象之后，一般来说，就可以大致知道这首诗歌要表达的主题了。仍以《雨巷》为例，不同读者可能会对诗歌产生不同的理解：完全了解诗歌写作背景的读者，可以把它看作一首单纯的爱情诗词，反映了诗人对美好爱情的追求；有些读者花了点时间去了解诗歌的写作背景，知道这首诗写于1927年夏天，当时正值"四一二反革命政变"之后，全国处于"白色恐怖"之中，戴望舒也因曾参加进步活动而不得不避居于松江的友人家中，在孤寂中咀嚼着大革命失败后的幻灭与痛苦，因此，这首诗歌主要是描写一部分青年人在理想幻灭后的痛苦和追求的心境，等等。

3.3 诗歌欣赏实例

让我们根据前面介绍的四个步骤来欣赏下面这首诗歌。

When You Are Old

William Butler Yeats

When you are old and grey and full of sleep,

And nodding by the fire, take down this book,

And slowly read, and dream of the soft look

Your eyes had once, and of their shadows deep;

How many loved your moments of glad grace,

And loved your beauty with love false or true,

But one man loved the pilgrim soul in you,

And loved the sorrows of your changing face;

And bending down beside the glowing bars,

Murmur, a little sadly, how Love fled

And paced upon the mountains overhead

And hid his face amid a crowd of stars.

当你老了

威廉·巴特勒·叶芝

当你老了，头白了，睡思昏沉，

炉火旁打盹，请取下这部诗歌，

慢慢读，回想你过去眼神的柔和，

回想它们昔日浓重的阴影；

多少人爱你青春欢畅的时辰，

爱慕你的美丽，假意或真心，

只有一个人爱你那朝圣者的灵魂，

爱你衰老了的脸上痛苦的皱纹；

垂下头来，在红光闪耀的炉子旁，

凄然地轻轻诉说那爱情的消逝，

在头顶的山上它缓缓踱着步子，

在一群星星中间隐藏着脸庞。

（袁可嘉 译）

这首诗歌非常著名，作者是苏格兰诗人、诺贝尔奖文学奖获得者叶芝。让我们按照刚才所讲的方法来赏析这首诗歌。

首先，通读这首诗歌，查字典，把不懂的单词注音并释义。"pilgrim"在诗歌里面是一个重要的单词，"pilgrim"是"朝圣者"，"pilgrim soul"意为"朝圣者（一样）的灵魂"。

其次，大声朗读这首诗歌，感受其语言的抑扬顿挫。我们发现，这首诗歌分成三个诗节，押韵方式为ABBA，也就是每个诗节的一、四句和二、三句分别押韵；每个诗行采用五音步抑扬格，音韵优美。关于押韵（rhyme）以及诗行中的内部节奏（rhythm），我们会在第5章进行讲述。

再次，试图去理解这首诗歌的意思。首先，我们试图去理解诗行的语法结构。

When you are old and grey and full of sleep,
And nodding by the fire, take down this book,
And slowly read, and dream of the soft look
Your eyes had once, and of their shadows deep;

1. take down this book：祈使句，省略了主语"You"，指恋人拿起这本书（作者写给她的含有这首诗歌的书）。

2. your eyes had once 是省略了引导词 that 的定语从句，修饰先行词 the soft look，意即"你的眼睛中曾经有过的温柔的目光"。

3. dream of 后面接了两个并列的宾语 the soft look 和 their shadows。

4. their shadows deep = their deep shadows，这是为了和第一行sleep押韵，把shadows和deep的位置调换了。

How many loved your moments of glad grace,
And loved your beauty with love false or true,
But one man loved the pilgrim soul in you,
And loved the sorrows of your changing face;

5. loved your beauty with love false or true = loved your beauty with false love or true love，用真的爱或者假的爱来爱你。

And bending down beside the glowing bars,
Murmur, a little sadly, how Love fled
And paced upon the mountains overhead
And hid his face amid a crowd of stars.

6. 第三个诗节中，murmur 是动词，后面是宾语从句：murmur how Love fled/paced upon the mountains overhead/hid his face amid a crowd of stars，她喃喃自语的内容是：她的爱人离开/爱人在群山之上踱步/爱人把自己的脸隐藏在群星之间。

如果把这首诗歌改写为大家更加容易理解的散文，应该是这样的。

When you are old and grey and full of sleep, and nodding by the fire, take down this book, and slowly read, and dream of the soft look (that) your eyes had once, and (dream) of the deep shadows of your eyes.

How many (people) loved your moments of glad grace, and loved your beauty with false or true love, but one man loved the pilgrim soul in you, and loved the sorrows of your changing face.

And bending down beside the glowing bars, (you) murmur, a little sadly, how Love fled, and (Love) paced upon the mountains overhead and (Love) hid his face amid a crowd of stars.

最后，在完成以上步骤之后，我们就能够基本理解诗歌的主题了：这是一首作者向他的恋人表达爱情的诗歌。

这首诗歌创作于 1893 年，当时叶芝 28 岁，诗歌是献给他心中的爱人茅德·冈（Maud Gonne）的。茅德·冈是爱尔兰一位军官的女儿，是一位演员，长得非常漂亮。1899 年，24 岁的诗人与 22 岁的茅德·冈相遇，诗人疯狂地爱上了茅德·冈。1891 年，诗人向茅德·冈求婚，却被拒绝，1893 年，诗人创作了《当你老了》一诗，想象茅德·冈白发苍苍、身躯佝偻，所有那些真心假意爱她的人都已经离她而去，只有诗人还会守在她的身边。后来发生的事情让人唏嘘：叶芝多次向茅德·冈求婚，都被拒绝，后来茅德·冈与他人结婚又离婚，诗人于 1916 年再次向她求婚，仍然被拒绝。

诗歌表现了诗人对茅德·冈真挚而热烈的爱情。诗人的爱是永恒的，与时间无关，这也是为什么诗人在 28 岁的年龄（本诗发表时诗人 28 岁，茅德·冈

26岁），穿越时间去想象茅德·冈美人迟暮时，其他追求者都离她而去的情景；诗人的爱也是真挚的，他爱的不是茅德·冈现在的美貌，而是爱的是恋人"朝圣者的灵魂"。这首被誉为世上最美情诗之一的《当你老了》，让不少古今中外的人泪眼婆娑，然而却始终没有感动诗中的那个女主角。

思考与练习

1. 请谈谈你对艾米莉·狄金森 The Soul selects her own Society（J. 303）这首诗的理解。

2. 请找出更多包含有"丁香"的诗歌，并说出它们在诗歌中的含义。

3. 你怎么看待高考阅读题难倒原文作者这个现象？

4. 请尝试赏析下面这首诗歌，并与同学们分享你对这首诗歌的理解。

Living Graves

George Bernard Shaw

We are the living graves of murdered beasts,

Slaughtered to satisfy our appetites.

We never pause to wonder at our feasts,

If animals, like men, can possibly have rights.

We pray on Sundays that we may have light,

To guide our footsteps on the path we tread.

We're sick of War, we do not want to fight—

The thought of it now fills our hearts with dread,

And yet—we gorge ourselves upon the dead.

Like carrion crows, we live and feed on meat,

Regardless of the suffering and pain

We cause by doing so, if thus we treat

Defenseless animals for sport or gain,

How can we hope in this world to attain

The PEACE we say we are so anxious for.

We pray for it, o'er hecatombs of slain,

To God, while outraging the moral law.

Thus cruelty begets its offspring—WAR

译诗 Translation

活着的坟墓

萧伯纳

我们就是被杀死的动物的坟墓，

它们被杀死以满足我们的胃口。

我们从未停下来思考我们的饕餮大餐，

是否动物，可能也有和人一样，享有权利。

我们在礼拜日祈祷光明，

能够引导我们的道路。

我们厌恶战争，不愿争斗，

战争让我们内心充满恐惧，

但是，我们却对动物尸体狼吞虎咽。

我们靠吃肉生活，就像食腐肉的乌鸦，

却不管动物因此所承受的痛苦。

如果我们因为休闲或者利益

屠杀这些毫无防备的动物，

我们又如何指望世界

有我们所祈求的和平。

在上帝面前，我们为这些死去的动物祈祷，

却又在违背道德准则，

我们的残忍只会带来——战争。

（李冬青 译）

第4章 意象欲出,造化已奇:诗歌的意象

(1) 美国诗人埃兹拉·庞德说:"与其著作等身,不如一生营造一个意象。"(It is better to present one image in a lifetime than to produce voluminous works.)谈谈你对这句话的理解。

(2) 汉语中的"龙"自古以来都是权势、高贵、尊荣的象征,又是幸运与成功的标志,中国人也被称为"龙的传人"。英语中的"dragon"却是邪恶的化身,龙在西方一般被描绘为长有翅膀、能吐火的怪物。如何将汉语"龙"译为英语,有两种截然不同的观点。一种观点认为不应该译为"dragon",因为"dragon"在西方人眼里会产生负面联想。另一种观点则认为,我们应该把"龙"译为"dragon",从而让西方读者更加了解中华文化。你对此有何评论?

意象是诗歌的基本要素之一。诗人流沙河说:"不讲求意象,诗便不耐读,读了容易忘;不讲究意象,诗便浅了,一眼看透,留不住人。"[①]作为"意象派"的领军人物,美国诗人埃兹拉·庞德非常重视意象的使用。他曾经说:"与其著作等身,不如一生只营造一个意象。"(It is better to present one image in a lifetime than to produce voluminous works.)文学批评家塞西尔·戴·刘易斯认为意象是诗歌中唯一永恒的东西,每首诗就其本身而言无外乎是一个完整的意象。诗歌的潮流可以此起彼伏,诗歌的语言可以千变万化,诗歌的音律可以千差万别,诗歌的主题可以陌生得完全出人意料,但是诗歌的意象永远是诗

---

① 流沙河. 流沙河随笔[M]. 成都:四川文艺出版社, 1995: 238.

歌的生命法则，永远是诗人的试金石和荣耀。①

　　既然意象这么重要，那么究竟什么是意象呢？

4.1　什么是意象

　　刘勰在《文心雕龙·神思》篇中首次提出"意象"一词：

　　是以陶钧文思，贵在虚静，疏瀹五藏，澡雪精神。积学以储宝，酌理以富才，研阅以穷照，驯致以绎辞，然后使玄解之宰，寻声律而定墨；独照之匠，窥意象而运斤。此盖驭文之首术，谋篇之大端。

译文　Translation

　　所以作文构思贵在有清虚、静穆的心境，泄导人情就可以清虚，净化心灵就可以静穆。还要积累学问来丰富知识的宝库，练达事理来充实自己的才能，周密观察来深入探讨，顺着文思来寻绎文辞；然后使深通自然之道的心灵来调声协律，遣词造句；用独特的感触来捕捉意象，巧运文思。这就是驾驭文思的首要方法和布局谋篇的要点。②

　　刘勰在这里所说的"意象"，实际上包含两个方面：主观之"意"与客观之"象"。"象"是包括自然界、人以及人身以外的其他社会联系的客体，是思维的物质载体；"意"即创作主体对现实人生以及外在环境的深切体验，包括思想、感情、观点、意识、欲望及志趣等，是思维的内容。

　　在诗歌中，客观之"象"必须与主观之"意"结合，也就是客观物象须与主观的情感相结合。比如月亮，这是我们经常见到的自然界的客观物象，平常人已然见惯不惊。对于科学家而言，听到"月亮"或者"月球"的第一反应可能是这样的：地球的卫星，表面凹凸不平，本身不发光，只能反射太阳光，直径约为地球直径的1/4，引力相当于地球的1/6。通称月亮。③这只是对"月亮"这个物体的科学解释，没有任何包含任何主观情思在里面。但是诗人们将月亮这一客观物象与他们的主观情思相结合，则可能产生"思乡""怀人"等复杂情感，比如以下几种。

---

① 贺权宁.诗歌意象类型及跨文化翻译策略研究[J].南开学报(哲学社会科学版),2015,(03):69-83.

② 刘勰.文心雕龙(白话)今译[M].熊宪光,译.重庆：西南师范大学出版社,1996:236-237.

③ 中国社会科学院语言研究所词典编辑室.现代汉语词典[M].7版.北京：商务印书馆,2017:1617.

（1）**思乡怀人**。月相的盈亏变化让古人联想到亲人朋友之间的团圆与分离，明月升起的时候，不管天涯海角都能够看见，更是让人生出"望月怀远"之情。这样的诗歌颇多，比如杜甫的《月夜》。

月　夜
唐·杜甫

今夜鄜州月，

闺中只独看。

遥怜小儿女，

未解忆长安。

香雾云鬟湿，

清辉玉臂寒。

何时倚虚幌，

双照泪痕干。

赏析　Appreciation

"今夜鄜州月，闺中只独看"，是杜甫《月夜》中的句子。当时诗人身陷敌中，而妻子儿女却在鄜州，明明是他看着长安之月思念亲人，却想着妻子在鄜州也在看月想念着他。

（2）**以月亮象征时空之永恒**。月亮阴晴圆缺，循环不已，就像人类代代相传，生生不息，绵延不绝。因此遥望月亮总让人浮想联翩感慨不已。比如，张若虚的《春江花月夜》。

春江花月夜（节选）
唐·张若虚

人生代代无穷已，

江月年年望相似。

不知江月待何人，

但见长江送流水。

译诗　Translation

人生一代一代地无穷无尽，

而江上的月亮一年一年地总是相似。

不知道江上的月亮在等待着什么人，

只见长江不断地一直运输着流水。

赏析　Appreciation

　　诗题《春江花月夜》乃乐府旧题，隋炀帝杨广亦有同名诗作两首传世。本诗却不落窠臼，以月为主体，以江为场景，描绘了一幅幽美邈远、惝恍迷离的春江月夜图，抒写了离情别绪以及富有哲理意味的人生感慨，表现了一种迥绝的宇宙意识，创造了一个深沉、寥廓、宁静的境界。人生固然短暂，可是以明月、长江为代表的自然，以及生生不息的人类，却是绵延久长。

　　本诗语言清新优美，韵律宛转悠扬，具有极高的审美价值，千百年来有无数读者为之倾倒。陈兆奎辑《王志》卷二《论唐诗诸家源流（答陈完夫问）》云："张若虚《春江花月夜》用《西洲》格调，孤篇横绝，竟为大家。"闻一多先生在《宫体诗的自赎》对张若虚此诗评价称："在这种诗面前，一切的赞叹是饶舌，几乎是亵渎。它超过了一切的宫体诗有多少路程的距离，读者们自己也知道。'……江畔何人初见月？江月何年初照人？人生代代无穷已，但见长江送流水。……'表现了更绝的宇宙意识！一个更深沉更寥廓更宁静的境界！在神奇的永恒面前，作者只有错愕，没有憧憬，没有悲伤。"[1]

4.2　意象的种类

　　意象分为哪些种类？我们平时所见所想的意象，大多是我们平时在日常生活中所能看到的自然万物，风景名胜，因而主要是视觉意象（visual image）。

　　英语中一般用image或者imagery来表示"意象"。与中文相似，英文中"意象"是指"使用语言去表征物体、动作、感觉、思想、理念、心境以及任何感官或超感官体验"。但是意象并非一定是视觉意象。[2]在实际生活中，除了

---

① 闻一多. 宫体诗的自赎[M]//闻一多全集(第三册). 北京：生活·读书·新知三联书店,1982：11.

② CUDDON J A. A Dictionary of Literary Terms and Literary Theory [M]. 5th ed. West Sussex：Wiley-Blackwell, 2013：354.

视觉意象外，我们还有很多其他的意象，比如：听觉意象（auditory image），嗅觉意象（olfactory image），触觉意象（tactile image），味觉意象（gustatory image），动觉意象（kinaesthetic image）等。此外还有温度、压力、距离等方面的意象，以及直接作用于理智的抽象意象（abstract image）等。[1]

意象，特别是视觉意象，通过使用一些具体的物象，使得诗歌具体化。如王维的《鸟鸣涧》。

鸟 鸣 涧
唐·王维

人闲桂花落，
夜静春山空。
月出惊山鸟，
时鸣春涧中。

赏析 Appreciation

这首诗描写的是春山夜晚异常幽静的景象。晚上，桂花自开自落，万籁俱寂，可以感觉到桂花落地的声息。景色繁多的春山，也好似空无所有。月亮刚出，亮光一显露，惊动了树上停宿的小鸟，它们在春涧中不时地鸣叫几声。作者用花落、月出、鸟鸣等活动着的景物来体现环境的"静"，突出地显示了月夜春山的幽静，取得了以动衬静的艺术效果，生动地勾勒出一幅"鸟鸣山更幽"的诗情画意图。诗词如书画，既讲究虚实相生，也追求动静相谐。人"闲"表明了作者的心境，山"空"表明了环境氛围，在王维这首诗中，不仅可以看到春山由明月、落花、鸟鸣所点缀的那样一种迷人的环境，而且还能感受到盛唐时代和平安定的社会气氛，更可以感受到王维的禅心与禅趣，徐增《而庵说唐诗》评价曰："'夜静春山空'，右丞精于禅理，其诗皆合圣教，有此五个字，可不必更读十二部经矣。'时鸣春涧中'，夫鸟与涧同在春山之中，月既惊鸟，鸟亦惊涧，鸟鸣在树，声却在涧，纯是化工，非人为可及也。"

再看英国诗人罗伯特·勃朗宁的《夜会》（*Meeting at Night*）。

---

① 罗良功. 英诗概论[M]. 武汉:武汉大学出版社,2002：73-74.

Meeting at Night

Robert Browning

I

The grey sea and the long black land;
And the yellow half-moon large and low;
And the startled little waves that leap
In fiery ringlets from their sleep,
As I gain the cove with pushing prow,
And quench its speed i' the slushy sand.

II

Then a mile of warm sea-scented beach;
Three fields to cross till a farm appears;
A tap at the pane, the quick sharp scratch
And blue spurt of a lighted match,
And a voice less loud, thro' its joys and fears,
Than the two hearts beating each to each!

译诗　Translation

深夜幽会

罗伯特·勃朗宁

1

海，灰暗；地，漫长、漆黑；
半轮黄月，大而低垂；
细浪从梦中惊醒，
在火一般的涟漪中闪动。
我驾急行的小舟抵达海湾，
船头扎进充满泥沙的海滩。

2

之后，走过一里散发温暖海香的沙滩，
又穿过三块田地，直到一农庄出现；
轻扣窗户；急速的哧啦声响，

蓝光闪过，火柴点亮。

柔声细语，透露出惊与喜。

两颗心怦怦地惊跳在一起。

（李正栓 译）

赏析 Appreciation

在这首诗歌中综合运用了多种意象。首先是视觉意象，如 the gray sea, the long black land, the yellow half-moon, the startled little waves, fiery ringlets, the cove, prow, the slushy sand, beach, a farm, pane, blue spurt, 这些都是视觉意象。

除了视觉意象之外，诗人也大量运用了其他意象种类：听觉意象如海浪的拍击声（leap），叩窗声（tap），恋人急切的开门声（quick sharp scratch），谈话声（voice, through its joys and fears）等，嗅觉意象如 "sea-scented beach" 是，动觉意象如 "two hearts beating" 等。

请大家欣赏以下这首诗歌，注意其中使用的意象。

The Red Wheelbarrow

William Carlos Williams

so much depends

upon

a red wheel

barrow

glazed with rain

water

beside the white

chickens

译诗 Translation

红色手推车

威廉·卡洛斯·威廉斯

那么多东西

都靠

一辆红色
手推车

雨水滴答作响
它闪亮

旁边有一群
白鸡

（李冬青 译）

赏析 Appreciation

本诗体制短小，是威廉斯最短的诗歌。全诗共四个诗节八行，实际上只有一个句子，16个单词，其中虚词就有6个。诗歌全部采用小写字母，不用任何标点符号，体现了作者对传统诗歌形式的反叛。

整首诗歌就一个句子："so much depends on a red wheel barrow glazed with rain beside the white chickens"，但是经过诗人的巧妙安排，读者感受到的却是一副意象丰富的以手推车为中心的画面。诗中用了三种视觉意象（red wheel barrow, rain water, white chickens），"手推车"则是本诗主要的意象。为了突出意象，威廉斯打破传统的句法安排，诗行长短交错，奇数行3个单词，偶数行1个单词，组成重叠的"之"字形图案，模拟手推车的运动轨迹（上下及左右）。这样的安排使得"手推车""水""白鸡"这三个意象独立成行，非常显眼，增强了意象和节奏的力量，突出了客观事物本身寓意。

威廉斯主张诗歌必须剥去一切虚饰，剔除一切形而上的东西，通过具体事物进行艺术构思。人们熟视无睹、习而不察的事物也同样可以产生丰富的审美体悟。作者通过细心观察，从日常生活中常见的"手推车"等事物中发现了一种常人视而不见的美。

4.3 意　境

有些诗歌可能采用单一的意象，如王维的诗歌《相思》（一题为《江上赠李龟年》）。

相　思
唐·王维

红豆生南国，
春来发几枝。
愿君多采撷，
此物最相思。

赏析　Appreciation

　　这首诗歌主要采用了"红豆"这一单一的意象。当然，我们所谓的"单一"，也仅仅是指视觉意象上的单一，指的是只用了一种视觉意象，这首诗歌仍然包含了其他种类的意象，如动作意象"春来发几枝"中的"发"，"愿君多采撷"中的"采撷"等。

　　有时候，单个的意象不足以表现诗人的思想感情，诗人会用一系列的意象来集中呈现其强烈的情感，称之为"意象群"。

　　在中国古代诗论中，也经常提及"意境"。如前所述，意象是融入了作者思想感情的客观物象，是赋有某种特殊含义和文学意味的具体、实在、可感的形象，意境则指作品或自然景象中所表现出来的情调、境界或氛围，是抒情作品中呈现的情景交融、虚实相生的形象及其诱发和开拓的审美想象空间。[①]比如，苏轼的《卜算子·黄州定慧院寓居作》。

卜算子·黄州定慧院寓居作
宋·苏轼

缺月挂疏桐，
漏断人初静。
谁见幽人独往来，
缥缈孤鸿影。

惊起却回头，
有恨无人省。
拣尽寒枝不肯栖，
寂寞沙洲冷。

---

① 辛晓玲.论意境与意象之区别[J].兰州大学学报(社会科学版),2009,37(02):63-68.

赏析 Appreciation

诗人用一系列的意象"缺月""疏桐""幽人""孤鸿""寒枝"等，形象而生动地表现了诗人孤独惆怅的心境。

我国的诗歌意境理论源远流长，这方面的著述也非常丰富。"意境"理论的集大成者是王国维在《人间词话》中提出的"境界"说："词以境界为上。有境界则自成高格，自有名句。五代、北宋之词所以独绝者在此。"

"词以境界为上"，"有境界则自成高格"说明了意境营造对于中国诗歌的重要性，马致远的《天净沙·秋思》可谓是意境营造的代表之作。

天净沙·秋思
元·马致远

枯藤老树昏鸦，
小桥流水人家，
古道西风瘦马。
夕阳西下，
断肠人在天涯。

赏析 Appreciation

此曲仅五句二十八字，以枯藤、老树、昏鸦、小桥、流水、人家、古道、西风、瘦马、夕阳、断肠人等多种景物并置，组合成一幅秋郊夕照图，浪迹天涯的游子骑着瘦马，出现在一派凄凉的背景上，从中透出令人哀愁的情调，抒发了一个飘零天涯的游子在秋天思念故乡、倦于漂泊的凄苦愁楚之情。全曲语言凝练却容量巨大，意蕴深远，结构精巧，顿挫有致，元代文学家周德清称之为"秋思之祖"。王国维在《人间词话》中如此评价："寥寥数语，深得唐人绝句妙境。有元一代词家，皆不能办此也。"[①]

中国人之所以对这首词颇有感触，是因为词中所用典型意象，如枯藤、老树、昏鸦、西风、夕阳、断肠人等词语，在汉语中属于同样一个"语义场"（semantic field），所传递给中国人的情感是相似的，都是萧条、凄凉的感觉。但是，这首词翻译成西方语言，同样的意象，却丧失了这些联想意义，不能营造中国人所感受到的孤独凄苦的意境，因此西方人读来味同嚼蜡，这也是文化差异对于诗歌理解的影响。

---

① 王国维. 人间词话：人间词[M]. 北京：群言出版社，1995：52.

4.4　意象的多义性

由于诗人的知识水平、人生经历不一样，会为同样一个"象"赋予不同的"意"。如布谷鸟（杜鹃鸟、子归鸟），在中文中，典型的含义就可能包括：

（1）伤春，惜时。布谷鸟是候鸟，每年春天飞来，因其叫声"咕咕"（英语中布谷鸟一词"cuckoo"也是模仿其声音而来）听起来像是"布谷"而被人们赋予催耕或者伤春的寓意。南宋朱淑真有诗名曰《伤春》。

伤　春
宋·朱淑真

览镜惊容却自嫌，
逢春长是病厌厌。
吹花弄粉新来懒，
惹恨供愁近日添。
生怕子规声到耳，
苦羞双燕语穿帘。
眉头眼底无他事，
须信离情一味严。

赏析 Appreciation

春天一到，自是百鸟歌唱，草长莺飞，万物复苏，到处充满勃勃生机。布谷鸟提醒人们播种，燕子自南方飞回，这一切提醒我们，春天来了。但是作者确是"病厌厌"，既"恨"且"愁"，这一切当然是因为"离情"！

（2）哀怨、愁苦、思乡。这一寓意主要来源于蜀王杜宇的传说。传说周朝末年，蜀地有个君王叫作杜宇（即望帝），被迫禅让退位，独自隐居深山。后来国家灭亡，自己在痛苦中死去后化为杜鹃鸟，每年暮春就会悲鸣不止，直到口中滴血，因此古诗中的杜鹃也就成为哀怨、愁苦、思乡的象征了。李白有诗云《宣城见杜鹃花》。

宣城见杜鹃花

唐·李白

蜀国曾闻子规鸟，
宣城还见杜鹃花。
一叫一回肠一断，
三春三月忆三巴。

赏析 Appreciation

诗人晚年时（53～62岁）多次游历安徽宣城。作者青年时仗剑去国，希望做出一番成就，但是现在已经垂垂老矣，却功业无成，作者的悲伤可想而知，作者以此诗抒发自己思乡之情。

《红楼梦》里，大观园桃花（诗）社作柳絮词的故事，更是清楚地说明了不同人面对同一意象的不同感受。

红楼梦第七十回"林黛玉重建桃花社史湘云偶填柳絮词"中，大观园重建诗社，推举林黛玉为社主。一日，黛玉与湘云要求大家作诗，"以柳絮为题，限各色小调"。林黛玉作《唐多令》。

唐 多 令

林黛玉

粉堕百花州，
香残燕子楼。
一团团逐对成逑。
飘泊亦如人命薄，
空缱绻，
说风流。

草木也知愁，
韶华竟白头！
叹今生谁舍谁收？
嫁与东风春不管，
凭尔去，
忍淹留。

同样是面对飘飞的柳絮，薛宝钗作《临江仙》。

临 江 仙

薛宝钗

白玉堂前风解舞，

东风卷得均匀。

蜂围蝶阵乱纷纷。

几曾随逝水，

岂必委芳尘？

万缕千丝终不改，

任他随聚随分。

韶华休笑本无根。

好风凭借力，

送我上青云。

赏析 Appreciation

　　林黛玉和薛宝钗面对同样一个"象"——柳絮，描述同样一个动作（柳絮飘飞），林黛玉和薛宝钗的"意"却截然不同。林黛玉因为父母早丧，住在贾府，寄人篱下，不免多愁善感，在她的眼里，飘飞的柳絮就如同她自己一样，"飘泊亦如人命薄，空缱绻，说风流"，"叹今生谁舍谁收"，因此被众人评价"太作悲了，好是固然好的"。而薛宝钗则与林黛玉截然不同：她"品格端方，容貌美丽"，忠诚地信奉封建礼教，多次劝贾宝玉走"仕途经济""立身扬名"之道；她为人处事圆滑世故，"罕言寡语，人谓装愚；随分从时，自云守拙"，正如脂评所言："待人接物不亲不疏，不远不近，可厌之人未见冷淡之态，形诸声色；可喜之人亦未见醴密之情，形诸声色。"因此，薛宝钗在贾府游刃有余，深得贾府上下各色人等的欢心，对她而言，柳絮飘飞是因为不肯"委芳尘"，梦想着自己有朝一日能够像柳絮一样青云直上。

4.5　意象贵在创新

　　很多诗歌意象由于历朝的诗人们反复使用，已经具有较为固定的含义了，比如，看到"红豆"，我们基本可以断定，这首诗歌可能是会写相思之情的，看到"丁香"，可能这首诗歌是关于愁闷的。

　　但是，意象贵在创新。第一个把姑娘比作玫瑰的是天才，第二个把姑娘比作玫瑰的也许就是蠢材了。舒婷的《致橡树》之所以广为传唱，重要原因就在于她在诗中把男人和女人分别比作橡树和木棉，这两个意象的使用对中国读者来说耳目一新。

　　秋天在大多数诗人的眼里，都是萧瑟凄凉的，古今诗人颇多悲秋之作，盖因秋天总是"萧瑟兮草木摇落而变衰"（宋玉《九辩》），比如苏轼的《西江月》。

西 江 月
宋·苏轼

世事一场大梦，人生几度秋凉。夜来风叶已鸣廊。看取眉头鬓上。
酒贱常愁客少，月明多被云妨。中秋谁与共孤光。把盏凄然北望。

　　又如郎士元的诗。

盩厔县郑礒宅送钱大①
唐·郎士元

暮蝉不可听，
落叶岂堪闻。
共是悲秋客，
那知此路分。
荒城背流水，
远雁入寒云。
陶令门前菊，
馀花可赠君。

　　英诗中"悲秋"情绪相较而言没有中文诗歌那么浓厚，但是也不少，如莎士比亚第七十三首十四行诗。

Sonnet 73
William Shakespeare

That time of year thou mayst in me behold

When yellow leaves, or none, or few, do hang

---

① 一作送别钱起，又作送友人别。

Upon those boughs which shake against the cold,

Bare ruin'd choirs, where late the sweet birds sang.

In me thou see'st the twilight of such day

As after sunset fadeth in the west,

Which by and by black night doth take away,

Death's second self, that seals up all in rest.

In me thou see'st the glowing of such fire

That on the ashes of his youth doth lie,

As the death-bed whereon it must expire,

Consum'd with that which it was nourish'd by.

This thou perceiv'st, which makes thy love more strong,

To love that well which thou must leave ere long.

译诗 Translation

十四行诗第七十三首

威廉·莎士比亚

你从我身上能看到这个时令：

黄叶落光了，或者还剩下几片

没脱离那乱打冷颤的一簇簇枝梗——

不再有好鸟歌唱的荒凉唱诗坛。

你从我身上能看到这样的黄昏：

落日的回光沉入了西方的天际，

死神的化身——黑夜，慢慢地临近，

挤走夕辉，把一切封进了安息。

你从我身上能看到这种火焰：

它躺在自己青春的余烬上燃烧，

像躺在临终的床上，一息奄奄，

跟供它养料的燃料一同毁灭掉。

看出了这个，你的爱会更加坚贞，

好好地爱着你快要失去的爱人！

（屠岸 译）

赏析 Appreciation

　　在这首诗歌里，诗人用了三个重要意象：秋天，黄昏和火焰。这三个意象有共同之处，那就是它们都象征着死亡的临近。秋季之后是冬季，日落之后为夜晚，而焰火燃烧之后成为灰烬。在作者眼中，秋季"黄叶落光了"，鸟儿不再歌唱，整个一片肃杀寂寥的景象。最后的对句（couplet）将全诗推向高潮："看出了这个，你的爱会更加坚贞，好好地爱着你快要失去的爱人！"这个对句阐明了全诗的主题：珍惜爱人，尤其是即将永远离开的爱人。

　　汉语诗歌中颇多悲秋之词，但刘禹锡作《秋词》，却一反他人悲秋的情调，以奔放的热情、生动的画面，热情赞美秋日风光的美好，唱出了一首昂扬奋发的励志之歌。

秋　词

唐·刘禹锡

自古逢秋悲寂寥，
我言秋日胜春朝。
晴空一鹤排云上，
便引诗情到碧霄。

赏析 Appreciation

　　本词首先赞美了秋天的美好。古代文学中，常将"秋"与"愁"等同起来。但是这首词却一反过去文人悲秋的传统，直言"秋日胜春朝"，认为秋天比那万物萌生、欣欣向荣的春天还要要好，强调秋天并不死气沉沉，而是很有生气。晴空中有一只鹤排云而上，诗人也诗兴大发，他的诗情也随着那只鹤，一同遨游到了云霄。

　　这首词更是刘禹锡昂扬斗志与不屈人格的体现。刘禹锡因为"八司马事件"遭遇多次贬谪，前后共23年（"巴山楚水凄凉地，二十三年弃置身。"）。[1]但是他并没有因此自暴自弃，而是奋发图强，将自己比作那直冲云霄的黄鹤，表现了作者奋发进取的豪情和豁达乐观的情怀。

---

① 唐顺宗永贞元年(805年)刘禹锡因为"八司马事件"被贬，直到宝历二年(826)冬应召回洛阳，任职于东都尚书省，约22年，因贬地离京遥远，实际上到第二年才能回到京城，实际上前后共23年。

4.6　意象与文化差异

在4.3节讲到《天净沙·秋思》时，我们已经知道，西方人对中国人眼中常见的意象的理解有所不同，这就是意象的文化差异。不同民族由于历史发展状况、生存环境等不同，导致民族之间存在着巨大的文化差异，同样一个意象，对不同民族却会产生不同甚至相反的联想。

一个典型的例子是"龙"（dragon）。在中国，龙自古以来是权势、高贵、尊荣的象征，又是幸运与成功的标志。汉语中的许多成语如"卧虎藏龙""龙凤呈祥""望子成龙"等都体现了人们的美好愿望，中国人更是自称"龙的传人"。在西方，"dragon"却是邪恶的化身，龙在西方一般被描绘为长有翅膀、能吐火的怪物，那些杀死龙的人经常被视为英雄而受到尊敬。古希腊神话中英雄赫拉克勒斯为完成十二项可怕的考验，杀死巨龙拉冬偷得金苹果；基督教圣徒崇拜的圣乔治，是因为杀死了湖中巨龙而备获尊崇。英国古老的史诗《贝奥武甫》则生动地描述了年逾古稀的英雄贝奥武甫斩杀恶龙的故事。由于恶龙把守的宝库中的宝藏被盗，恶龙便向高特人进行疯狂的报复。它张开血盆大口，向房屋和田地喷射烈焰。大火烧焦了土地，夷平了城堡，夺去了许多高特人的生命。年迈的贝奥武甫与恶龙展开了殊死搏斗，将暴虐的恶龙杀死，自己也因中龙毒而壮烈牺牲。[①]

"月亮"在中国经常被用于表达思乡、怀人的情思。人们甚至认为满月会影响人类和动物的行为，引起强烈的思想、情绪激动。但是，西方人对"月亮"的理解却有所不同。实际上，罗马月亮女神的名字叫Luna，意为"疯子"。这个词本身来自拉丁语"lunaticus"，最初指的是癫痫病和疯病，而在西方人眼里，这些疾病都是月亮引起的。西方人常常认为"月圆夜，杀人夜"，外国电影里就有大量描写月圆夜发生的凶杀案、人狼和鬼魂出没的故事。

中文中常见的意象"西风"，与西方人眼里的"west wind"也大不相同。深秋季节，亚欧大陆形成蒙古—西伯利亚高压，因此从西边吹来的风一般都是寒冷刺骨的西北风。因此，"西风"在中国诗歌里，常常是凄凉、萧瑟的，例如下面这首《南浦别》。

[①] 史维存.贝奥武甫降妖记[M].吉林：吉林摄影出版社，1994：138-147.转引自：吉成名.西方人的屠龙观念[J].世界民族，2001(03)：68-72.

南　浦　别

唐·白居易

南浦凄凄别，
西风袅袅秋。
一看肠一断，
好去莫回头。

又如蒋捷的《虞美人·听雨》。

虞美人·听雨

宋·蒋捷

少年听雨歌楼上。红烛昏罗帐。壮年听雨客舟中。江阔云低、断雁叫西风。
而今听雨僧庐下。鬓已星星也。悲欢离合总无情。一任阶前、点滴到天明。

再如纳兰性德的《浣溪沙·谁念西风独自凉》。

浣溪沙·谁念西风独自凉

清·纳兰性德

谁念西风独自凉，萧萧黄叶闭疏窗，沉思往事立残阳。
被酒莫惊春睡重，赌书消得泼茶香，当时只道是寻常。

赏析　Appreciation

这几首诗歌，分别创作于唐代、宋代和清代，时间上相隔近1000年，但是诗歌中"西风"的含义却极其相似。当然，在毛泽东笔下，"西风"还多了一层含义，特指以美国为首的西方列强。1957年11月17日，毛泽东在莫斯科接见中国留学生，他在列举社会主义阵营的人口已经超过资本主义阵营之后，说："现在不是西风压倒东风，而是东风压倒西风。"

而英国地处中纬度西风带，是典型的温带海洋性气候，沿岸受北大西洋暖流影响，因此从西边吹来的风比较温暖和煦的。英国浪漫主义诗人雪莱的著名诗歌《西风颂》（*Ode to the West Wind*）中，对"西风"的理解显然与中国人不同。

Ode to the West Wind

Percy Bysshe Shelley

I

O wild West Wind, thou breath of Autumn's being,
Thou, from whose unseen presence the leaves dead
Are driven, like ghosts from an enchanter fleeing,

Yellow, and black, and pale, and hectic red,
Pestilence-stricken multitudes: O thou,
Who chariotest to their dark wintry bed

The winged seeds, where they lie cold and low,
Each like a corpse within its grave, until
Thine azure sister of the Spring shall blow

Her clarion o'er the dreaming earth, and fill
(Driving sweet buds like flocks to feed in air)
With living hues and odours plain and hill:

Wild Spirit, which art moving everywhere;
Destroyer and preserver; hear, oh hear!

V

Make me thy lyre, even as the forest is:
What if my leaves are falling like its own!
The tumult of thy mighty harmonies

Will take from both a deep, autumnal tone,
Sweet though in sadness. Be thou, Spirit fierce,
My spirit! Be thou me, impetuous one!

Drive my dead thoughts over the universe
Like wither'd leaves to quicken a new birth!
And, by the incantation of this verse,

Scatter, as from an unextinguish'd hearth

Ashes and sparks, my words among mankind!

Be through my lips to unawaken'd earth

The trumpet of a prophecy! O Wind,

If Winter comes, can Spring be far behind?

译诗 Translation

西 风 颂

珀西·比希·雪莱

I

哦，狂暴的西风，秋之生命的呼吸！

你无形，但枯死的落叶被你横扫，

有如鬼魅碰到了巫师，纷纷逃避：

黄的，黑的，灰的，红得像患肺痨，

呵，重染疫疠的一群：西风呵，是你

以车驾把有翼的种子催送到

黑暗的冬床上，它们就躺在那里，

像是墓中的死穴，冰冷，深藏，低贱，

直等到春天，你碧空的姊妹吹起

她的喇叭，在沉睡的大地上响遍，

（唤出嫩芽，像羊群一样，觅食空中）

将色和香充满了山峰和平原。

不羁的精灵呵，你无处不远行；

破坏者兼保护者：听吧，你且聆听！

V

把我当作你的竖琴吧，有如树林：

尽管我的叶落了，那有什么关系！

你巨大的合奏所振起的音乐

将染有树林和我的深邃的秋意：

虽忧伤而甜蜜。呵，但愿你给予我

狂暴的精神！奋勇者呵，让我们合一！

请把我枯死的思想向世界吹落，

让它像枯叶一样促成新的生命！

哦，请听从这一篇符咒似的诗歌，

就把我的话语，像是灰烬和火星

从还未熄灭的炉火向人间播散！

让预言的喇叭通过我的嘴唇

把昏睡的大地唤醒吧！西风呵，

如果冬天来了，春天还会远吗？

（查良铮 译）

赏析 Appreciation

　　《西风颂》是十九世纪英国伟大的抒情诗人雪莱的代表作之一。这里节选了其第一节和第五节。在这首诗里，"西风"是革命力量的象征，它横扫败叶、席卷残云、震荡大海，是无所不及、无处不在的"不羁的精灵"。同时西风对新生事物起了保护和促进作用，是"破坏者兼保护者"。诗人愿意做一把预言的号角，告知人们："如果冬天已经来了，呵，西风，春天还会遥远吗？"这有名的诗句一百多年来鼓舞了无数革命者。《西风颂》全诗气势豪放，想象奇丽，意境雄浑，思想深沉，感情强烈，在艺术上达到辉煌的境界。

思考与练习

1. 请分析诗歌的意象中"客观之'象'和主观之'意'"相结合的重要性。

2. 请举例说明英汉诗歌中意象使用的差异。

3. 请分析下面两首诗中的竹所代表的不同意象。

竹 石

清·郑板桥

咬定青山不放松，

立根原在破岩中。

千磨万击还坚劲，

任尔东西南北风。

新　竹

宋·刘兼

近窗卧砌两三丛，
佐静添幽别有功。
影镂碎金初透月，
声敲寒玉乍摇风。
无凭费叟烟波碧，
莫信湘妃泪点红。
自是子猷偏爱尔，
虚心高节雪霜中。

4. 南唐后主李煜的诗歌《虞美人·春花秋月何时了》原诗如下。

虞美人·春花秋月何时了

南唐·李煜

春花秋月何时了？往事知多少。小楼昨夜又东风，故国不堪回首月明中。雕栏玉砌应犹在，只是朱颜改。问君能有几多愁？恰似一江春水向东流。

许渊冲先生曾经将此诗译为英语，如下。

Tune：The Beautiful Lady Yu

Translated by Xu Yuanchong[①]

When will there be no more autumn moon and spring flowers
For me who had so many memorable hours?
My attic, which last night in vernal wind did stand,
Reminds me cruelly of the lost moonlit land.

Carved balustrades and marble steps must still be there,
But rosy faces cannot be as fair
If you ask me how much my sorrow has increased,
Just see the overbrimming river flowing east!

许渊冲先生在翻译本诗的时候，将"东风"译为"verbal wind（春风）"而不是"east wind"，你觉得这样的处理是否合理？为什么？

---

① XU Y C. Song of Immortals [M]. Beijing: New World Press, 1994：169.

第5章　戴着脚镣跳舞：诗歌的格律

（1）英汉语诗歌在格律方面有何异同？请举例说明。

（2）闻一多在谈到新诗的格律时说："恐怕越有魄力的作家，越是要戴着脚镣跳舞才跳得痛快，跳得好。只有不会跳舞的才怪脚镣碍事，只有不会做诗的才觉得格律的缚束。对于不会做诗的，格律是表现的障碍物；对于一个作家，格律便成了表现的利器。"你是否同意闻一多先生的论断？

5.1　诗歌需要格律

大自然中充满各种各样的节奏感：我们听得到自己的心跳，感觉到自己的呼吸，走路、跳舞和运动，这些都会产生节奏感。在诗歌中，诗人使用语言的有规律复现来创造节奏，这就是格律。所有诗人都使用节奏，无论他们是否意识到这一点。[1]很多时候我们之所以喜欢某首诗歌，很大的原因就是因为其节奏铿锵。笔者曾经在本人的诗歌欣赏班上做过调查，在问到"你为什么喜欢中国古典诗歌"的时候，85%的同学回答因为它们读起来朗朗上口。

艾布拉姆斯等人编撰的《文学术语词典》（*A Glossary of Literary Terms*）对格律（meter）的定义是：格律就是一种语言里一系列语音中的主要特征以有规律的单元复现。[2]王力教授在《汉语诗律学》中说，英诗的音乐性主要体

---

① LENNARD J. The Poetry Handbook [M]. New York: Oxford University Press, 2006: 1.

② 艾布拉姆斯(Abrams, M. H.)，哈珀姆(Harpham, G. G.). 文学术语词典(第10版)：中英对照[M]. 吴松江等，译. 北京：北京大学出版社，2014: 217.

现在两个方面：一是节奏（rhythm）；二是押韵（rhyme）。实际上，汉语诗歌的格律美也主要体现在这两个方面，因此我们在接下来的章节中主要从押韵和节奏两方面简要谈谈诗歌的格律。

5.2　中文诗歌格律

请大家先看看以下这段话，是否觉得其措辞有不妥之处？

历时三个月的"三苏杯"全国诗歌大赛今晚在此间揭晓颁奖：胡吉祥的《鹧鸪天·咏马街书会》与韩簇簇的《蹚过宋词的苏轼》分别获得古体诗和新体诗特等奖。①

对中国诗词有所了解的读者都可以看出，文章把"古体诗"和"新体诗"并列使用，是不合适的。至于为什么不合适，我们留待下面进行解释。

5.2.1　古体诗与近体诗

中国诗歌，大体上分为"诗""词"和"曲"。"诗"可以分为"古体诗""近体诗"和新诗（现代白话文新诗），"词"按照字数的多少，分为"小令""中调"和"长调"，"曲"由宋词俗化而来，是配合当时北方流行的音乐曲调撰写的合乐歌词，是一种起源于民间新声的中国音乐文学，是当时一种雅俗共赏的新体诗。中国诗歌的大致种类划分如下图所示。

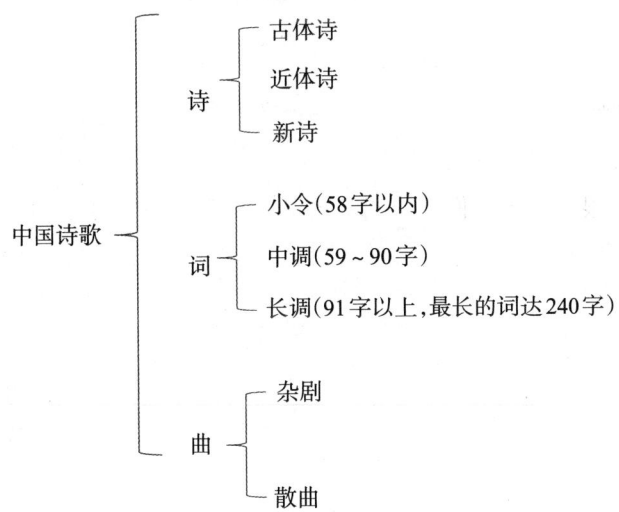

①崔志坚. 平顶山"三苏杯"全国诗歌大赛揭晓[EB/OL]. http://yzs.com/html/shnews/2010/8/1087762147.
htm, 2010-08-07.

1. 古体诗

一般来说，"古体诗"是指唐朝以前出现的各种诗体，也称古诗或古风。"古体诗"。一般包括古诗、楚辞、乐府诗等。以"歌""歌行""引""曲"或者"吟"等命名的古诗体裁的诗歌也属古体诗。古体诗的特点是格律限制不太严格，篇幅可长可短，押韵比较自由灵活，不必拘守对偶、声律，有四言、五言、七言、杂言等多种形式。

中国古体诗的发展，大致的发展轨迹是：诗经——楚辞——汉赋——汉乐府——魏晋南北朝民歌——建安诗歌——陶诗等文人五言诗——唐代的古风、新乐府。唐代开始，做近体诗的诗人多起来，但是，还是有诗人写了很多古体诗。李白、杜甫、白居易等著名诗人都写了很多古体诗。

1）古体诗之《诗经》

《诗经》是中国最早的诗歌总集。收集了西周初年至春秋中叶（前11世纪至前6世纪）的诗歌。《诗经》现存305篇（此外还有6篇仅有题目，共311篇），分《风》《雅》《颂》三部分。

下面这首诗歌《关雎》选自《诗经·国风·周南》，显然是属于古体诗。它押韵不够严格，共10联20句，也不是采用近体诗的体制。这首诗歌虽然短小，但却含义隽永，是《诗经》的第一篇，因此在中国文学史上占据着特殊的位置。

关　　雎

先秦·佚名

关关雎鸠，在河之洲。

窈窕淑女，君子好逑。

参差荇菜，左右流之。

窈窕淑女，寤寐求之。

求之不得，寤寐思服。

悠哉悠哉，辗转反侧。

参差荇菜，左右采之。

窈窕淑女，琴瑟友之。

参差荇菜，左右芼之。

窈窕淑女，钟鼓乐之。

2）古体诗之《楚辞》

《楚辞》当然也是古体诗。《楚辞》是中国文学史上第一部浪漫主义诗歌总集，相传是屈原创作的一种新诗体。"楚辞"的名称，西汉初期已有之，至刘向乃编辑成集。可以说，楚辞的产生是和楚国地方民歌以及楚地文化传统的熏陶分不开的。宋代黄伯思《东观余论·翼骚序》："屈宋诸骚，皆书楚语，作楚声，纪楚地，名楚物，故可谓之楚辞。"楚辞每句可长可短，在句尾或句中多用语气词"兮"字，这些也成为楚辞的显著特征。以下选自屈原的《九章·涉江》。

涉　　江

战国·屈原

余幼好此奇服兮，
年既老而不衰。
带长铗之陆离兮，
冠切云之崔嵬，
被明月兮佩宝璐。
世混浊而莫余知兮，
吾方高驰而不顾。
驾青虬兮骖白螭，
吾与重华游兮瑶之圃。
登昆仑兮食玉英，
与天地兮同寿，
与日月兮同光。

当然，古体诗还有汉赋、汉乐府，甚至唐代诗人仿照前朝诗人所写的古风、新乐府，限于篇幅，这里不作详细考察。

2. 近体诗

近体诗又称今体诗，萌芽于南北朝，南朝梁文学家沈约（441—513 年）倡导诗歌的声律，提出"四声八病"的观点，自觉地运用平、上、去、入四声来协调诗的音律，主张作诗应做到"一简之内，音韵尽殊；两句之中，轻重悉异"。汉语诗歌开始从相对自由的古体诗逐渐向格律严整的近体诗过度，到唐朝达到高峰。

近体诗包括律诗和绝句，律诗要求每行字数相等，多为五言、七言，律诗每首八行，每两行为一联，共四联，分别称为首联、颔联、颈联和尾联。平仄和押韵有较严格的规定，律诗中间两联还要求对仗。

所谓古、近并不是时间上的概念——是先有了"近体诗"概念之后才有了"古体诗"的，而是按照是否合乎格律来进行判断。唐朝以前的人，都是作古体诗，而唐朝以后的人，也有人作古体诗。大诗人李白，其诗作也多是古体诗，如《蜀道难》《将进酒》《梦游天姥吟留别》等。

3. 词

词是宋代盛行的一种中国文学体裁。它始于南朝梁代，形成于唐代，而极盛于宋代。词是一种音乐文学，它的产生、发展，以及创作、流传都与音乐有直接关系。很多词牌名，比如《菩萨蛮》《西江月》《风入松》《蝶恋花》等，本身就是乐曲的名称。以敦煌曲子词《菩萨蛮》为例。

菩萨蛮·枕前发尽千般愿
五代·佚名

枕前发尽千般愿，
要休且待青山烂。
水面上秤锤浮，
直待黄河彻底枯。
白日参辰现，
北斗回南面。
休即未能休，
且待三更见日头。

赏析 Appreciation

《菩萨蛮·枕前发尽千般愿》是敦煌曲子词中的一首早期民间词作。敦煌曲子词是20世纪初甘肃敦煌莫高窟发掘的唐五代民间词曲。全词一共使用了六种自然景物和非现实现象（青山、水面、黄河、参辰、北斗、日头）表达了主人公对爱情的忠贞不渝。在主人公眼中，爱情与山河同在，与日月共存，夸张又不过分地强调了爱情的永固。此词圆熟流丽，挥洒曲折，富于独创性的表现方式，使得这篇抒情之作成为唐朝诗苑中的一颗明珠。全词热烈大胆，奔放直率，似拙而新，语浅情深。

4. 元曲

元曲是盛行于元代的一种文艺形式，包括散曲和杂剧。杂剧是宋代以滑稽搞笑为特点的一种表演形式，元代发展成戏曲形式。每本以四折为主，在开头或折间另加楔子，每折用同宫调同韵的北曲套曲和宾白（戏剧中的说白）组成。散曲是盛行于元、明、清三代的没有宾白的曲子形式。散曲与剧曲不同。剧曲是用于表演的剧本，写各种角色的唱词、道白、动作等；散曲则只是用作清唱的歌词。从形式上看，散曲更接近于词，不过在语言上，词要典雅含蓄，而散曲要更加通俗活泼，运用日常口语，而不像诗词那样主要是用文言语言。王骥德在《曲律·论曲禁》中明确提出"太文语，太晦语，学究语，书生语，堆积学问"等禁忌。元曲的曲调虽然也有定格，但并不死板，允许在定格中加衬字，部分曲牌还可增句，押韵上允许平仄通押，与律诗绝句和宋词相比，有较强的灵活性。

散曲包括小令和套数两种。套数就是将同一宫调的若干支曲牌，按一定的规则和顺序联成一套，并且有首有尾、一韵到底。同套中的套曲一般必须使用同一宫调的曲牌。小令一般字数在58字以内。下例是元代著名散曲家张养浩的小令《山坡羊·潼关怀古》。

山坡羊·潼关怀古
元·张养浩

峰峦如聚，波涛如怒，山河表里潼关路。望西都，意踌躇。伤心秦汉经行处，宫阙万间都做了土。兴，百姓苦；亡，百姓苦！

赏析 Appreciation

《山坡羊·潼关怀古》是元曲作家张养浩散曲作品。此曲首先写景："峰峦如聚，波涛如怒，山河表里潼关路。"写出了潼关地势的险要，自古为历朝历代兵家必争之地，由此也引出了下文的感慨。第四至第七句，作者抒发自己怀古之思。作者西望长安，感慨万千：秦、汉本来是中国历史上极为强盛的政权，但是秦皇汉武曾苦心营造的无数殿堂楼阁，而今都已灰飞烟灭，化为尘土。最后两句，总写作者沉痛的感慨：历史上无论哪一个朝代，它们兴盛也罢，败亡也罢，老百姓总是遭殃受苦。此曲将写景、抒情和议论三者完美结合，堪称思想性、艺术性完美结合的名篇。

现在大家来看看本节开始所引报道的问题究竟出在什么地方：

历时三个月的"三苏杯"全国诗歌大赛今晚在此间揭晓颁奖：胡吉祥的《鹧鸪天·咏马街书会》与韩簌簌的《蹚过宋词的苏轼》分别获得古体诗和新体诗特等奖。

我们学习汉语诗词的相关知识后，发现上述报道存在几个问题：首先，"古体诗"和"新体诗"不是专业的说法，我们只有"古体诗"和"近体诗"，并无"新体诗"一说，也许作者是想表达"现代白话文新诗"。"近体诗"并非指现代白话文创作的自由诗，而是指唐代以来有着严格格律要求的诗歌。其次，报道将《鹧鸪天·咏马街书会》看作是"古体诗"的代表，这也是错误的。这首诗应该是今人作的格律诗，也就是"近体诗"。

5.2.2　汉语诗歌的押韵

《现代汉语词典》对"押韵"的定义是：诗词歌赋中，某些句子的尾字用韵母相同或相近的字，使音调和谐优美。[①]

由上述定义可知，押韵的目的是为了"使音调和谐优美"：相同或者相近的韵母在同一位置上的重复构成声音的回环之美。由于押韵的文字一般在诗词的结尾，所以结尾押韵的文字又叫作"韵脚"，英语诗歌中则称为"尾韵"（end rhyme）。押韵是格律诗歌的基本要素。清代诗人、著名学沈德潜说："诗中韵脚，如大厦之有柱石。此处不牢，倾折立见"（《说诗晬语》）。王若虚《滹南诗话》也说："诗之有韵，如风中之竹，石间之泉，柳上之莺，墙下之蛩，风行铎鸣，自成音响，岂容拟议？"

汉语古体诗和近体诗一般都是押韵的，例如曹操的《观沧海》。

观　沧　海
东汉·曹操

东临碣石，以观沧海。

水何澹澹，山岛竦峙。

树木丛生，百草丰茂。

秋风萧瑟，洪波涌起。

日月之行，若出其中。

星汉灿烂，若出其里。

幸甚至哉，歌以咏志。

---

① 中国社会科学院语言研究所词典编辑室.现代汉语词典[M].7版.北京:商务印书馆,2017:1498.

这首诗写于建安十二年，曹操北征乌桓得胜回师途中，行军到海边，途经碣石山，登山观海，面对大海的雄奇、壮丽，抒发了自己一统天下的豪迈情怀。这首是"建安文学"的代表作之一，自然也属于古体诗，四言十四句，"峙""起""里"等押尾韵。

近体诗相对来说对押韵的要求更加严格一些，如下面这首《钱塘湖春行》。

钱塘湖春行

唐·白居易

孤山寺北贾亭西，
水面初平云脚低。
几处早莺争暖树，
谁家新燕啄春泥。
乱花渐欲迷人眼，
浅草才能没马蹄。
最爱湖东行不足，
绿杨阴里白沙堤。

这首诗格律整齐规范，完全符合七言律诗"首句入韵平起式"的韵律格式要求（参见5.2.3节）。诗中部分地方做了调整，但都是在格律允许的范围之内，如第三句第三字"早"，格律要求可平可仄，第四句第三字"新"则是可仄可平，作者对这两个字同时调整，使得三四句仍保持平仄完全相对。另外，第五句第一字"乱"、第八句第一字"绿"都是在格律规定可平可仄的范围内。

全诗就像一篇短小精悍的游记，从孤山、贾亭开始，到湖东、白堤止。题为"春行"，全诗处处洋溢着春天的气息。首句"孤山寺""贾亭"点名了诗人的具体方位。整句话虽没有景色描写，但有山有亭，意境就出来了。第二句写湖水白云，直抒所见，云幕低垂，湖水初涨，正是早春时节的景象。颔联与颈联，一句一景，描绘生动从容。"早莺""新燕""渐欲""才能"等表达，无一不突出了早春时令。最后，诗人意犹未尽地沿着白沙堤，在杨柳的绿阴底下，一步三回头，恋恋不舍地离去了。这首诗语言平易浅近，清新自然，用白描手法把精心选择的镜头写入诗中，形象活现，即景寓情，从生意盎然的早春湖光，表现出作者游湖时的喜悦。清代田雯在《古欢堂集》指出："乐天诗极清浅可爱，往往以眼前事为见得语，皆他人所未发。"这首诗为这一评语提供了一个极佳的范例。

当然，由于字音的变化，很多近体诗词在创作的时代本来是押韵的，现在却不押韵了，比如下面这首《乌衣巷》。

乌 衣 巷
唐·刘禹锡

朱雀桥边野草花，
乌衣巷口夕阳斜。
旧时王谢堂前燕，
飞入寻常百姓家。

现代汉语中"斜"这个字读[xié]，与第四句的[jiā]明显不押韵，但是在古代却是读[xiá]，因此，本来这首诗歌中"斜"字与"家"字都是"a"韵，是押韵的，但是在现代汉语中却不押韵了。这样的情况还有很多，比如"衰"字也是如此。

回乡偶书
唐·贺知章

少小离家老大回，
乡音无改鬓毛衰。
儿童相见不相识，
笑问客从何处来。

现代汉语中"衰"这个字读[shuāi]，但是在古代却是读[cuī]，因此，本来在古代押韵的"衰"和"来"字，我们现在读起来却已经不押韵了。

5.2.3 汉语诗歌的节奏

前面说过，诗歌格律主要包含押韵和节奏，对古代汉语诗歌而言，它的"节奏"主要体现在诗歌的平仄上，对于现代诗歌，则有各种术语称之，如"音节""音组""顿"等。

平仄是中国诗词中用字的声调。"平"指平直，"仄"指曲折。根据隋朝至宋朝时期修订的韵书，如《切韵》《广韵》等，中古汉语有四种声调，称为平、上、去、入。除了平声，其余三种声调有高低的变化，故统称为仄声。

近体诗的节奏要求十分严格。大体要求如下：

①分为律诗（八句）和绝句（四句）。超过八句称为排律。

②各句字数相等（主要是五言或七言）。

③一韵到底，必须押平声韵，近体诗不能押仄声韵。

④偶句必韵，首句可入韵可不入韵，奇句不韵。七律以首句入韵为正格，不入韵为变格。五律以首句不入韵为正格，入韵为变格。

⑤中间两联需对仗。律诗分为四联八句，每两句为一联，分别称之为首联、颔联、颈联、尾联。四联中，颔联（第三、第四句）和颈联（第五、第六句）须对仗。

⑥合乎平仄（即必须按律诗平仄格律）。

下面各举一例加以说明（画线字表示可平可仄）。

（1）五言律诗·首句入韵平起式。

①平平仄仄平，②仄仄仄平平。
③仄仄平平仄，④平平仄仄平。
⑤平平平仄仄，⑥仄仄仄平平。
⑦仄仄平平仄，⑧平平仄仄平。

典范诗作：

晚 晴

唐·李商隐

①深居俯夹城，②春去夏犹清。
③天意怜幽草，④人间重晚晴。
⑤并添高阁迥，⑥微注小窗明。
⑦越鸟巢乾后，⑧归飞体更轻。

这是一首五言律诗，首句"城"入韵，一韵到底，也就是每一联都押韵，分别是"清""晴""明""轻"。颔联（第三、第四句）和颈联（第五、第六句）对仗。

（2）五言律诗·首句入韵仄起式。

仄仄仄平平，平平仄仄平。

平平平仄仄，仄仄仄平平。

仄仄平平仄，平平仄仄平。

平平平仄仄，仄仄仄平平。

典范诗作：

秋日赴阙题潼关驿楼

唐·许浑

红叶晚萧萧，长亭酒一瓢。

残云归太华，疏雨过中条。

树色随山迥，河声入海遥。

帝乡明日到，犹自梦渔樵。

（3）五言律诗·首句不入韵平起式。

平平平仄仄，仄仄仄平平。

仄仄平平仄，平平仄仄平。

平平平仄仄，仄仄仄平平。

仄仄平平仄，平平仄仄平。

典范诗作：

山居秋暝

唐·王维

空山新雨后，天气晚来秋。

明月松间照，清泉石上流。

竹喧归浣女，莲动下渔舟。

随意春芳歇，王孙自可留。

（4）五言律诗·首句不入韵仄起式。

仄仄平平仄，平平仄仄平。

平平平仄仄，仄仄仄平平。

仄仄平平仄，平平仄仄平。

平平平仄仄，仄仄仄平平。

典范诗作：

春　望

唐·杜甫

国破山河在，城春草木深。

感时花溅泪，恨别鸟惊心。

烽火连三月，家书抵万金。

白头搔更短，浑欲不胜簪。

知道了五言律诗的格律规则，七言律诗的格律也就迎刃而解：七言律诗比五言律诗多两个字，因此只需要在五言律诗的前面加上两个字"平平"或者"仄仄"，并把"平起"和"仄起"互换即可。如五言律诗"首句入韵平起式"，由于是以"平平仄仄平"开始，在其前面加上两个仄声字，自然就成为七言律诗"首句入韵仄起式"了。

五言律诗·首句入韵平起式。

平平仄仄平，仄仄仄平平。

仄仄平平仄，平平仄仄平。

平平平仄仄，仄仄仄平平。

仄仄平平仄，平平仄仄平。

分别在每句前加上"仄仄"或"平平"，即得到"七言律诗·首句入韵仄起式"的韵式。

（5）七言律诗·首句入韵仄起式。

仄仄平平仄仄平，平平仄仄仄平平。

平平仄仄平平仄，仄仄平平仄仄平。

仄仄平平平仄仄，平平仄仄仄平平。

平平仄仄平平仄，仄仄平平仄仄平。

典范诗作：

锦　瑟

唐·李商隐

锦瑟无端五十弦，一弦一柱思华年。

庄生晓梦迷蝴蝶，望帝春心托杜鹃。

沧海月明珠有泪，蓝田日暖玉生烟。

此情可待成追忆，只是当时已惘然。

其他五言和七言律诗的格律方式如下。

（6）七言律诗·首句入韵平起式

平平仄仄仄平平，仄仄平平仄仄平。

仄仄平平平仄仄，平平仄仄仄平平。

平平仄仄平平仄，仄仄平平仄仄平。

仄仄平平平仄仄，平平仄仄仄平平。

典范诗作：

左迁至蓝关示侄孙湘

唐·韩愈

一封朝奏九重天，夕贬潮州路八千。

欲为圣明除弊事，肯将衰朽惜残年！

云横秦岭家何在？雪拥蓝关马不前。

知汝远来应有意，好收吾骨瘴江边。

（7）七言律诗·首句不入韵平起式。

平平仄仄平平仄，仄仄平平仄仄平。

仄仄平平平仄仄，平平仄仄仄平平。

平平仄仄平平仄，仄仄平平仄仄平。

仄仄平平平仄仄，平平仄仄仄平平。

典范诗作：

酬乐天扬州初逢席上见赠

唐·刘禹锡

巴山楚水凄凉地，二十三年弃置身。

怀旧空吟闻笛赋，到乡翻似烂柯人。

沉舟侧畔千帆过，病树前头万木春。

今日听君歌一曲，暂凭杯酒长精神。

（8）七言律诗·首句不入韵仄起式。

仄仄平平平仄仄，平平仄仄仄平平。

平平仄仄平平仄，仄仄平平仄仄平。
仄仄平平平仄仄，平平仄仄仄平平。
平平仄仄平平仄，仄仄平平仄仄平。

典范诗作：

阁　夜

唐·杜甫

岁暮阴阳催短景，天涯霜雪霁寒宵。
五更鼓角声悲壮，三峡星河影动摇。
野哭千家闻战伐，夷歌数处起渔樵。
卧龙跃马终黄土，人事音书漫寂寥。

以上讲的是五言律诗和七言律诗的节奏情况。"绝句"就相对简单：绝句又被称为"截句"，实际上就是律诗被截掉了一半，因此其格律方式是与律诗相同的，只是只有四句而已。

我们学习了有关押韵和格律的基本知识后，就可以用所学的知识分析近体诗的格律了。如下面这首毛泽东的《七律·人民解放军占领南京》。

七律·人民解放军占领南京

毛泽东

钟山风雨起苍黄，
百万雄师过大江。
虎踞龙盘今胜昔，
天翻地覆慨而慷。
宜将剩勇追穷寇，
不可沽名学霸王。
天若有情天亦老，
人间正道是沧桑。

赏析 Appreciation

毛主席是现代人，但是他写近体诗，因此这首诗歌也符合近体诗的韵律要求。从形式上看，是七言律诗，首句入韵，平起式，因此格律应该如下：

平平仄仄仄平平，仄仄平平仄仄平。
仄仄平平平仄仄，平平仄仄仄平平。
平平仄仄平平仄，仄仄平平仄仄平。
仄仄平平平仄仄，平平仄仄仄平平。
（画线字表示可平可仄）

有读者可能会疑惑，第三句最后一字"昔"、第六句中的"学"这个位置要求是仄声，但是为什么"昔"与"学"都不是仄声呢？其实，在古代，这两个字都是入声字，当然属于仄声字，因此，毛泽东的这首诗韵律非常整齐。

下面让我们欣赏一首被被誉为"古今七律第一"的诗。请尝试分析其格律特点。

登　高

唐·杜甫

风急天高猿啸哀，
渚清沙白鸟飞回。
无边落木萧萧下，
不尽长江滚滚来。
万里悲秋常作客，
百年多病独登台。
艰难苦恨繁霜鬓，
潦倒新停浊酒杯。

赏析 Appreciation

这首诗歌格律采用上述"七言律诗·首句入韵仄起式"，格律要求第一字可平可仄，因此起字"风"虽然是平声，仍然符合格律要求，而且韵脚统一，"回""来""台""杯"都属于同一韵脚，当然，经过上千年的发展，现在的语音与唐代相差已经较大，这几个字韵母已经不完全相同了。全诗八句皆对仗，读来富有节奏感，这需要相当高的诗艺。胡应麟如此评价杜甫的这首诗歌："自当为古今七言律第一，不必为唐人七言律第一也。""一篇之中句句皆律，一句之中字字皆律，而实一意贯串，一气呵成。骤读之，首尾若未尝有对者，胸腹若无意于对者；细绎之，则锱铢钧两，毫发不差，而建瓴走坂之势，如百川东注于尾闾之窟。至用句用字，又皆古今人必不敢道，决不能道者，真旷代之作也。"

词的格律就更加严格。每首词均有词牌名，也就是创作时所用的曲调名，所以也叫曲牌。有的词牌除正名之外还有异名，也有同名异调，一名数体，数格的。但不论何名，每个词牌均应遵循"篇有定句，句有定字，字有定声"的规则，对押韵、平仄都有较为明确的要求，这也是为什么古人把作词称作"填词"：字数、押韵、平仄一定的情况下，作者本人只需要按照词谱，找出合适的词语"填"进去就可以了。例如，词牌"八声甘州"一词的格律要求如下。[1]

格律要求	仄	中	平	中	仄	仄	平	平		中	中	仄	平	平	
格律要求	仄	中	平	中	仄		中	平	中	仄	中	仄	中	平	
格律要求		中	仄	中	平	中	仄		中	平	仄	平	平		中
格律要求	仄	中	平	仄		中	仄	平	平						

柳永的《八声甘州·对潇潇暮雨洒江天》上阙的实际格律如下。

格律要求	仄	中	平	中	仄	仄	平	平		中	中	仄	平	平	
诗词举例	对	潇	潇	暮	雨	洒	江	天	，	一	番	洗	清	秋	。
实际格律	仄	平	平	仄	仄	仄	平	平		仄	平	仄	平	平	
格律要求	仄	中	平	中	仄		中	平	中	仄	中	仄	中	平	
诗词举例	渐	霜	风	凄	紧	，	关	河	冷	落	，	残	照	当	楼
实际格律	仄	平	平	仄	仄		平	平	仄	仄		平	仄	平	平
格律要求		中	仄	中	平	中	仄		中	平	仄	平	平		中
诗词举例	。	是	处	红	衰	翠	减	，	苒	苒	物	华	休	。	惟
实际格律		仄	仄	平	平	仄	仄		仄	仄	仄	平	平		平
格律要求	仄	中	平	仄		中	仄	平	平						
诗词举例	有	长	江	水	，	无	语	东	流	。					
实际格律	仄	平	平	仄		平	仄	平	平						

从上述可知，柳永的词作完全符合"八声甘州"词牌的要求，是一首极为典范的词作。

5.2.4　新诗

新诗，指五四运动前后产生的，有别于古典诗，以白话作为基本语言手段的诗歌体裁。新诗包含新格律诗和现代白话文新诗（或曰自由诗），无特别注

---

① 龙榆生. 唐宋词格律[M]. 上海：上海古籍出版社,2010：56.

明的情况下，新诗一般指后者。相对而言，新诗在押韵方面就比较灵活，不再把押韵作为诗歌的标准。

在中国文学发展过程中，诗歌（包括诗、赋、词、曲等）曾取得很高的成就。但到了近代，古典诗歌的创作逐渐走向僵化，"滥调套语"充斥，"无病呻吟"的倾向相当普遍，古典诗歌所使用的词汇与现代口语严重脱节，它在形式上（包括章法句式、对仗用典以及平仄韵律上）的种种严格限制，难以准确地表达随着社会生活的变化而出现的新事物、新现象、新感受，对诗歌表现不断变化而日益复杂的社会生活，表达人们真实的思想感情，造成极大的束缚。

在这种情况下，部分赴欧美留学的中国人开始受到西方诗歌的影响。"戊戌变法"前后的诗歌改良运动"诗界革命"，就要求中国诗歌取法西方。梁启超说："欧洲之语句意境，甚繁富而玮异，得之可以陵轹千古，涵盖一切。"他表示要"竭力输入欧洲之精神思想，以供来者诗料。"（《夏威夷游记》，1899）康有为也说："新世瑰奇异境生，更搜欧亚造新声。"（《与菽园论诗兼寄任公、孺博、曼宣》）这些意见反映了新派诗人追求新思想、新事物的努力。梁启超等强调保持旧风格，这就又束缚了手脚，使得它只是旧瓶装新酒，在中国古典诗歌的改革上虽有前进，却前进不大。

1916年，胡适在美国首先提倡摆脱古典诗词格律的束缚，旨在打破古人设定的形式规则对今人诗作的制约。1917年2月，《新青年》2卷6号刊出胡适的白话诗词8首，是中国新诗运动中出现的第一批白话新诗，《朋友》即为其一。

朋　友

胡适

两个黄蝴蝶，

双双飞上天。

不知为什么，

一个忽飞还。

剩下那一个，

孤单怪可怜。

也无心上天，

天上太孤单。

赏析　Appreciation

　　诗题下原有一行说明："此诗'天''怜'为韵，'还''单'为韵，故用西诗写法，高低一格以别之"，清楚地表明胡适所受到的西方诗歌的影响。当然，用现在的标准来看，胡适的这首诗歌虽然也是现代白话文写成，但是还保留着古体诗词的一些特点，比如仍然押韵，每行的字数也相等。1919 年，胡适提出"诗体大解放"，指出"形式上的束缚，使精神不能自由发展，使良好的内容不能充分表现"，主张"语气自然，用字和谐"，以打破束缚精神的枷锁镣铐，破除传统诗歌清规戒律对诗情的束缚。[1] 1920 年，胡适出版《尝试集》，这也是中国新诗的第一部诗集。

　　新诗运动的另外一个代表人物是郭沫若。1921 年 7 月，郭沫若、成仿吾、穆木天、邓均吾、王独清在日本东京成立创造社，其中影响最大的是郭沫若。他从 1919 年 9 月开始在上海《时事新报》副刊发表诗作，1921 年 8 月出版《女神》，收入 1919 年到 1921 年之间的主要诗作，连同序诗共 57 篇，多为诗人留学日本时所作，代表诗篇有《凤凰涅槃》《女神之再生》《炉中煤》《日出》《笔立山头展望》《地球，我的母亲！》《天狗》《晨安》《立在地球边上放号》等。在诗歌形式上，突破了旧格套的束缚，创造了雄浑奔放的自由诗体，为"五四"以后自由诗的发展开拓了新的天地，成为中国新诗的奠基之作。请看下例。

炉中煤（节选）
郭沫若

一

啊，我年青的女郎！
我不辜负你的殷勤，
你也不要辜负了我的思量。
我为我心爱的人儿
燃到了这般模样！

赏析　Appreciation

　　《炉中煤》是著名文学家郭沫若在日本留学时创作的一首新诗，写于 1920 年，首次发表在 1920 年 2 月 3 日《时事新报·学灯》上。诗有副题"眷念祖国

---

①胡适. 胡适论文学[M]. 合肥:安徽教育出版社,2006.

的情绪",可见反映的是对祖国的思念。全诗在一系列的比喻中寄托自己的深情和热望,一层深似一层地表现了爱国的衷肠。这首诗风格豪放、明朗,音调和谐流畅。

当然现代也有人按照近体诗或者古体诗的方法去写作,这样创作的诗歌被称作是"现代格律诗"。

毛泽东写的几乎全部是旧体诗词,而以闻一多为代表的现代诗人,也在探索新格律诗。闻一多的诗歌之旅,始于旧体诗词,成于新诗,终于格律化新诗。1926年5月,闻一多发表了《诗的格律》一文,文中说:"恐怕越有魄力的作家,越是要戴着脚镣跳舞才跳得痛快,跳得好。只有不会跳舞的才怪脚镣碍事,只有不会做诗的才觉得格律的缚束。对于不会做诗的,格律是表现的障碍物;对于一个作家,格律便成了表现的利器。"[1]为了创立"中国式"的新诗,闻一多提出了"诗歌三美"的主张,认为格律化新诗创作的美学原则就是"音乐美""绘画美""建筑美"三者的结合。他说:"格律可从两方面讲:(一)属于视觉方面的;(二)属于听觉方面的。这两类其实又当分开来讲,因为它们是息息相关的。譬如属于视觉方面的格律有节的匀称,有句的均齐。属于听觉方面的有格式,有音尺,有韵脚。但是没有格式,也就没有节的匀称,没有音尺,也就没有句的均齐。""绘画美"强调辞藻的选择要秾丽、鲜明,有色彩感;每一句诗都可以形成一个独立存在的画面。[2]闻一多的"三美"原则成为中国新诗坛上较有影响的诗歌美学原则。他创作的《死水》这首诗完全符合他的上述主张。

死 水

闻一多

这是一沟绝望的死水,
清风吹不起半点漪沦。
不如多扔些破铜烂铁,
爽性泼你的剩菜残羹。

也许铜的要绿成翡翠,
铁罐上绣出几瓣桃花;

① 黄曼君.中国20世纪文学理论批评史[M].北京:中国文联出版社,2002:1.
② 刘烜.闻一多评传[M].北京:北京大学出版社,1983:7.

再让油腻织一层罗绮，
霉菌给他蒸出些云霞。

让死水酵成一沟绿酒，
漂满了珍珠似的白沫；
小珠们笑声变成大珠，
又被偷酒的花蚊咬破。

那么一沟绝望的死水，
也就夸得上几分鲜明。
如果青蛙耐不住寂寞，
又算死水叫出了歌声。

这是一沟绝望的死水，
这里断不是美的所在，
不如让给丑恶来开垦，
看他造出个什么世界。

赏析 Appreciation

《死水》是格律体新诗的代表作，也是闻一多自认"第一次在音节上最满意的实验"，是闻一多实验他的"三美"新格律体的典型，为建立和形成新诗的格律作了严肃的卓有成效的探索。

首先是"音乐美"。诗歌节奏整齐，每行诗都大约可以划分为四个"顿"，如下所示：

这是——一沟—绝望的—死水，
清风—吹不起—半点—漪沦。
不如—多扔些—破铜—烂铁
爽性—泼你的—剩菜—残羹。

整首诗歌基本上隔句押韵，每节换韵，使得诗歌音韵和谐，整齐而不呆板。

其次是"建筑美"。所谓"建筑美"，就是闻一多所说的"有节的匀称，有句的均齐"，这首诗歌每节四句，每句九字，整齐划一，做到了"建筑美"。

再次是诗歌的"绘画美"，也就是闻一多所说的"辞藻选择的秾丽、鲜明，有色彩感"。诗人在描写死水时，特别注意选取那些易于引起人们视觉联想的辞藻，以加强诗句的绘画美感。如诗中既有色彩丰富、鲜明的"翡翠"绿，又有"桃花"红，"珍珠"白，再加上"罗绮""云霞""绿酒"等描写，使死水显现出繁复的色彩来，这无疑大大增强了诗歌的绘画美。

相对而言，现代白话文新诗形式较为自由灵活，形式上分行排列，虽然不强求押韵，但是还是利用语文文字本身的节奏为诗歌创造出一种音乐性。如海子的这首诗歌。

面朝大海，春暖花开
海子

从明天起，做一个幸福的人
喂马、劈柴，周游世界
从明天起，关心粮食和蔬菜
我有一所房子，面朝大海，春暖花开

从明天起，和每一个亲人通信
告诉他们我的幸福
那幸福的闪电告诉我的
我将告诉每一个人

给每一条河每一座山取一个温暖的名字
陌生人，我也为你祝福
愿你有一个灿烂的前程
愿你有情人终成眷属
愿你在尘世获得幸福
我只愿面朝大海，春暖花开

赏析 Appreciation

这首诗歌语言朴素、浅显易懂、意象清新、节奏明快。对于主题则有不同理解。有人认为，《面朝大海，春暖花开》是一个热爱生活的年轻诗人给予所有善良人的发自内心的诚挚的祝福，这首诗反映了海子积极、乐观向上的精神。另外有人则认为，虽然诗人在诗中想象着尘世的幸福生活，并用平白、温暖的话语表达了对每一个人的真挚祝福，但我们仍旧分明感到在那份坦诚的语气中隐含的忧伤。诗中明白透露的是一个将逝者临行前的遗言，是一个决心逝去的灵魂终于想放下沉重而向生人作平静的道别。虽有温情，但掩饰不住苍凉，有真诚的祈愿，却又掩饰不住无比的寂寥。就好比一个一直受病痛折磨的人现在终于放弃治病的艰苦努力而坦然面对死亡，反而获得了一种轻松和安详。《面朝大海，春暖花开》正是海子准备远离沉重，出走到另一个世界去的解脱的微笑。①

元传青是近几年开始崭露头角的诗人，她的诗歌以乡村、亲情为主，清新、自然而又生动，比如她的《一亩地》。

一　亩　地
元传青

一亩地，等待镰刀、锄头和春风
认领自己。

枣树、猪圈、羊群和月光
被父母带走了
草，成为混凝土的配件
一亩地，被城市逼到山脚下
凸立
稻谷在草丛中，联系
撤走的路径。

我遗落的文字
青青的，看见有人把砖块和水泥
砌在诗句上，只有
一粒种子，突围出去
向山里飞奔。

赏析 Appreciation

著名诗人、评论家沙克认为，元传青的诗歌"切准泥土、河流、房屋、庄稼、牲畜、节气这些20世纪统治诗歌精神的参照物，经过发酵、蒸馏、凝析，变为内化物的积聚，自然的精神存在，从容地呼出湿润的意象和思想"。这首诗亦然。这首诗歌只有三小节，寥寥几笔就写出城乡接合部历史变迁中的无奈与感伤，如同一部微缩版的《失乐园》，令人印象深刻又感受到反思的冲

---

① 陈兴才. "逝前的微笑"何来"美好的感觉"？——海子《面朝大海，春暖花开》重新解读[J]. 名作欣赏，
2011(18):138-139.

击与震撼（冯亦代语）。①

让们再欣赏著名双语诗人桂清扬的诗歌。

诗的舍利子——写给白衣战士梁小霞

桂清扬

小霞，小护士，小尘埃

不，您是霞，您是光

您是火神雷神合力发出的一道光

亮透百湖武汉的重重黑夜

廿八芳华化作铮亮霞剑

与黑毒魔同归于尽

我的诗太小太薄太轻

承受不住您的生命之重

从遗忘的灰烬中觅得一粒结晶体

闪着"提灯天使"南丁格尔的光

那是舍利子，诗的舍利子啊

有您入驻，我的诗通体放光

赏析 Appreciation

梁小霞是广西南宁市第六人民医院的一名护士。新冠肺炎疫情发生后，梁小霞同志积极响应党中央号召，主动请缨奔赴湖北抗疫最前线，不遗余力投身病患救护工作，牺牲在了武汉抗疫前线。

在这首诗歌中，"舍利子"的用法十分恰当。"舍利子"在佛教中指僧人火化后所产生的结晶体。佛教徒尊敬佛及佛弟子的舍利子，主要是由于高僧大德生前的功德慈悲智慧。梁小霞只是一名"小护士""小尘埃"。在这场抗疫大考中，梁小霞同志用实际行动践行了医护从业人员敬畏生命、救死扶伤、甘于奉献、大爱无疆的崇高精神，以年轻生命彰显了新时代青年的责任担当，她如同"提灯天使"南丁格尔一样，照亮了每个人的心，也称得上是"功德圆满"！

很多人觉得诗歌的格律很神秘，特别是中文诗歌的"平仄"，更让人觉得困难。其实，由于语音的变化，现在很多汉字的读音已经跟古代相去甚远，因此，古代那些看上去节奏完美的诗歌，如果按照现在的读音，已经并不完美

---

① 元传青. 喊[M]. 成都:四川民族出版社,2019.

了。现在大家如果要写作古体诗歌，如果判定平仄呢？一种方法是用韵书（如《词林正韵》），但很多读者对这个不太懂。还有一种办法就是采用"中华新韵"，就是按照现今普通话读音规则来进行诗歌创作。

5.3 英文诗歌格律

如王力老师所说，英语诗歌的格律分析，主要从两个方面入手：一个是节奏，就是一个诗行里重音和节奏的变化；另一个则是押韵，也就是两个诗行最后一个音节的比较。

要了解英语的节奏，首先我们要了解以下一些术语。

5.3.1 音节/Syllable

与汉语不同，英语单词都是以音节组成的。在英语中，音节是说话时最小的语音单位。任何单词的读音，都是分解为一个个音节朗读。

音节由音素（phone）构成，它是语音中最小的不可再分解的单位，是字母组合后的读音标记。音素靠听觉辨认，字母靠视觉辨认，音素属于读音系统，字母属于拼写系统。例如，please有6个字母，但是只有4个音素[p]、[l]、[i:]和[z]，连起来就是这个单词的音标[pli:z]。英语音素分为元音（vowel）和辅音（consonant），共有48个，其中元音音素20个，辅音音素有28个。

元音（20个）

长元音/ɑ：/ /ɔ：/ /ə：/ /i：/ /u：/

短元音/ʌ/ /ɔ/ /ə/ /ɪ/ /ʊ/ /e/ /æ/

双元音/eɪ/ /əʊ/ /aɪ/ /aʊ/ /ɔɪ/ /ɪə/ /eə/ /ʊə/

辅音（28个）

清辅音/p/ /t/ /k/ /f/ /θ/ /s/ /ʃ/ /h/ /ts/ /tʃ/ /tr/

浊辅音/b/ /d/ /g/ /v/ /ð/ /z/ /ʒ/ /dʒ/ /dz/ /dr/ /r/

鼻音/m/ /n/ /k/

半元音/j/ /w/

边音/l/

音节的最基本要素是元音音素，每一个元音音素都算做一个音节。如again这个单词，看上去是有3个元音（a、a和i），但是如果考察它的发音[ə'gen]，发现只有两个元音音素/ə/和/e/，因此这个单词只有两个音节。

　　一个音节中必须要有元音音素，但是在这个元音音素之前或者之后，可以有辅音音素。在英语中是根据单词的发音来划分音节的。同样是"again"这个单词，划分为两个音节，/ə/为一个音节，只有一个元音音素，/gen/则是另外一个音节，在这个音节的前后各有一个辅音音素。

　　有些较响亮的辅音，如/ l // m // n /，在后面没有元音的情况下也能和它前面的辅音构成一个音节，称为"成音节"，如/ˈæpl/含有两个音节，[ˈsəuʃəlɪzəm]含有四个音节，/ˈneɪʃn/含有两个音节，等等。

　　英语单词按照音节的数量划分，可分为单音节词、双音节词和多音节词。比如"hand"（[hænd]）音标中只有一个元音音素，因此是单音节词；"agree"（[əˈɡriː]）包含两个音节，是双音节词；而"difficult"（[ˈdɪfɪkəlt]）包含三个音节，因此是多音节词。

5.3.2　重音/Stress

　　顾名思义，"重音"就是某个单词中读得比其他音节重的音节。英语的每个词，至少有一个音节读得特别重而清楚，相比较之下，其他音节自然就显得轻而含糊。读得重而清楚的音节，叫作单词重音，又叫重读音节。读得轻而含糊的音节，叫作非重读音节或轻读音节。

　　单音节词只有一个音节，自然应该重读。双音节及多音节词由于有多个音节，必然有一个是重读音节，在英语音标中一般用重音符号标出其中的重音，即重读音节，表示该音读得比其他音节重而强，重音符号为[ˈ]，标记在该音节的上方，如nation[ˈneɪʃn]。在3个或更多音节的单词中，有的单词除了有主重音，还有次重音，次重音表示读该音节时要弱于重音节而强于其他音节，次重音标记在该音节的下方，符号为[ˌ]，如[ˌɪntəˈnæʃnəl]，在这个单词里，[næ]这个音节为重读音节，而[ɪn]这个音节为次重音，表示这个音节读得比[næ]要弱，但是比其他音节要强一些。

　　在英语中，除了单词重音外，还有句子重音。作为单词时，每个单词都有一个重音，但是放在更大的意群或者句子中的时候，则有些单词会读得重一些，而有些单词会读得轻一些。一般而言，在英语句子中，实词会重读，包括实义动词、名词、形容词、副词、数词、疑问词和感叹词等，而虚词一般会弱读，如助动词、情态动词、冠词、介词、连词、物主代词、关系代词和关系副词等。比如"at night"这个短语，在这个意群中，"at"是介词，介词属于虚词，一般弱读，而"night"是名词，属于实词，一般重读。

英语中（任何其他语言也是如此）重读音节和非重读音节经常交替出现，比如下面这首我们耳熟能详的歌谣。

Twinkle, twinkle, little star

How I wonder what you are

Up above the world so high

Like a diamond in the sky

笔者邀请了一个学生朗读 "twinkle twinkle little star, how I wonder what you are" 这句话，在录音软件中，可以明显看出声音是强弱相间的。

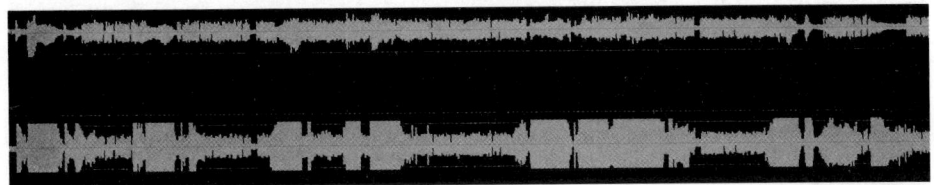

如果我们以 "–" 表示重读音节，以 "/" 表示非重读音节，那么抑扬格（也就是弱读音节加重读音节）可以表示为 "/–"，如 again（[əˈgen]）。按照这种方式来标出这首歌谣每个音节的强弱，应该是这样的。

强弱标记： — /   — /   — /   —
英语单词：Twinkle, twinkle, little   star
音标标注：[ˈtwɪŋkl] [ˈtwɪŋkl] [ˈlɪtl] [stɑː(r)]

强弱标记： — /   — /   —   /   —
英语单词：How I   wonder   what you   are
音标标注：[haʊ] [aɪ] [ˈwʌndə(r)] [wɒt] [juː] [ɑː(r)]

强弱标记： — / — /   —   /   —
英语单词：Up   above the   world so   high
音标标注：[ʌp] [əˈbʌv] [ðə] [wɜːld] [səʊ] [haɪ]

强弱标记： — / — /   / /   —
英语单词：Like a diamond   in the   sky
音标标注：[laɪk] [ə] [ˈdaɪəmənd] [ɪn] [ðə] [skaɪ]

请大家记住这样的标记方法，以后我们在分析格律时经常会用到它。

从上面的分析可以总结出以下几点：① 诗歌中的音节常常是强弱相间的。② 这些强弱相间的音节，总体上来说非常有规律，读起来节奏铿锵。比如，基本上每个诗行都采用了四个重读音节，三个弱读音节的方式；但是也有一些变化，比如第四个诗行采用了三个重读音节，四个弱读音节的方式。"little"这个单词，虽然从发音['lɪtl]看只有一个元音音素，但是如我们前面所说，最后的[l]与前面的[l]也组成一个音节，叫成音节。③ 这些强弱相间的音节安排，有时候是跨单词的。比如，第三个诗行的"above"（[əˈbʌv]）这个单词，第一个音节[ə]是弱读，正好与第一个单词"up"组合成了一个"强+弱"的音节组合，而第二个音节[bʌv]是重读，正好与其后的一般弱读的定冠词"the"组合成了一个"强+弱"的音节组合。

5.3.3　格/Meter

在我们探讨了音节、重音以及重音的标注方法之后，再来讨论英语诗歌的"格"就非常容易理解了。

如5.3.2节所看到的那样，语言中重读和非重读音节经常会交替出现。英语诗歌中的"格"，主要就是指一个诗行中重读音节和弱读音节排列的方式。根据重读音节（"扬"）和非重读音节（"抑"）的位置排列，英语中主要的格律有以下几种。

1. 抑扬格/Iambus

由两个音节组成，先"抑"后"扬"，也就是先弱读音节再重读音节。如前所述，重读和弱读可能是跨单词的，比如"the sun"，从单词的角度来说，当然每个单词都有一个重音，但是在这个意群中，"the"是冠词，冠词属于虚词，一般弱读，而"sun"是名词，属于实词，一般重读。例如下面这首诗。

The Only News I Know（827）

Emily Dickinson

The Only News I know
Is Bulletins all Day
From Immortality.

The Only Shows I see—
Tomorrow and Today—
Perchance Eternity—

The Only One I meet
Is God—The Only Street—
Existence—This traversed

If Other News there be—
Or Admirable Show—
I'll tell it You—

译诗　Translation

我知道的唯一消息
艾米莉·狄金森

我知道的唯一消息
是成天来自
永生的告示。

我看到的唯一表演—
明天和今天—
间或是永远—

我遇见的唯一的人
是上帝—唯一的街道—
生存—把它跨过

倘若还有别的消息—
或者更令人赞赏的表演—
我会向你畅谈—

（蒲隆　译）

2. 扬抑格/Trochee

由两个音节组成，先"扬"后"抑"，也就是先重读音节再弱读音节。比如，tiger（['taɪɡə(r)]），就可以标注为"-/"。下面这个例子节选自埃德加·爱伦·坡的长诗《乌鸦》的第一个诗节。

The Raven（excerpts）

Edgar Allan Poe

Once upon a midnight dreary, while I pondered, weak and weary,
Over many a quaint and curious volume of forgotten lore —
While I nodded, nearly napping, suddenly there came a tapping,
As of some one gently rapping, rapping at my chamber door.
"'Tis some visitor," I muttered, "tapping at my chamber door —
Only this and nothing more."

译诗 Translation

乌鸦（节选）

埃德加·爱伦·坡

从前一个阴郁的子夜，我独自沉思，慵懒疲竭，
沉思许多古怪而离奇、早已被人遗忘的传闻——
当我开始打盹，几乎入睡，突然传来一阵轻擂，
仿佛有人在轻轻叩击，轻轻叩击我的房门。
'有人来了，'我轻声嘟喃，'正在叩击我的房门——
唯此而已，别无他般。'

（曹明伦 译）

3. 抑抑扬格/Anapaest

由三个音节组成，两个弱读音节加上一个重读音节。比如 intercede（[intəˈsiːd]），可以标注为"//–"。比如下面这首诗歌。

A Visit from St. Nicholas（excerpts）

Clement Clarke Moore

'Twas the night before Christmas, when all through the house
Not a creature was stirring, not even a mouse;
The stockings were hung by the chimney with care,
In hopes that St. Nicholas soon would be there;

圣尼古拉斯来访（节选）

克莱门特·克拉克·穆尔

圣诞前夜，整个房屋

一切都安静，老鼠也不闹；

长袜小心烟囱挂，

圣尼古拉很快就来到；

4. 扬抑抑格/Dactyl

三个音节，一个重读音节加上两个弱读音节。比如happily（[ˈhæpili]），可以标注为"–//"。下面例子节选自托马斯·胡德《叹息之桥》（the Bridge of Sighs）。

The Bridge of Sighs（excerpts）

Thomas Hood

Take her up tenderly,

Lift her with care;

Fashion'd so slenderly

Young, and so fair!

叹息之桥（节选）

托马斯·胡德

将她温柔抱起来

小心将她举起来

身材苗条又时髦

年轻更拥有美貌

除此之外，还有抑抑格（pyrrhic）或者扬扬格（spondee）等，只是这样的情况相对较少。如下例。

For the dear God who loveth us

（抑抑格）（扬扬格）（抑扬抑格）

5.3.4　音步/Foot

英诗中重读音节和非重读音节的有规律的组合叫作音步。一个音步中包含一个重读音节及若干（1～2个）弱读音节。每个诗行的音步数量从一个到八个甚至更多分别称之如下。

单音步（monometer）：每个诗行只有一个音步；

双音步（dimeter）：每个诗行包含两个音步；

三音步（trimeter）：每个诗行包含三个音步；

四音步（tetrameter）：每个诗行包含四个音步；

五音步（pentameter）：每个诗行包含五个音步。

除此之外，还有六音步（hexameter）、七音步（heptameter）、八音步（oc-tometer）。超过八音步的诗行在英语诗歌中较为少见。

把诗歌使用的占主导地位的"格"和音步的数量结合在一起，就形成了诗歌的格律。比如这首英国诗人华兹华斯的《独行徐徐如浮云》（*I Wandered Lonely as a Cloud*）采用了"抑扬格"，由于每个诗行这样的"抑扬格"出现了四次，所以整首诗歌的格律就是以"四音步抑扬格"写成的。

I Wandered Lonely as a Cloud

William Wordsworth

I wandered lonely as a cloud

That floats on high o'er vales and hills,

When all at once I saw a crowd,

A host, of golden daffodils;

Beside the lake, beneath the trees,

Fluttering and dancing in the breeze.

Continuous as the stars that shine

And twinkle on the milky way,

They stretched in never-ending line

Along the margin of a bay:

Ten thousand saw I at a glance,

Tossing their heads in sprightly dance.

The waves beside them danced; but they

Out-did the sparkling waves in glee:

A poet could not but be gay,

In such a jocund company:

I gazed—and gazed—but little thought

What wealth the show to me had brought：

For oft，when on my couch I lie

In vacant or in pensive mood，

They flash upon that inward eye

Which is the bliss of solitude；

And then my heart with pleasure fills，

And dances with the daffodils.

译诗 Translation

独行徐徐如浮云

威廉·华兹华斯

独行徐徐如浮云，

横绝太空渡山谷，

忽然在我一瞥中，

金色水仙花成簇，

开在湖边乔木下，

微风之中频摇曳。

有如群星在银河，

行影绵绵光灼灼，

湖畔蜿蜒花径长，

连成一线无断续。

一瞥之中万朵花，

起舞蹁跹头点啄。

湖中碧水起涟漪，

湖波踊跃无花乐——

诗人对此抒激昂，

独在花中事幽摅！

凝眼看花又看花，

凝眼看极看花，

晚来枕上意幽幽，

无虑无忧殊恍惚。

情景闪烁心眼中，

黄水仙花赋禅悦；

我心乃得意欢娱，

同花共舞天上曲。

（郭沫若　译）

我们在分析这首诗歌的格律的时候，首先会对每个诗行进行音节、重音的分析。由于这是首较为严谨的格律诗，一般分析几个诗行就可以看出它的规律了。

强弱标记：／—　　／—　／—　／—

英语单词：I wan | dered lone | ly as | a cloud

强弱标记：／—　　　／—　／—　　　／—

英语单词：That floats | on high | o'er vales | and hills,

强弱标记：／　—　／—　／—　／—

英语单词：When all | at once | I saw | a crowd,

强弱标记：／—　　／—　／—　／—

英语单词：A host, | of gol |den da |ffodils;

从以上分析可以看出，诗中每个诗行由8个音节组成，都是按照"弱+强"的方式组合，因此是"抑扬格"，这样的"弱+强"的方式在每个诗行里重复了四次，非常有规律，因此这首诗歌的格律是"四音步抑扬格"。

一首诗歌并不总是从头到尾由一种音步构成，那样读起来会很单调，缺少变化。诗人有时会在诗行中使用不同的"格"，比如，一首诗歌大多数情况使用抑扬格，但是在某些地方却使用了扬抑格，在这种情况下，诗歌由占主导地位的"格"以及音步数量来确定诗行的类型和名称。比如，前面所说的儿歌"twinkle, twinkle, little star"，我们看到，总的来说，每个诗行主要是由"重读+弱读"的音节组合方式写作，最后一个重读音节没有弱读音节与它一起，但是我们仍然可以说，这个儿歌是以四音步扬抑格写成的（最后一个重读音节为不完全音步）。

强弱标记：— ╱ — ╱ — ╱ —

英语单词：Twinkle，twinkle，little star

音标标注：[ˈtwɪŋkl] [ˈtwɪŋkl] [ˈlɪtl] [staː(r)]

5.3.5　英语诗歌的押韵/Rhyme

1. 什么是押韵?

我们在讲解汉语诗歌的时候已经知道，汉语诗歌的押韵主要是靠诗行最后一个字的"韵母"，也就是韵脚。英语没有韵母一说，但有元音音素，大致相当于汉语的韵母。因此，英语常见的押韵方式就是两个诗行的末尾一个单词的最后一个音节的元音音素相同，称为"尾韵"。

2. 完全韵

我们在介绍音节的时候提到，英语中的一个音节，必须包含元音音素，在该元音音素前后可以有辅音音素，也可以没有。完全意义上的押韵，必须满足以下条件：

（1）两个单词最后一个音节（如果是双音节或者多音节词的话）的元音音素相同；

（2）该元音音素之后如果有辅音，则该辅音必须相同；

（3）该元音音素之前如果有辅音，则该辅音必须不同。

满足以上条件的押韵，被称作"完全韵"。比如"take"和"lake"两个单词，就满足以上全部条件：

（1）"take" [teɪk]和"lake" [leɪk]均含有元音音素[eɪ]；

（2）元音[eɪ]后的辅音音素[k]相同；

（3）元音[eɪ]前的辅音不相同，"take"元音前的辅音为[t]，而"lake"元音前的辅音为[l]。

因此，"take" [teɪk]和"lake" [leɪk]两个单词押的是"完全韵"。

3. 非完全韵

除了"完全韵"之外，还有很多的"非完全韵"，见下表。

押韵方式	中文	诗行1结尾音节	诗行2结尾音节	示例词
full rhme	完全韵	C<u>VC</u>	C<u>VC</u>	take lake
reverse-rhyme	逆韵	<u>CV</u>C	<u>CV</u>C	take tape
alliteration	头韵	<u>C</u>VC	<u>C</u>VC	take time
assonance	准韵	C<u>V</u>C	C<u>V</u>C	take fate
consonance	谐韵	CV<u>C</u>	CV<u>C</u>	take bike
para-rhyme	侧韵	<u>C</u>V<u>C</u>	<u>C</u>V<u>C</u>	take took

注：上表中，用C表示辅音音素（consonant），V表示元音音素（vow-el）。元音前后的辅音音素如果相同，则以下画线C表示，如果不相同，则仅用C表示。元音音素V也采用同样方式标识。

以上介绍的主要是两个诗行间的押韵方式，有时候同一诗行之内也可以押韵——诗行中间停顿处的重读音节与该行最后一个重读音节押韵，称为内韵或行内韵（internal rhyme）。比如托马斯·纳什（1567—1601）的著名诗歌《春》。

Spring, the sweet spring

Thomas Nashe

Spring, the sweet spring, is the year's pleasant king,
Then blooms each thing, then maids dance in a ring,
Cold doth not sting, the pretty birds do sing：
    Cuckoo, jug-jug, pu-we, to-witta-woo!

The palm and may make country houses gay,
Lambs frisk and play, the shepherds pipe all day,
And we hear aye birds tune this merry lay：
    Cuckoo, jug-jug, pu-we, to-witta-woo!

The fields breathe sweet, the daisies kiss our feet,
Young lovers meet, old wives a-sunning sit,
In every street these tunes our ears do greet：
    Cuckoo, jug-jug, pu-we, to witta-woo!
      Spring,   the sweet spring!

译诗 **Translation**

春

托马斯·纳什

春，甘美之春，一年之中的尧舜，
处处都有花树，都有女儿环舞，
微寒但觉清和，佳禽争着唱歌，
咽咽，啾啾，哥哥，割麦、插一禾！

> 榆柳呀山楂，打扮着田舍人家，
> 羊羔嬉游，牧笛儿整日在吹奏，
> 百鸟总在和鸣，一片悠扬声韵，
> 啁啁，啾啾，哥哥，割麦、插一禾！
>
> 郊原荡漾香风，雏菊吻人脚踵，
> 情侣作对成双，老妪坐晒阳光，
> 走向任何通衢，都有歌声悦耳，
> 啁啁，啾啾，哥哥，割麦、插一禾！
> 春！甘美之春！

（郭沫若 译①）

赏析 **Appreciation**

　　这首诗歌的押韵方式为AAAB CCCB CCCB DDDB，除了尾韵之外，每一行中间的词语与末尾的词语也押韵，即内韵，比如第一个诗行的"spring"和"king"，第二个诗行的"thing"和"ring"等。诗歌勾画了一幅春暖花开、万物复苏、百鸟争鸣、人与自然和谐相处的美妙画面，表现了诗人对春天的赞美，对大自然的歌颂，以及对田园生活的热爱。

　　请再看雪莱的诗歌《云》（*The Cloud*）（节选）。

The Cloud（excerpts）

Perecy Bysshe Shelley

> I bring fresh **showers** for the thirsting **flowers**,
> From the seas and the streams；
> I bear light **shade** for the leaves when **laid**
> In their noonday dreams.
> From my wings are **shaken** the dews that **waken**
> The sweet buds every one,
> When rocked to **rest** on their mother's **breast**,
> As she dances about the sun.
> I wield the **flail** of the lashing **hail**,
> And whiten the green plains under,

---

① 张剑.绿色的思忖POMES OF NATURE:英汉对照[M]. 北京:外语教学与研究出版社,1994: 5

And then **again** I dissolve it in **rain**,

And laugh as I pass in thunder.

赏析 Appreciation

这首诗歌中，偶数行押尾韵（streams & dreams; one & sun; under & thunder），奇数行则押行内韵（showers & flowers; shade & laid; shaken & waken; rest & breast; flail & hail; again & rain），体现了极高的写作技巧。

4. 韵式/Rhyming Scheme

所谓韵式是指英语诗歌的押韵方式，也就是一个诗行内韵脚的排列方式。尾韵是英语格律诗中最普遍的押韵形式。一般用ABCD等英文字母来表示一个诗节中各个诗行的押韵情况，比如第一行和第三行押韵，就用A表示，第二行和第四行押不同的韵，就用B表示，那么整个诗节（假如只有四行）的押韵方式就是ABAB。

说到英语诗歌韵式，可以重点看看四行诗。因为英语诗歌的诗节中，四行诗是最常见的典型诗节。四行诗有四种韵式：连续韵（running rhyme）、交韵（alternating rhyme）和抱韵（enclosing rhyme）。

下面对上述韵式做简要介绍。

（1）连续韵（running rhyme）。

连续韵指的是连续两句诗行押韵的方式，如果该诗节有四行，则一二行和三四行分别押韵，韵式为AABB。如下面这首诗。

The Tyger

William Blake

Tyger Tyger, burning bright,

In the forests of the night;

What immortal hand or eye,

Could frame thy fearful symmetry?

In what distant deeps or skies.

Burnt the fire of thine eyes?

On what wings dare he aspire?

What the hand, dare seize the fire?

And what shoulder, and what art,

Could twist the sinews of thy heart?

And when thy heart began to beat,

What dread hand? and what dread feet?

What the hammer? what the chain,

In what furnace was thy brain?

What the anvil? what dread grasp,

Dare its deadly terrors clasp!

When the stars threw down their spears

And water'd heaven with their tears:

Did he smile his work to see?

Did he who made the Lamb make thee?

Tyger Tyger burning bright,

In the forests of the night:

What immortal hand or eye,

Dare frame thy fearful symmetry?

译诗 **Translation**

老 虎

威廉·布莱克

老虎！老虎！炯炯发亮，

燃烧在黑夜的林莽。

是什么脱俗的手和眼睛

塑造了你这可怕的匀称？

眼睛的火光来自什么地方？

是来自远处的深海还是高处的天堂？

凭什么翅膀他胆敢高翔？

敢抓这火的是什么样的手掌？

什么样的肩膀，什么样的技艺

能把你心脏的肌肉控制？
当你心胸开始搏跳，
制造你的是多么可怕的手与脚？

是什么样的铁锤？是什么样的铁链？
是什么样的熔炉把你的头脑冶炼？
是什么样的铁砧？是什么可怕的手臂？
敢把这死的恐怖握得结结实实？

当群星洒泪做成长矛若干，
用泪水把整个天宇来浇灌，
他可曾因见到自己的创作而微笑？
莫非是创造了羔羊的人也同样把你创造？

老虎！老虎！炯炯发亮，
燃烧在黑夜的林莽。
是什么脱俗的手和眼睛
敢塑造你这可怕的匀称？

(李正栓 译①)

赏析 Appreciation

《老虎》一诗是英国18世纪著名诗人威廉·布莱克的杰作之一。本诗的主题则是见仁见智。有人认为是写造物主的创造力和智慧，有人则认为它讴歌了劳动人民创造老虎这一形体的劳动过程，还有人认为诗歌赞美了老虎威猛而神秘的形象。不过我们此处主要聚焦于其格律分析。

首先，诗歌的韵式采用AABB的连续韵，这点较为容易看出。不仅如此，诗歌中也采用了大量的头韵（alliteration），比如第一行中的"burning"和"bright"，第四个诗行的"frame"和"fearful"等，也采用了很多准韵（assonance），如第二个诗节第二行"Burnt the fire of thine eyes"这句中的"fire""thine"和"eyes"这几个词语，都有双元音[aɪ]，声音洪亮，造成了极佳的音韵效果。

其次，从格律来看，整首诗歌主要采用三音步扬抑格，另加一个不完全的音步，该音步只有一个重读音节，以第一个诗行为例：

---

① 李正栓. 英美诗歌教程[M]. 2版. 北京:清华大学出版社,2014: 51-52.

强弱标记：　—/　—/　—/　—

英语诗行：Tyger |Tyger, |burning |bright,

（2）交韵（alternating rhyme）。

交韵，又叫"交叉韵"或"换行韵"，指一三行和二四行分别押韵，韵式为 ABAB。如下面这首诗。

The Lake Isle of Innisfree

William Butler Yeats

I will arise and go now, and go to Innisfree,

And a small cabin build there, of clay and wattles made；

Nine bean-rows will I have there, a hive for the honey-bee,

And live alone in the bee-loud glade.

And I shall have some peace there, for peace comes dropping slow,

Dropping from the veils of the morning to where the cricket sings；

There midnight's all a glimmer, and noon a purple glow,

And evening full of the linnet's wings.

I will arise and go now, for always night and day

I hear lake water lapping with low sounds by the shore；

While I stand on the roadway, or on the pavements grey,

I hear it in the deep heart's core.

译诗　Translation

茵尼斯弗利岛

威廉·巴特勒·叶芝

我要起身，现在就走，去茵尼斯弗利岛，

用泥土和枝条建造一个小屋，

种上九架芸豆，为蜜蜂建一蜂巢，

在蜜蜂高唱的林间幽居独处。

在那儿我会有安宁，安宁慢慢来到，

从晨曦的面纱降落到蟋蟀歌唱的地方；

那里午夜一片闪光，中午有紫霞高照，

暮色中也到处飞舞着红雀鸟的翅膀。

我要起身，现在就走，因为我日夜都听到

湖水轻声地拍打着湖滨；

不管站在路上，还是在灰色的人行道，

在心灵深处我总听到水拍湖滨的声音。

（李正栓 译①）

赏析 Appreciation

茵尼斯弗利岛是爱尔兰诗人威廉·巴特勒·叶芝（1865—1939）于1890年发表的一首抒情诗作，作品用朴实的语言和生动的意象描绘对田园自由生活的喜爱。这里节选的是第一节。诗歌一开始，作者便把读者带到了茵尼斯弗利岛这神话般的地方，表达了他对宁静、安逸生活的渴望和追求。

这首诗从发表到现在已有一个多世纪，经受了时间的考验，成为爱尔兰乃至整个世界诗歌海洋中一颗熠熠闪光的明珠，在爱尔兰被列为中小学生的必读作品。

（3）抱韵（enclosing rhyme）。

也称"首尾韵"，指一四行和二三行分别押韵，即ABBA。如下面这首诗。

Parting at Morning

Robert Browning

Round the cape of a sudden came the sea,

And the sun looked over the mountain's rim：

And straight was a path of gold for him,

And the need of a world of men for me.

---

①李正栓. 英美诗歌教程[M]. 2版. 北京：清华大学出版社，2014：155.

译诗 Translation

清晨离别

罗伯特·勃朗宁

绕过岬角，忽见一片汪洋，

太阳俯瞰着山峰的边缘；

一条黄金之路展现在面前，

我仍需在男人的世界奔忙。

（顾子欣 译①）

赏析 Appreciation

这首小诗采用ABBA的押韵方式，第一个诗行的"sea"与第四个诗行的"me"押韵，第二、三行的"rim"和"rim"押韵。

这首诗本来与4.2节中提及的另外一首诗《夜会》（*Meeting at Night*）组成一个系列。《夜会》写一个小伙子在夜深人静之时驾船去姑娘的住所与她幽会，这首则是写小伙子第二天清晨返回的情景。爱情当然重要，但是除此之外，小伙子还要返回他的工作岗位，实现自身价值。

下面再举英国维多利亚时代最具特色的诗人阿尔弗雷德·丁尼生的《鹰》为例。

The Eagle

Alfred, Lord Tennyson

He clasps the crag with crooked hands；

Close to the sun in lonely lands，

Ring'd with the azure world, he stands.

The wrinkled sea beneath him crawls；

He watches from his mountain walls，

And like a thunderbolt he falls.

---

① 顾子欣. 英诗300首：中英对照[M]. 北京：国际文化出版公司，1996：371.

鹰

阿尔弗雷德·丁尼生

扭曲的鹰爪扣紧山岩，
头接孤峰上的太阳，
身披如洗的蓝天。

脚下苍海绽微澜，
傲立峰头闲看，
划然落，却似雷霆下九天。

（郭沫若　译）

　　这是一首动静结合的状物诗。诗歌的第一节是静态描写，描写苍鹰头顶苍穹，傲然孑立于悬崖峭壁之上。诗歌的第一句运用了头韵（alliteration），"clasps the crag with crooked hands"，这几个单词都是以读/k/音的字母 c 开头，读起来很有气势。第二句运用了准韵，"closely"与"lonely"两个单词中间都含有双元音/əʊ/，刻画出了苍鹰孤独与安静（solitude and serenity）的形象。第二节是动态描写。第二节第一句中的"winkled"和"crawls"运用了拟人（personification）的修辞手法。这两个单词本来形容人长了皱纹以及人或动物的爬行，这里形容大海有种"乱石穿空，惊涛拍岸，卷起千堆雪"的气势，由上文的静态过渡到动态。第二节中作者运用了"watches"这个动词，也是拟人的表达方式，作者没有用"see"或"look"等词，而用"watch（注视）"这个单词，使苍鹰的威严与凶猛跃然纸上。最后一句中"like a thunderbolt（雷霆）"，运用了明喻的修辞手法，意为苍鹰如雷霆一般扑向海面，使诗歌从无声到有声，由静态到动态，刻画出一幅苍鹰从傲然孑立到展翅翱翔的画面。

　　这首诗虽然简短，但作者运用了富有节奏感的诗歌语言和修辞手法，充分运用了头韵、尾韵，以及修辞手法，如象征、拟人、明喻等，丁尼生在刻画苍鹰形象时，没有使用很多形容词，而是运用了很多充满力量感的动词，使诗歌由静态到动态，刻画出一个威严且刚强的苍鹰的形象。语言形式工整，且具有音乐感，这正是丁尼生的诗歌特色。①

① 英诗赏析 the eagle《鹰》[EB/OL]. http://www.360doc.com/content/19/0711/21/30698275_848143402.sht-ml, 2020-07-01.

5.3.6　英语十四行诗/Sonnet

十四行诗，顾名思义，一首诗歌包含十四个诗行。汉语也称为"商籁体，"为意大利文sonetto、英文sonnet、法文sonnet的音译。《文学术语词典》中定义如下："十四行诗（又译商籁诗）是由单个诗节构成的抒情诗，全诗共十四行，每行都为抑扬格五音步诗句，每行诗句之间的连接遵循精心安排的押韵格式。"[1]

由上述定义，我们知道，十四行诗格律非常严谨：单个诗行，每行均采用五音步抑扬格，十四个诗句的押韵（尾韵）格式有严格要求。正是因为如此，茅于美先生把十四行诗与中国的"词"相比，认为"十四行诗和词体都是容量较小，章有定句，句有定字的诗体"[2]。

一般来说，用英语创作的十四行诗主要有两种押韵模式：意大利体（彼特拉克体）和英国体（莎士比亚体）。

1. 意大利体/彼特拉克体十四行诗

这种诗最初流行于意大利，意大利诗人彼特拉克（Francesco Petrarca，1304—1374）的创作使其臻于完美，所以又被称为"彼特拉克体"，后传到欧洲各国。

弗兰齐斯科·彼特拉克是意大利学者、诗人，文艺复兴第一个人文主义者，被誉为"文艺复兴之父"。彼特拉克通过长期的创作实践，把十四行诗推到一个完美的境地，发展成为一种新诗体，即"彼特拉克诗体"。

意大利体/彼特拉克体分为两部分：前八行（octave）的韵脚格式为ABBA ABBA；紧接着的六行（sestet）的韵脚格式为CDE CDE，有时也会有所变化，如CDC CDC等。彼特拉克的十四行诗形式整齐，音韵优美，以歌颂爱情、表现人文主义思想为主要内容。同时代的意大利诗人和后来其他国家的一些诗人，都曾把彼特拉克的诗作视为十四行诗的典范，竞相仿效。

16世纪初期，十四行诗传到英国，英国的托马斯·怀亚特爵士（Sir Thomas Wyatt）最早模仿了彼特拉克的十四行诗，不仅模仿其诗节形式，也模仿了诗歌的主题——痴情男子的希望与痛苦。弥尔顿、华兹华斯、克里斯蒂娜·罗塞蒂、但丁·罗塞蒂以及很多其他诗人，都曾经用彼特拉克十四行诗的

① 艾布拉姆斯,哈珀姆. 文学术语词典(第10版):中英对照[M]. 吴松江等,译. 北京:北京大学出版社,2014: 741.
② 茅于美. 中西诗歌比较研究[M]. 中国人民大学出版社,1987: 305.

形式来表现多种多样的主题。以下是弥尔顿的名诗《失明抒怀》。

Sonnet 19：On his blindness

John Milton

When I consider how my light is spent，

Ere half my days，in this dark world and wide，

And that one Talent which is death to hide

Lodged with me useless，though my Soul more bent

To serve therewith my Maker，and present

My true account，lest he returning chide；

"Doth God exact day-labour，light denied?"

I fondly ask. But patience，to prevent

That murmur，soon replies，"God doth not need

Either man's work or his own gifts；who best

Bear his mild yoke，they serve him best. His state

Is Kingly. Thousands at his bidding speed

And post o'er Land and Ocean without rest：

They also serve who only stand and wait."

译诗 **Translation**

失明抒怀

约翰·弥尔顿

每想到怎么视力已沦丧耗尽，

在漆黑一目的世界上我还没半辈子，

这一天赋要死亡才能隐匿，

在我竟虚设不中用，我虽想更竭诚

借以侍奉我的主，并且奉呈

我真正的价值，唯恐他反怒而责斥，

"神苛求白天操劳，光明却不给?"

我愚蠢地质问。但是"耐心"为阻挡

那怨艾，立即回敬，"上帝不需要

人效劳，或需要他自己的赠赐。最背负

他温和的羁轭的，就侍奉他最好。他神色

犹如君王，众天使听令快跑

纷纷然越疆跨海片刻不停留，

只侍立左右的也一样尽了职责。"

（金发燊 译①）

赏析 Appreciation

　　这首诗完全符合意大利体十四行诗的形式要求：前八行押韵方式为AB-BA ABBA，后六行的押韵方式为CDE CDE。这首诗歌很好地说明了英语诗歌中的enjambment（跨行连续）：前面八行其实只是一个长句，主句是"I fondly ask"（我愚蠢地质问），问的具体内容是一个宾语从句"Doth God exact day-labor，light denied?"，前面六行则是一个由"when"引导的状语从句。

　　弥尔顿除了是诗人之外，还有一个重要身份是政论家和民主斗士。1640年英国革命爆发，弥尔顿毅然投身于革命运动之中，写下大量拥护人民自由的政治性小册子。1649年，大革命胜利之后，奥利弗·克伦威尔上台，成为政府首脑，任命弥尔顿为负责外交事务的拉丁文秘书，工作十分繁重，日夜操劳的弥尔顿在1652年完全失明。

　　前面讲过，十四行诗，特别是意大利体的十四行诗，描写爱情的居多。弥尔顿扩大了十四行诗的使用范围。本诗前半部分表达了由于不幸失明而产生的强烈自怜和怨愤感，后来经过耐心、及时的告诫成功化解了作者的抱怨，劝导作者不要自暴自弃，而是不管外在条件如何，都要振作起来，与命运做抗争。弥尔顿本人为此做出了光辉榜样：失明之后，他采用口述的方式坚持工作。1658年，查理二世复辟，弥尔顿被投入监狱。出狱后，他重新开始了诗歌创作，写下了《失乐园》。《失乐园》为他赢得了极高的声誉，与荷马的《荷马史诗》、阿利盖利·但丁的《神曲》并称为西方三大诗歌。

　　请大家再看一首克里斯蒂娜·罗塞蒂的十四行诗。

Remember

Christina Rossetti

Remember me when I am gone away,

Gone far away into the silent land;

---

① 金发燊. 弥尔顿十四行诗集[M]. 北京:人民文学出版社,1989: 62.

When you can no more hold me by the hand,

Nor I half turn to go yet turning stay.

Remember me when no more day by day

You tell me of our future that you plann'd:

Only remember me; you understand

It will be late to counsel then or pray.

Yet if you should forget me for a while

And afterwards remember, do not grieve:

For if the darkness and corruption leave

A vestige of the thoughts that once I had,

Better by far you should forget and smile

Than that you should remember and be sad.

译诗 Translation

记 住 我

克里斯蒂娜·罗塞蒂

记住我，当我离开这世界后，
远离这世界，去那寂静的国度；
那时你再也不能把我的手握住，
我也不能再转身犹疑，欲走还留。
记住我，当你不能再夜以继昼
把我们未来的生活给我描述。
只祈求记住我；你心里清楚
到那时已来不及忠告或祈求。
不过如果你一时把我忘掉，
之后又把我记起，你别悲哀，
因为黑暗和腐败
还留一些我曾有过的思念痕迹，
我宁愿你能忘记我并露出微笑，
也不愿你把我记住而惨惨凄凄。

（李正栓 译[①]）

① 李正栓，吴晓梅. 英美诗歌教程[M]. 北京:清华大学出版社,2004: 136-137.

赏析 Appreciation

克里斯蒂娜·罗塞蒂一家是来自意大利的流亡者，父亲是伦敦大学国王学院的意大利语教授，母亲则曾经担任拜伦的医生和秘书。意大利语和英语是家中共同交流的语言，罗塞蒂其后也用两种语言写诗，因此，她经常用意大利体十四行诗进行创作就毫不奇怪了。这是一首彼特拉克体的十四行诗，前八行韵式是ABBA ABBA，后六行呈三韵变化，为CDD ECE。

全诗音韵和谐、动人心弦。尾韵中的双元音/ei/、双元音/ai/与柔和的流音/l/组成的/ail/音，长元音/i:/与音质柔软的/v/组成的/i:v/音，与半谐韵中的/ai/、/əu/交融在一起，一是模仿"我"面对恋人及将至的死亡时内心痛苦挣扎而发出的哦（əu）、唉（ei/ail）的叹息声及呜咽声（i:v）；二是借助长元音和双元音发音时间比较长的特点，着力渲染了整首诗所笼罩的诗人内心深沉的温柔与爱痛交织的情绪。[①]

2. 英国体/莎士比亚体十四行诗

16世纪初，十四行诗体传到英国，风行一时，到16世纪末，十四行诗已成了英国最流行的诗歌体裁。莎士比亚进一步发展并丰富了这一诗体，一生写下154首十四行诗。莎士比亚的十四行诗，改变了彼特拉克的格式，由三段四行（quatrain）和一副对句（couplet）组成，即按四、四、四、二编排，其押韵格式为ABAB，CDCD，EFEF，GG，每行诗句仍然采用五音步抑扬格。下面以莎士比亚第二十九首十四行诗为例说明。

Sonnet 29

William Shakespeare

When, in disgrace with fortune and men's eyes,

I all alone beweep my outcast state,

And trouble deaf heaven with my bootless cries,

And look upon myself, and curse my fate,

Wishing me like to one more rich in hope,

Featur'd like him, like him with friends possess'd,

Desiring this man's art and that man's scope,

With what I most enjoy contented least;

---

① 牛红伟.译诗为诗——C.罗塞蒂十四行诗《记着我》三译本评析[J].海外英语,2012,(08):158-159.

Yet in these thoughts myself almost despising,

Haply I think on thee, and then my state,

Like to the lark at break of day arising

From sullen earth, sings hymns at heaven's gate;

For thy sweet love remember'd such wealth brings

That then I scorn to change my state with kings.

译诗 Translation

十四行诗第二十九首

威廉·莎士比亚

我一旦失去了幸福，又遭人白眼，

就独自哭泣，怨人家把我抛弃，

白白地用哭喊来麻烦聋耳的苍天，

又看看自己，只痛恨时运不济，

愿自己像人家那样，或前程远大，

或一表人才，或胜友如云广交谊，

想有这人的权威，那人的才华，

于自己平素最得意的，倒最不满意，

但在这几乎是看轻自己的思想里，

我偶尔想到了你呵，——我的心怀

顿时像破晓的云雀从阴郁的大地

冲上了天门，歌唱起赞美诗来，

我记着你的甜爱，就是珍宝，

教我不屑把处境跟帝王对调。

（屠岸 译[①]）

赏析 Appreciation

  莎士比亚创作了154首十四行诗，几乎首首经典，其诗作的结构技巧和语言技巧都很高，在艺术上达到了极高水准。学界普遍认为，莎士比亚的十四行诗分为两部分：第1至126首诗献给一位年轻的贵族，主要歌颂这位朋友的美貌以及他们的友谊，第127首及以后的诗献给一位黑皮肤女郎（dark lady）

---

①莎士比亚.莎士比亚十四行诗集[M].2版.屠岸,译.上海:上海译文出版社,1988:58.

的，主要描写爱情。

如前所述，莎士比亚体十四行诗采用 ABAB，CDCD，EFEF，GG，每行诗句采用五音步抑扬格。这首诗歌采用了"先抑后扬"手法，层层推进，波澜起伏，道出了诗人的思想感情发展变化过程。诗歌开始，诗人"失去了幸福""又遭人白眼"，哀叹自己时运不济，同他人相比，诗人自惭形秽，不由得看轻自己。第三个四行话锋一转，作者一想到朋友的友情（也有人理解为爱情），不由精神振奋，因为拥有了朋友的情谊，作者甚至不屑于与帝王调换身份。作者通过描述自己从自怨自艾到精神振奋的过程，讴歌了友谊的力量。辜正坤认为这首十四行诗是英语中表达友谊主题的"最佳诗作"之一。[①]

5.3.7　英语素体诗

所谓素体诗（blank verse），也被称为无韵诗，一般指不押韵的五音步抑扬格（unrhymed iambic pentameter），是英语中使用最为广泛的诗歌形式。由于它也比较接近日常会话，所以也是戏剧中最为常用的形式。[②]素体诗是英语诗歌主要类别之一，在其数百年的历史中产生了许多优秀作品，如华兹华斯的《序曲》《丁登寺》，丁尼生的《国王叙事诗》，斯蒂文斯的《星期天早晨》等。最著名的英语素体诗，当然是莎士比亚作品中的戏剧诗。比如以下这段经典对白。

Hamlet's Soliloquy (from *Hamlet*)

William Shakespeare

To be, or not to be, that is the question：

Whether 'tis nobler in the mind to suffer

The slings and arrows of outrageous fortune，

Or to take arms against a sea of troubles

And by opposing end them. To die—to sleep；

No more；and by a sleep to say we end

The heart-ache and the thousand natural shocks

That flesh is heir to：'tis a consummation

①辜正坤.莎士比亚十四行诗名篇赏析[J]. 名作欣赏，1992(05)：43-50+21.

②CUDDON J A. A Dictionary of Literary Terms and Literary Theory [M]. 5th ed. Wiley-Blackwell, 2013：82.

Devoutly to be wish'd. To die, to sleep;

To sleep, perchance to dream—ay, there's the rub:

For in that sleep of death what dreams may come,

When we have shuffled off this mortal coil,

Must give us pause—there's the respect

That makes calamity of so long life.

For who would bear the whips and scorns of time,

Th'oppressor's wrong, the proud man's contumely,

The pangs of dispriz'd love, the law's delay,

The insolence of office, and the spurns

That patient merit of th'unworthy takes,

When he himself might his quietus make

With a bare bodkin? Who would fardels bear,

To grunt and sweat under a weary life,

But that the dread of something after death,

The undiscovere'd country, from whose bourn

No traveller returns, puzzles the will

And makes us rather bear those ills we have

Than fly to others that we know not of?

Thus conscience does make cowards of us all,

And thus the native hue of resolution

Is sicklied o'er with the pale cast of thought,

And enterprises of great pitch and moment

With this regard their currents turn awry,

And lose the name of action.

译诗 Translation

哈姆莱特的独白

威廉·莎士比亚

生存还是毁灭,

这是一个值得考虑的问题;

默然忍受命运的暴虐的毒箭,

或是挺身反抗人世的无涯的苦难，
通过斗争把它们扫清，
这两种行为，哪一种更高贵？
死了；睡着了；什么都完了；
要是在这一种睡眠之中，
我们心头的创痛，
以及其他无数血肉之躯所不能避免的
打击，都可以从此消失，
那正是我们求之不得的结局。
死了；睡着了；睡着了也许还会做梦；
嗯，阻碍就在这儿：
因为当我们摆脱了这一具朽腐的皮囊
以后，在那死的睡眠里，
究竟将要做些什么梦，
那不能不使我们踌躇顾虑。
人们甘心久困于患难之中，
也就是为了这个缘故；
谁愿意忍受人世的鞭挞和讥嘲、
压迫者的凌辱、傲慢者的冷眼、
被轻蔑的爱情的惨痛、
法律的迁延、官吏的横暴
和费尽辛勤所换来的小人的鄙视，
要是他只要用一柄小小的刀子，
就可以清算他自己的一生？
谁愿意负着这样的重担，
在烦劳的生命的压迫下呻吟流汗，
倘不是因为惧怕不可知的死后，惧怕那从来
不曾有一个旅人回来过的神秘之国，
是它迷惑了我们的意志，
使我们宁愿忍受目前的磨折，
不敢向我们所不知道的痛苦飞去？

这样，重重的顾虑使我们全变成了懦夫，

决心的赤热的光彩，

被审慎的思维盖上了一层灰色，

伟大的事业在这一种考虑之下，

也会逆流而退，失去了行动的意义。

（朱生豪 译）

赏析 Appreciation

哈罗德·金肯斯指出，在莎士比亚的剧作中，这段独白"被人讨论最多，误解也最甚"。[①]第一句"To be, or not to be, that is the question"中的"be"在哲学中是"存在"的意思。哈姆莱特不仅仅是从自身的角度权衡或者与死亡的问题，而是从哲学的高度探讨人生存在的意义。对当时的丹麦来说，"活着"是艰难的，需要忍受"人世的鞭挞和讥嘲、压迫者的凌辱、傲慢者的冷眼、被轻蔑的爱情的惨痛、法律的迁延、官吏的横暴和费尽辛勤所换来的小人的鄙视"，对哈姆莱特来说更是如此，因为他要"负起重整乾坤的重任"！作为一个人文主义者，哈姆莱特的"延宕"完全可以理解：父亲的死因仅仅是凭鬼魂的一面之词，不知真假，作为一个人文主义者，应该把"人"的生命看得最重要，在弄清原委之前就去取人性命未免仓促；作为本来的王位继承人，他不仅需要对自己负责，更要对民众负责，他面对的不是叔父一个仇人，而是整个旧制度，因此必须谨慎从事。有学者指出，哈姆莱特"既具有仁者的德行与操守，又具备智者的冷静与审慎"[②]，还是非常有道理的。

5.3.8 英语自由诗

什么是自由诗（free verse）？《牛津简明文学术语词典》中对其的解释是：

A kind of poetry that does not conform to any regular metre: the length of its lines is irregular, as is its use of rhyme—if any...Now the most widely practised verse form in English, it has precedents in translations of the biblical Psalms and in some poems of Blake and Goethe, but established itself only in the late 19th and early 20th centuries with Walt Whitman, the French symbolists, and the poets of

---

① JENKINS H. The Arden Shakespeare[M]. London : Routledge, 1982:484.转引自：蓝仁哲.从语境与语篇谈哈姆莱特独白"To be, or not to be"的理解[J]. 四川外语学院学报,2001(06):75-78.

② 张晓玲.仁者的操守智者的审慎——对哈姆莱特独白"生存还是毁灭"的再解读[J]. 岭南师范学院学报, 2016,37(04):99-102.

modernism. Free verse should not be confused with blank verse, which does observe a regular metre in its unrhymed lines.[①]

译文　Translation

一种诗歌形式。不遵守常规格律，诗行长短不规则，押韵也不规则（如果有的话）……现在它是英语中使用最广泛的诗歌形式，在圣经的《诗篇》翻译以及布莱克和歌德的一些诗歌的翻译中都有出现，但是直到19世纪末和20世纪初才由沃尔特·惠特曼（Walt Whitman）、法国象征主义者和现代主义诗人正式确立。自由诗不应与无韵诗混淆，无韵诗虽不押韵，却有常规格律。

由上述定义可知，自由诗是作为格律诗的对立面而出现的。它缺少传统格律诗的固定的节奏和韵律单位。

英语诗歌传统源远流长。英诗最早有文字记录的诗歌可以追溯到公元6世纪末或7世纪初的民间口头传说《贝奥武甫》（Beowulf）。乔叟（Geoffrey Chaucer，1340—1400）的《坎特伯雷故事集》（The Canteberry Tales）是一部英语诗体小说。乔叟首创了英雄双韵体（Heroic Couplet），每个诗行均采用五音步抑扬格，每两句押一韵，韵式为AABBCCDD……，且不重复。句式均衡、整齐、准确、简洁、考究。英雄双韵体为以后的英国诗人所广泛采用，乔叟也被誉为"英国诗歌之父"。经过几百年的发展，到19世纪，英语诗歌在格律上基本上定型，诗人们按照固定的格律写诗。

但是，由于格律诗歌死守僵化死板的节奏和韵律形式，而为当时诸多具有革新精神的诗人所诟病。他们希望推翻押韵和格律，从而可以无拘无束地抒发诗人的感情，以免因拘于形式损害了诗歌内容。美国著名诗人惠特曼就认为，时代的变化要求新的形式。他说："诗歌，从大的方面来看，是一种演化……从某种意义上说，过去，甚至最好的过去，必然要让路，而且衰亡。因为现存的世界，一切宏伟的旧诗建立在上面的基础，已经出现空白了——甚至许多相对现代的东西也破败了，奄奄一息了。"[②]

沃尔特·惠特曼（1819—1892），出生于纽约州长岛，美国著名诗人、人文主义者。人们普遍认为，他最早创造了诗歌的自由体，后来法国诗人借鉴并发展了他的自由诗形式，并由庞德等人重新传回美国。[③]惠特曼的代表作品是

① BALDICK C. The Concise Oxford Dictionary of Literary Terms [M]. New York: Oxford University Press, 2001: 102.

② 转引自：李国辉.惠特曼自由诗诗人的名分之争[J].广东外语外贸大学学报,2017,28(01):40-44+86.

③ ROBERTS N. A Companion to Twentieth-Century Poetry [M]. Blackwell Publishers, 2001: 10.

诗集《草叶集》(*Leaves of Grass*)。该诗集 1855 年初版时只有 12 首诗,到 1892 年临终版已经收录 383 首诗,其中最长的一首《自己之歌》(*Song of Myself*) 共计 1336 行。该诗真实记录了惠特曼一生的思想轨迹和探索历程,也反映出 19 世纪美国社会积极进取、自强自立的精神风貌。所以《草叶集》不仅是他的个人史诗,也是 19 世纪美国的史诗。①

下面试以惠特曼《我听见美国在歌唱》(*I Hear America Singing*) 的第一部分为例进行说明。

I Hear America Singing

Walt Whitman

I hear America singing, the varied carols I hear,

Those of mechanics, each one singing his as it should be blithe and strong,

The carpenter singing his as he measures his plank or beam,

The mason singing his as he makes ready for work, or leaves off work,

The boatman singing what belongs to him in his boat, the deckhand singing on the steamboat deck,

The shoemaker singing as he sits on his bench, the hatter singing as he stands,

The wood-cutter's song, the ploughboy's on his way in the morning, or at noon intermission or at sundown,

The delicious singing of the mother, or of the young wife at work, or of the girl sewing or washing,

Each singing what belongs to him or her and to none else,

The day what belongs to the day—at night the party of young fellows, robust, friendly,

Singing with open mouths their strong melodious songs.

译诗 Translation

我听见美国在歌唱

沃尔特·惠特曼

我听见美利坚在歌唱,听见各种颂歌在回响:

机械工在唱,每个人都心情愉快、歌声嘹亮;

① 常耀信. 美国文学简史[M]. 2 版. 天津:南开大学出版社,2003:88-89.

木匠在唱，边唱歌边把木板和大梁来丈量；

泥瓦匠在唱，上工前后都在唱；

船夫在唱船上事，水手歌唱在汽艇甲板上；

鞋匠坐着凳子把歌唱，帽匠站在店铺里唱；

伐木工、农村青年清晨走路、中午时分、黄昏回家都在唱；

母亲在甜唱，少妇在边工作边唱，少女在边缝洗边唱；

每个人都在唱自己关心而不属于别人的事；

白天唱着白天的事，夜里身强力壮互相友好的青年人

张口大唱，歌声悦耳、雄壮嘹亮。

（李正栓 译）

赏析 Appreciation

在这首诗中，惠特曼突破了传统诗歌形式的束缚，不考虑传统诗歌的押韵和节奏，而是通过强有力的排比、奔放的热情、炽烈耀眼的思想火花去打动读者或听众。

惠特曼以鲜活明快的语言歌颂世间万物，展现了一种热情饱满又积极向上的美国精神。诗歌中的每一个美国人都在歌唱。他们不分职业的高低贵贱——机械工、木匠、泥瓦匠、船夫、水手、鞋匠、帽匠、伐木工、农村青年，不分年龄——母亲、少妇和少女，不分时间地点——白天、夜里、汽艇甲板上、店铺里等。每一个人都是社会的劳动者和建设者，每一个人都在推动美国社会的发展前进。诗人在诗歌中描写各种劳动者唱着自己"雄壮嘹亮"的歌，讴歌了劳动者的美以及美国社会的蓬勃生机。在惠特曼所生活的时代，他能够把普通劳动人民作为诗的主题、社会的主人来歌唱，这一点充分地体现了惠特曼的民主思想。惠特曼本人曾说："我艰苦奋斗，我置身于人民群众中而不是生活在小圈子里。我一直同普通人民亲密无间。是的，我不仅在这当中受教育，而且在这当中成长。"正是从惠特曼开始，美国这个新生国家才真正有了爱默生口中"美国自己的诗人"。

惠特曼之后，埃兹拉·庞德（Ezra Pound）接过了自由诗的旗帜。庞德认为，维多利亚诗歌在诗歌形式上，尤其是诗歌的音步与格律上过于僵化，他主张诗歌应该贴近所表现的事物，杜绝维多利亚矫揉造作无病呻吟的诗风。在论及1890—1910年期间英国诗歌的诟病时，庞德说，这一时期"英国的诗歌普遍是一种可怕的混杂之物，诗里全是连奏（lega to），……鬼才知道是什么东

西","里面胡乱混杂着一些莫名其妙的东西,显得凝滞沉重"①。我们在第8
章将进一步阐述庞德的自由诗以及意象主义主张。

5.3.9　英诗格律分析示例

通过上面的讲解,我们已经大致了解了英语诗歌的格律,下面以莎士比亚
第十八首十四行诗(*Sonnet 18*)为例来分析英语诗歌的音韵特征。

Sonnet 18

William Shakespeare

Shall I compare thee to a summer's day?

Thou art more lovely and more temperate:

Rough winds do shake the darling buds of May,

And summer's lease hath all too short a date;

Sometime too hot the eye of heaven shines,

And often is his gold complexion dimm'd;

And every fair from fair sometime declines,

By chance, or nature's changing course, untrimm'd;

But thy eternal summer shall not fade,

Nor lose possession of that fair thou ow'st;

Nor shall Death brag thou wander'st in his shade,

When in eternal lines to time thou grow'st:

So long as men can breathe or eyes can see,

So long lives this, and this gives life to thee.

译诗 **Translation**

十四行诗第十八首

威廉·莎士比亚

我能否把你比作夏季的一天?

你可是更加可爱,更加温婉:

---

① POUND E. Literary Essays of Ezra Pound [M]. New Directions Publishig Corporation, 1968:205.转引
自:祝朝伟. 绝对节奏与自由诗——庞德《华夏集》对英语诗歌韵律的创新[J]. 中国比较文学,2006,
(02):151-162.

狂风会吹落五月的娇花嫩瓣，

夏季出租的日期又未免太短；

有时候苍天的巨眼照得太灼热，

他金光闪耀的圣颜也会被遮暗；

每一样美呀，总会失去美而凋落，

被时机或者自然的代谢所摧残；

但是你永久的夏天决不会凋败，

你永远不会失去你美的形象；

死神夸不着你在他影子里徘徊，

你将在不朽的诗中与时间同长：

只要人类在呼吸，眼睛看得见，

我的诗就活着，使你的生命绵延。

（屠岸　译）

赏析　Appreciation

我们以诗歌的前两行为例来分析其诗歌的格律情况。

强弱标记：　/　—　　/　　—　—　/　　—　/　—

英语诗行：Shall I | compare | thee to | a sum | mer's day?

强弱标记：　—　/　　/　—　/　—　/　—　/　/

英语诗行：Thou art |more love |ly and | more tem | perate:

从上面的分析可见，这两个诗行基本上按照五音步抑扬格的方式安排格
律，虽然有些格律与主流格律不同，比如第一个诗行的第三个音步就是扬抑
格，但是不影响整体节奏。

下面再以济慈的一首长诗《恩底弥翁》（*Endymion*）为例进行说明。

Endymion（excerpts）

John Keats

BOOK I

A thing of beauty is a joy for ever：

Its loveliness increases；it will never

Pass into nothingness；but still will keep

A bower quiet for us, and a sleep

Full of sweet dreams, and health, and quiet breathing.

Therefore, on every morrow, are we wreathing

A flowery band to bind us to the earth,

Spite of despondence, of the inhuman dearth

Of noble natures, of the gloomy days,

Of all the unhealthy and o'er-darkened ways

Made for our searching: yes, in spite of all,

Some shape of beauty moves away the pall

From our dark spirits. Such the sun, the moon,

Trees old and young, sprouting a shady boon

For simple sheep; and such are daffodils

With the green world they live in; and clear rills

That for themselves a cooling covert make

'Gainst the hot season; the mid forest brake,

Rich with a sprinkling of fair musk-rose blooms:

And such too is the grandeur of the dooms

We have imagined for the mighty dead;

All lovely tales that we have heard or read:

An endless fountain of immortal drink,

Pouring unto us from the heaven's brink.

译诗 Translation

恩底弥翁（节选）

约翰·济慈

凡美的事物就是永恒的喜悦：

它的美与日俱增：它永不湮灭，

它永不消亡；它永远

为我们保留着一处幽亭，让我们安眠，

充满了美梦、健康和宁静的呼吸。

这样子，每个翌日的清晨，我们编织

绚丽的彩带，把自己跟尘世系牢，

不管失望沮丧，也不管无情的人缺少

高贵的天性，不管愁苦的岁月，

不管我们在求索过程中

那满是危险晦暗的道路：是的，抛开那一切，

某种形式的美总会揭去

笼罩在我们心灵上的黑幕。看那太阳、月亮，

还有为天真的羊群

长出遮阴凉棚的古木幼树；又如水仙

和它们生活其间的绿茵世界；还有清溪

为自己造好凉荫

以御炎季；林中灌木，

满洒着麝香蔷薇小花：

还有我们想象伟大的古人

其命运的壮丽；

我们所听到或读到的一切美妙的故事：

这都构成无尽的不朽仙泉，

从天际注入我们的心田。①

赏析 **Appreciation**

以上选自济慈的著名长诗《恩底弥翁》。诗歌押的是连续韵，比如前四个诗行的最末词分别为"ever""never""keep""sleep"，采用的是AABB的韵式。节选部分共24行，是济慈追求美的宣言。诗歌的开篇语"A thing of beauty is a joy for ever"更是常常被引用的名言。

思考与练习

1. 你认为诗歌需要格律吗？格律在诗歌中有什么作用？

2. 英语"自由诗"与"素体诗"有何区别？请举例说明。

3. 本章5.3.6节介绍的莎士比亚第十八首十四行诗格律严谨。请尝试用诗经体、楚辞体等中国格律诗体将其译为中文。

---

① 译文来自网络：http://blog.sina.com.cn/s/blog_4cfbe0890102f7x0.html.

4. 阅读克里斯蒂娜·吉奥尔吉娜·罗塞蒂的《风》（*Who Has Seen the Wind*），分析作者是如何生动地写出"风"这一意象的。

Who Has Seen the Wind?

Christina Georgina Rossetti

Who has seen the wind?
Neither I nor you：
But when the leaves hang trembling，
The wind is passing through.

Who has seen the wind?
Neither you nor I：
But when the trees bow down their heads，
The wind is passing by.

第 *6* 章　一切诗文，总需字立纸上：诗歌的修辞手法

课前讨论

（1）袁枚在《随园诗话》中写道："一切诗文，总需字立纸上，不可字卧纸上。"试解析这段话。

（2）你所理解的"修辞"是什么？现代的"修辞"与古代的"修辞"在含义上有什么区别？

6.1　修辞、修辞学与修辞格

诗歌与修辞学相关：它是使用大量修辞手段的语言，并且是极富感染力的语言。[①]

"修辞"在中国已经两千多年的历史。《周易》中就有"修辞立其诚"这句话，意思是建立言辞以表现自己的美好品德，它第一次明确提出了"修辞"这个词语，并且说明了"言辞"的重要性。

1932年，著名语言学家陈望道先生的《修辞学发凡》问世，奠定了修辞学的基础。陈望道对修辞所下的定义是："修辞不过是调整语辞使达意传情能够适切的一种努力。"这个定义清楚地表明，"修辞"的作用就是通过"调整语辞"而更加贴切地表达自己的意思，抒发自己的感情。新中国第一位修辞学博士学位获得者吴礼权教授对"修辞"的定义是："表达者（说写者）为了达到

[①] 卡勒. 文学理论入门[M]. 李平，译. 南京：译林出版社，2013：73.

特定的交际目标而应合题旨情境，对语言进行调配以期收到尽可能好的表达效果的一种有意识的、积极的语言活动。"这个定义同样说明，"修辞"的目的是提升表达效果。[①]

在西方，古典修辞学发源于古希腊。古代希腊的修辞学（或叫修辞术），指的是演说和论辩的艺术，包括立论和词句的修饰。著名哲学家亚里士多德（前384—前322年）的《修辞学》（*Rhetoric*）是西方最早的系统阐释修辞原理的著作，它奠定了西方修辞学传统。

无论中国还是西方，虽然修辞学传统不同，但是对修辞的作用的认识基本一致，那就是修辞是通过合理使用各种语言手段，使语言文字更加生动，从而达到更好的表达效果。广义的"修辞"包括了写作的全部过程，包括立意、谋篇、布局、遣词造句等各个方面，而狭义修辞则专指"修辞格"。本章主要考察诗歌中常用修辞手法。

6.2　诗歌与修辞

袁枚在《随园诗话》中写道："一切诗文，总需字立纸上，不可字卧纸上。"这里所说的"立"，就是指诗歌的语言应力求语言生动、形象。由于诗歌相对来说比较短小，如何在寥寥数个诗行中达到做到语言生动形象，意蕴优美？修辞格的使用是很好的方法。

下面就英汉诗歌中常见的修辞手法如比喻、拟人、夸张、双关、转喻、矛盾修辞、呼语、典故等进行简单分析。

6.3　诗歌中常见的修辞手法

6.3.1　比喻/Simile & Metaphor

比喻是一种常用的修辞手法，用跟甲事物有相似之点的乙事物来描写或说明甲事物，是修辞学的辞格之一。也叫"譬喻""打比方"，中国古代称为"比"或者"譬（辟）"。著名文学理论家乔纳森·卡勒为比喻下的定义是：比喻是认知的一种基本方式，通过把一种事物看成另一种事物而认识了它。也就是说找到甲事物和乙事物的共同点，发现甲事物暗含在乙事物身上不为人所熟

---

① 吴礼权. 现代汉语修辞学[M]. 4 版. 上海：复旦大学出版社,2020：1.

知的特征，而对甲事物有一个不同于往常的重新的认识。依据描写或说明的方式，比喻可分为明喻、暗喻、借喻、博喻、倒喻、反喻、缩喻、扩喻、较喻、回喻、互喻、曲喻十二种。[①]

比喻有很多种，这里选取两种最重要的比喻类型来进行讲解：明喻和暗喻。

1. 明喻/Simile

韦氏词典对 simile 的定义是："a figure of speech comparing two unlike things that is often introduced by like or as （as in cheeks like roses）."（一种修辞方式，将两种不同的事物进行比较，经常用 "like" 或者 "as" 进行连接，如 "像玫瑰一样的脸颊"。）在诗歌中使用明喻可以把所描述的事物说得具体化，把抽象的、深层次的说得通俗的，让人明白易懂。例如下面这首诗。

饮湖上初晴后雨二首·其二

宋·苏轼

水光潋滟晴方好，

山色空蒙雨亦奇。

欲把西湖比西子，

淡妆浓抹总相宜。

赏析 Appreciation

这首诗歌为什么好？其中一个原因就是苏轼寻找到了西湖和西子的共同之处：美。把西湖比作春秋时越国的美人西施，与前两句呼应，说她无论"淡妆浓抹"都难掩天生丽质。比喻贴切新奇，富有神韵。苏轼本人对此比喻亦颇满意，故在自己的诗中多次使用："西湖真西子，烟树点眉目"（《次韵刘景文登介亭》），"祇有西湖似西子，故应宛转为君容"（《次前韵答马忠玉》），"西湖虽小亦西子，萦流作态清而丰"（《再次韵德麟新开西湖》）。从此西湖便有了"西子湖"的美称，这一比喻"遂成为西湖定评"[②]。

再看罗伯特·彭斯（Robert Burns）的诗歌《一朵红红的玫瑰》（*A Red, Red Rose*）。

---

① 卡勒. 文学理论入门[M]. 李平，译. 南京：译林出版社,2013:74.
② 商拓.试论苏轼诗歌的比喻艺术[J]. 西华大学学报(哲学社会科学版),2016,35(06):1-8.

A Red, Red Rose

Robert Burns

O my Luve is like a red, red rose
　That's newly sprung in June;
O my Luve is like the melody
　That's sweetly played in tune.

So fair art thou, my bonnie lass,
　So deep in luve am I;
And I will luve thee still, my dear,
　Till a' the seas gang dry.

Till a' the seas gang dry, my dear,
　And the rocks melt wi' the sun;
I will love thee still, my dear,
　While the sands o' life shall run.

And fare thee weel, my only luve!
　And fare thee weel awhile!
And I will come again, my luve,
　Though it were ten thousand mile.

译诗 Translation

一朵红红的玫瑰

罗伯特·彭斯

呵，我的爱人像朵红红的玫瑰
六月里迎风初开，
呵，我的爱人像支甜甜的曲子，
奏得合拍又和谐。

我的好姑娘，多么美丽的人儿！
请看我，多么深挚的爱情！
亲爱的，我永远爱你，

纵使大海干涸水流尽。

亲爱的，纵使大海干涸水流尽，
太阳将岩石烧作灰尘，
亲爱的，我永远爱你，
只要我一息犹存。

珍重吧，我唯一的爱人，
珍重吧，让我们暂时别离，
但我定要回来，
哪怕千里万里！

（王佐良 译）

赏析 Appreciation

该诗采用苏格兰民谣的形式，语言简洁，明白如话，自然生动，感情真挚，脍炙人口，易于吟唱。短短四个诗节16行诗，运用了比喻、夸张、象征等多种修辞方法，大胆地表达了诗人对心上人坚贞不渝的爱情，感情真挚热烈，感人至深。

2. 暗喻/Metaphor

Tell all the truth But tell it slant——Emily Dickson
讲真理，但要歪着讲——艾米莉·狄金森

暗喻是指两种完全不同概念的事物通过含蓄、影射或婉转的表达方式达到形象比喻目的的言语行为。它不像明喻那样借助比喻词的帮助，更加简练，其基本形式是A是B。

暗喻在诗歌中的作用：在英语诗歌中运用暗喻可以直接把一种事物名称用在另一种事物上，从而更加生动、深刻地说明诗歌中所含的事理，并有增强语言的表现力效果。例如下面这首诗。

再别康桥

徐志摩

轻轻的我走了，
正如我轻轻的来；
我轻轻的招手，

作别西天的云彩。

那河畔的金柳，
是夕阳中的新娘；
波光里的艳影，
在我的心头荡漾。

软泥上的青荇，
油油的在水底招摇；
在康河的柔波里，
我甘心做一条水草！

那榆荫下的一潭，
不是清泉，是天上虹；
揉碎在浮藻间，
沉淀着彩虹似的梦。

寻梦？撑一支长篙，
向青草更青处漫溯；
满载一船星辉，
在星辉斑斓里放歌。

但我不能放歌，
悄悄是别离的笙箫；
夏虫也为我沉默，
沉默是今晚的康桥！

悄悄的我走了，
正如我悄悄的来；
我挥一挥衣袖，
不带走一片云彩。

赏析 Appreciation

　　"康桥"（cambridge）即是剑桥大学，这首诗歌是徐志摩的最负盛名的代表作，至今仍然刻在剑河的一座桥上。徐志摩曾经在1921—1922在剑桥留学。在1922年徐志摩离开剑桥大学时，曾作了《康桥，再会吧》一诗，倾诉自己对康桥的浓烈情感。1928年徐志摩故地重游，写下《再别康桥》。作者在第二节把"河畔的金柳"称作"夕阳中的新娘"，正是暗喻的修辞手法。诗歌中大量运用中国传统离别诗词中的一些经典意象，让中国读者很容易便能捕捉到诗中表达的惜别之情，比如第二节中的柳树在中国文化中当然是常见的意象，而"夕阳"也是典型的表现离愁别绪的意象（如马致远《天净沙·秋思》）。

莎士比亚在《皆大欢喜》（*As You Like It*）中有一段台词：

All the world's a stage,

And all the men and women merely players；

They have their exits and their entrances；

译诗　Translation

整个世界是一座舞台，

男男女女只是演员而已，

都有自己的上场和退场。

赏析　Appreciation

莎士比亚把世界比作一个舞台，而人生的历程就如戏剧一样。人生有不同阶段，每个人在每个人生阶段都扮演不同的角色，都有自己上场和下场的时候。一切的经历都应该顺其自然，一切的结局都可以被视作皆大欢喜。

6.3.2　拟人/Personification

拟人就是赋予动物、植物、自然现象乃至抽象的概念以人形或人性。[1]《牛津简明文学术语词典》将之定义为：

a figure of speech by which animals, abstract ideas, or inanimate things are referred to as if they were human.（一种修辞手法，将动物、抽象概念或者无生命事物当作人来写。）[2]

拟人在诗歌中可以使抽象的事物形象化、具体化，语言表达更加生动、有力。让我们首先来欣赏一首英文诗歌——艾米莉·狄金森的《由于我无法驻足把死神等候》（*Because I Could not Stop for Death*）。

---

[1] 陈君朴. 英语诗歌助读[M]. 上海：上海大学出版社,2008：86.

[2] BALDICK C. The Concise Oxford Dictionary of Literary Terms [M]. New York：Oxford University Press, 2001：190.

Because I Could not Stop for Death（712）

Emily Dickinson

Because I could not stop for Death—
He kindly stopped for me—
The Carriage held but just Ourselves—
And Immortality.

We slowly drove—He knew no haste
And I had put away
My labor and my leisure too,
For His Civility—

We passed the School, where Children strove
At Recess—in the Ring —
We passed the Fields of Gazing Grain —
We passed the Setting Sun—

Or rather—He passed Us—
The Dews drew quivering and Chill—
For only Gossamer, my Gown—
My Tippet—only Tulle—

We paused before a House that seemed
A Swelling of the Ground—
The Roof was scarcely visible—
The Cornice — in the Ground—

Since then —'tis Centuries — and yet
Feels shorter than the Day
I first surmised the Horses' Heads
Were toward Eternity —

由于我无法驻足把死神等候（712）

艾米莉·狄金森

由于我无法驻足把死神等候—
他便好心停车把我接上—
车上载的只有我们俩—
还有永生与我们同往。

我们驾车款款而行—
他也知道无须匆忙
为了报答他的礼貌，
我把劳逸搁置一旁—

我们经过学校，学生娃娃
围成一圈—争短斗长—
我们经过庄稼瞻望的田野—
我们经过沉没的夕阳—

或者不如说—夕阳经过我们身旁—
露珠儿颤悠悠阴冷冰凉—
只因我长袍薄似蝉衣—
我的披肩也跟薄纱一样—

我们停在一座房舍前
它好似土包隆起在地上—
屋顶几乎模糊难辨—
檐口—也隐没在地中央—

自那时起—已过了几个世纪—
然而感觉起来还不到一日时光
马头朝着永恒之路
这也是我最初的猜想—

（蒲隆 译）

赏析 Appreciation

　　这是美国诗人艾米莉·狄金森的一首诗歌。在这首诗歌中，诗人把死神看作人，具有人的所有特点。死神驾着马车来接我，跟我一起走过学校，经过的地方分别是快乐的学校、成熟的庄稼地和黄昏下的落日。这些意象可以认为象征着人生的几个阶段：学校象征人的童年阶段，庄稼地象征成年，夕阳象征晚年。狄金森通过描述"我"与"死神"之旅，表达了诗人对死亡主题的独特理解——死亡是通往永恒的桥梁，永恒才是生命的最终归宿和真正意义。

　　下面再看被称为"中国狄金森"的余秀华的一首作品。

我 爱 你

余秀华

巴巴地活着，每天打水，煮饭，按时吃药
阳光好的时候就把自己放进去，像放一块陈皮
茶叶轮换着喝：菊花，茉莉，玫瑰，柠檬
这些美好的事物仿佛把我往春天的路上带
所以我一次次按住内心的雪
它们过于洁白过于接近春天

在干净的院子里读你的诗歌。这人间情事
恍惚如突然飞过的麻雀儿
而光阴皎洁。我不适宜肝肠寸断
如果给你寄一本书，我不会寄给你诗歌
我要给你一本关于植物，关于庄稼的
告诉你稻子和稗子的区别

告诉你一棵稗子提心吊胆的
春天

赏析 Appreciation

　　余秀华因出生时倒产、缺氧而造成脑瘫，行动不便，只能依靠支架"摇摇晃晃"地行走，说起话来口齿不清。诗人把自己比作"稗子"——一种长在稻田里、与水稻争夺养分、被农民深恶痛绝的杂草。余秀华的命运与稗子同病相

怜：生活对她来说是极其不幸的，"巴巴地"显示了其生活的艰辛；生活对她来说也是单调而无趣的，每天的任务就是"打水，煮饭，按时吃药"；但是，在她的心目中，仍然有"美好的事物"，她想拥抱春天，却无法拥抱春天，每个春天的到来都让她提心吊胆，就如同稗子一样，春天到来，稗子可能就会被农民们连根拔起、扔掉。但是，结合标题"我爱你"，读者能够理解，卑微如稗子，也盼望着自己的春天，这是一种细致入微的生命体验，它既是一种对爱情的追寻和怀疑，又是一种对自我生命价值的认同。

6.3.3　夸张/Hyperbole

夸张，就是故意言过其实，或夸大事实，或缩小事实，目的是让对方对于说写者所要表达的内容有一个更深刻的印象。[1]刘勰在《文心雕龙·夸饰》中论述了"夸饰"：

> 故自天地以降，豫入声貌，文辞所被，夸饰恒存。虽《诗》《书》雅言，风俗训世，事必宜广，文亦过焉。是以言峻则嵩高极天，论狭则河不容舠，说多则子孙千亿，称少则民靡孑遗；襄陵举滔天之目，倒戈立漂杵之论；辞虽已甚，其义无害也。

译文　Translation

所以从开天辟地以来，凡是涉及声音状貌的，只要通过文辞表达出来，就有夸张和修饰的方法存在。即使是《诗经》《尚书》中那种雅正的语言，为了教育读者，所谈的事例一定要广博，因而在文辞上也就必然有超过实际的地方。所以《诗经》里面谈到高就说山高到天上，谈到狭就说河里容不下小船；谈到多就说子孙无数，谈到少就说周朝的百姓死得不剩一个。《尚书》里面讲到洪水包围丘陵，就有淹没天空的说法；讲到殷王的士兵叛归周人，就有杀得流血可以浮起舂米槌的记载。这些虽不免过甚其词，但对于所要表达的基本意义却并无妨害。

从刘勰的论述中可知，夸张的修辞手法自古有之，本质上就是"文辞上超过实际的地方"。"辞虽已甚，其义无害也"，夸张对所要表达的意义无害。不仅无害，还可以大大增强文字的感染力。

著名诗人李白是使用"夸张"的行家，比如他的《秋浦歌》的其中一首。

---

[1] 王希杰. 汉语修辞学[M]. 3 版. 北京:商务印书馆,2014: 354.

秋 浦 歌

唐·李白

白发三千丈，
缘愁似个长。
不知明镜里，
何处得秋霜。

赏析 Appreciation

　　"白发三千丈"显然是夸张的修辞手法，这一说法乍一看似乎不近情理。但是读到下局"缘愁似个长"时，心中所有的疑问迎刃而解：原来白发是因"愁"而生，愁愈盛而发愈长。白发有形而愁思无限，以有形之白发比无限之愁思，抒写了诗人愁肠百结难以自解的苦衷。

　　再看英国著名的玄学派诗人安德鲁·马维尔（Andrew Marvell）的一首诗歌《致他娇羞的女友》（*To His Coy Mistress*）（节选）。

To His Coy Mistress （excerpts）

Andrew Marvell

Had we but world enough, and time,
This coyness, Lady, were no crime
We would sit down and think which way
To walk and pass our long love's day.
Thou by the Indian Ganges'side
Shouldst rubies find: I by the tide
Of Humber would complain. I would
Love you ten years before the flood,
And you should, if you please, refuse
Till the conversion of the Jews.
My vegetable love should grow
Vaster than empires, and more slow;
An hundred years should go to praise

Thine eyes and on thy forehead gaze；

Two hundred to adore each breast，

But thirty thousand to the rest；

An age at least to every part，

And the last age should show your heart.

For，Lady，you deserve this state，

Nor would I love at lower rate.

译诗 Translation

致他娇羞的女友（节选）

安德鲁·马维尔

我们如有足够的天地和时间，

你这娇羞，小姐，就算不得什么罪愆。

我们可以坐下来，考虑向哪方

去散步，消磨这漫长的恋爱时光。

你可以在印度的恒河边

寻找红宝石，我可以在亨伯之畔

望潮哀叹。我可以在洪水

未到之前十年，爱上了你，

你也可以拒绝，如果你高兴，

直到犹太人皈依基督正宗。

我的植物般的爱情可以发展，

发展得比那些帝国还寥廓，还缓慢。

我要用一百个年头来赞美

你的眼睛，凝视你的娥眉，

用二百年来膜拜你的酥胸，

其余部分要用三万个春冬。

每一部分至少要一个时代，

最后的时代才把你的心展开。

只有这样的气派，小姐，才配你，

我的爱的代价也不应比这还低。

（杨周翰 译）

赏析 Appreciation

安德鲁·马维尔（Andrew Marvell, 1621—1678）被认为是英国17世纪最好的玄学派诗人（metaphysical poets）之一。在节选的诗节中，诗人运用了夸张的修辞方法，如要用"一百个年头"去赞美恋人的眼睛，用"二百年"去膜拜恋人的酥胸，用"三万个春冬"去赞美恋人身体的其他部分，用"一个时代"去打开恋人的心扉，很好地表现了男主人公对爱情的渴望。

6.3.4　双关/Pun

双关，是一种利用语音相同或相近的条件，或是利用词语的多义性、叙说对象在特定语境中语义的多解性来营构一语而有表里双层语义的修辞文本模式。[1]

双关主要包括谐音双关和语义双关。谐音双关是利用同音现象构成的双关语。如李商隐《无题·相见时难别亦难》中"春蚕到死丝方尽"就利用了"丝"和"思"的谐音。语义双关指的是利用字、词、句的多义现象来构成。比如李商隐《乐游园》"夕阳无限好，只是近黄昏"中的"夕阳"，既可以理解为"傍晚的太阳"，也可以理解为"晚年"。

汉语诗歌中经常使用"双关"修辞手法，如下面这首诗。

竹枝词二首·其一
唐·刘禹锡

杨柳青青江水平，
闻郎江上唱歌声。
东边日出西边雨，
道是无晴却有晴。

赏析 Appreciation

这是刘禹锡被贬夔州后创作的诗歌。《竹枝词》原为四川东部一带民歌，唐代诗人刘禹锡根据民歌创作新词，多写男女爱情和三峡的风情，流传甚广。后代诗人多以《竹枝词》为题写爱情和乡土风俗，其形式为七言绝句。刘禹锡在夔州任刺史时，作《竹枝词》两组共十一首。这首诗写的是一位少女盼望情郎的心情：姑娘对某位少年心有所属，但却不知情郎心意，因此问情郎究竟是

---

[1] 吴礼权. 现代汉语修辞学[M]. 4 版. 上海：复旦大学出版社,2020：1.

"有情"还是"无情"。作者巧妙地利用了汉语中"晴"和"情"的谐音，为我们展现了一位聪明、泼辣，大胆追求爱情的少女形象。全诗风格明快，妙语天成，富有生活气息和地方特色。

下面这首英语诗歌则是使用了"语义双关"。

To Helen

Edgar Allan Poe

Helen, thy beauty is to me
　Like those Nicéan barks of yore,
That gently, o'er a perfumed sea,
　The weary, way-worn wanderer bore
　To his own native shore.

On desperate seas long wont to roam,
　Thy hyacinth hair, thy classic face,
Thy Naiad airs have brought me home
　To the glory that was Greece,
　And the grandeur that was Rome.

Lo! in yon brilliant window-niche
　How statue-like I see thee stand,
The agate lamp within thy hand!
　Ah, Psyche, from the regions which
　Are Holy-Land!

译诗 Translation

给 海 伦

埃德加·爱伦·坡

海伦，你的美貌对于我，
　像古代奈西亚的那些帆船，
　在芬芳的海上悠然浮过，
　把劳困而倦游的浪子载还，

回到他故国的港湾。

惯于在惊险的海上流浪，
你风信子的柔发，古典的面孔，
你女神的风姿已招我回乡，
回到昨日希腊的光荣，
和往昔罗马的盛况。

看！那明亮的窗龛中间，
我见你像一座神像站立，
玛瑙的亮灯擎在你手里，
哦！赛琪你所来自的地点
原是那遥远的圣地！

（余光中　译①）

赏析　Appreciation

　　埃德加·爱伦·坡，19世纪美国诗人、小说家和文学评论家。诗歌中"have brought mehome"运用双关修辞法，既表示"把我带回家"，也表示深层含义"使我明白并感受到"。

　　海伦是古希腊神话中众神之王宙斯的女儿，是人间最漂亮的女人。长大后，她和特洛伊王子帕里斯私奔，引发了长达十年的特洛伊战争。坡曾回忆说，《致海伦》"这首诗写于充满激情的少年时代，献给我灵魂里第一次纯洁而完美的爱情"。据说，坡在读中学时爱上了同学的母亲斯丹娜夫人，不久斯丹娜夫人去世，坡伤心不已，创作了这首诗。诗中诗人通过对古希腊美人海伦形象的塑造深深表达了对斯丹娜夫人的爱慕之情。詹姆斯·拉塞尔·洛威尔（James Russell Lowell）曾经评价说："这首诗文笔庄重，结构工整，没有几个诗人能够做到。它仿佛是珍馈佳酿一般……"②

6.3.5　转喻/Metonymy

　　转喻也称换喻、借代，源自希腊文，意为"改名"（change of name）：用一事物的字面名称指代因在日常生活中与其经常发生联系而关系密切的另一事

---

① 叶芝. 朝圣者的灵魂[M]. 朱云奇，译. 北京：外语教学与研究出版社，1994：54.

② 转引自：邢利娜. 一切唯美——爱伦·坡的《致海伦》论析[J]. 阜阳师范学院学报（社会科学版），2006，(01)：13-16.

物。比如，我们经常用"王冠"（the crown）或"王杖"（the scepter）来代替国王（king），用"好莱坞"来代替电影业，以"摇篮"（the cradle）来代替幼年，等等。请欣赏豪斯曼的诗歌。

When I Was One-and-Twenty

Alfred Edward Housman

When I was one-and-twenty
I heard a wise man say,
"Give crowns and pounds and guineas
But not your heart away;
Give pearls away and rubies
But keep your fancy free."
But I was one-and-twenty,
No use to talk to me.

When I was one-and-twenty
I heard him say again,
"The heart out of the bosom
Was never given in vain;
'Tis paid with sighs a plenty
And sold for endless rue."
And I am two-and-twenty,
And oh, 'tis true, 'tis true.

译诗 Translation

当我二十一岁时

阿德弗雷德·爱德华·豪斯曼

当我二十一岁时，
我听聪明人言语，
"金子银子均可给，
不可把真心相与；
珍珠宝石均可给，
个人爱好不可失。"

我已年方二十一，
再说与我复何益。

当我二十一岁时，
我听他又在言语，
"你真心一朝相与，
也绝不会白给，
得到的是无尽哀叹，
换回来无限愁思。"
我已二十有二
啊，言之有理，有理。

赏析 Appreciation

　　诗歌中第三行"crowns"（皇冠）指君主的权力，当然在此处也指世俗的其他权力。聪明人劝告他说，千万不要轻易付出自己的真心，否则会招致无穷的失望与苦恼，他不听劝告，结果一年之后，他才明白聪明人说的话太有道理了。

　　在中国古典诗词中，这样的转喻或者借代也非常多，如辛弃疾的《南乡子·登京口北固亭有怀》。

南乡子·登京口北固亭有怀
宋·辛弃疾

何处望神州？
满眼风光北固楼。
千古兴亡多少事？
悠悠。
不尽长江滚滚流。

年少万兜鍪，
坐断东南战未休。
天下英雄谁敌手？
曹刘。
生子当如孙仲谋。

在这首诗歌中，兜鍪（dōu móu）原指古代作战时兵士所戴的头盔，这里指代士兵，"万兜鍪"犹言千军万马。镇江在历史上曾是英雄用武和建功立业之地，此时成了与金人对垒的第二道防线。辛弃疾终生力主抗金，却与当政的主和派政见不合，多次遭贬谪。此词通过对孙权的歌颂，表达了作者渴望像孙权那样，年纪轻轻就统率千军万马，收复被金人占领的大好河山，为国效力的壮烈情怀，饱含着浓浓的爱国思想，也流露出作者报国无门的无限感慨，蕴含着对苟且偷安、毫无振作的南宋朝廷的愤懑之情。

6.3.6 矛盾修辞/Paradox /Oxymoron

Paradox（似是而非的隽语）与Oxymoron（矛盾修辞）较为相似，都是看上去自相矛盾，但是却最终证明是合情合理的表达。

韦氏词典对Paradox的解释是："a statement that is seemingly contradictory or opposed to common sense and yet is perhaps true."（一个看上去与常识矛盾或者相反，却也许是正确的陈述。）对Oxymoron的解释则是："a combination of contradictory or incongruous words, such as cruel kindness."（互相矛盾或者不协调的字词的组合，如残酷的善良。）

从这两个定义我们可以知道，Oxymoron实际上是Paradox的微缩：Paradox是一个或者多个句子，而Oxymoron则是词语。本书将两者都译为"矛盾修辞"。

日常语言中经常使用矛盾修辞法。人们平时经常说的"美丽的错误""痛苦的甜蜜"就是典型的矛盾修辞，在诗歌中也经常使用矛盾修辞。比如舒婷《致橡树》的"仿佛永远分离，却又终身相依"，"永远分离"和"终身相依"就是矛盾修辞，再如郭小川的诗歌《甘蔗林——青纱帐》。

甘蔗林——青纱帐（节选）
郭小川

南方的甘蔗林哪，南方的甘蔗林！
你为什么这样香甜，又为什么那样严峻？
北方的青纱帐啊，北方的青纱帐！
你为什么那样遥远，又为什么这样亲近？

"香甜"与"严峻","遥远"与"亲近"都是两个语义相反或者不协调的词语，但是用在本诗中却恰到好处。

英语中，狄更斯在《双城记》中的一段使用矛盾修辞的例子较为经典。

It was the best of times, it was the worst of times, it was the age of wisdom, it was the age of foolishness, it was the epoch of belief, it was the epoch of incredulity, it was the season of Light, it was the season of Darkness, it was the spring of hope, it was the winter of despair, we had everything before us, we had nothing before us, we were all going direct to heaven, we were all going direct the other way.

译文 | Translation

这是最美好的时期，这是最坏的时期；这是智慧的时期，这是愚蠢的时期；这是充满信仰的时代，这是顾虑重重的时代；这是光明的季节，这是黑暗的季节；这是富有希望的春天，这是充满绝望的寒冬；我们拥有一切，我们一无所有；我们正笔直走向天堂，我们正笔直走向地狱。

6.3.7 呼语/Apostrophe

呼语也称呼告，是指直接明了地针对一位不在场的人物或一个抽象的、非人类的实体发话。这种手法跨越了时空界限和生命形态的界限，便于渲染气氛，增强诗的抒情色彩和感染力，常和比喻、拟人等修辞手法结合起来使用。[①]呼语既可以呼人，也可以呼物，甚至呼抽象概念。比如，下面这首诗歌第一诗行就直呼"死神"（death）。

Death, be not proud

John Donne

Death, be not proud, though some have called thee
Mighty and dreadful, for thou art not so;
For those whom thou think'st thou dost overthrow
Die not, poor Death, nor yet canst thou kill me.
From rest and sleep, which but thy pictures be,

---

① 罗良功. 英诗概论[M]. 武汉:武汉大学出版社,2002:98.

Much pleasure; then from thee much more must flow,

And soonest our best men with thee do go,

Rest of their bones, and soul's delivery.

Thou art slave to fate, chance, kings, and desperate men,

And dost with poison, war, and sickness dwell,

And poppy or charms can make us sleep as well

And better than thy stroke; why swell'st thou then?

One short sleep past, we wake eternally

And death shall be no more; Death, thou shalt die.

译诗 Translation

死神莫狂妄

约翰·邓恩

死神莫狂妄，虽有人把你看得

威严可怖，其实你并非这样；

有些人你以为死了，却并未死亡；

可怜的死神，你对我也无可奈何。

既然休息和睡眠是你的翻版，

你必能使我们感到更加惬意；

难怪英豪们匆匆随你而去，

白骨享安息，灵魂得以超然。

你受厄运、暴君、狂徒的奴役，

你同毒药、战争、病疫为伴，

鸦片和妖术能同样使我们安眠，

甚至胜于你，你何必如此神气！

浮生一梦，醒来即是永恒，

再无死亡，死去的是你死神。

（顾子欣 译[①]）

再看《垓下歌》中的例子。

楚霸王项羽垓下之战失败，八千子弟兵伤亡殆尽，自己身陷重围，身旁的

---

① 顾子欣. 英诗300首：中英对照[M]. 北京：国际文化出版公司,1996：59.

乌骓马不肯离开主人，绝世美人虞姬仍追随左右。项羽走投无路，悲痛欲绝，唱出了荡气回肠的《垓下歌》。

垓 下 歌
西楚·项羽

力拔山兮气盖世。
时不利兮骓不逝。
骓不逝兮可奈何！
虞兮虞兮奈若何！

歌中的"虞兮虞兮，奈若何！"就是对虞姬的呼告。它充分地反映了项羽当时与宝马、美人难舍难分的心情，描绘出项羽战败时悲而壮的场景。

6.3.8　典故/Allusion

用典是一种常用的修辞手法，《现代汉语辞海》中的解释是"诗文等引用的古书中的故事或词句"。[①]这基本上与刘勰《文心雕龙·事类》所提及的"事类"相符。刘勰认为，事类就是指"据事以类义，援古以证今者也"[②]，也就是引用古事、古语来为作者服务。刘勰所说的"事类"分为"用古事"和"引成辞"。"用古事"是指引用史实或逸闻，"引成辞"则是指引用前人文章中的词句。

与汉语"典故"对应的英文修辞手法为allusion。《牛津文学术语》词典对allusion的解释为"对某些事件、人物、地点或者艺术作品的引用"[③]。而《牛津典故词典》对此的解释为"典故是在作品中提及真实的人物、历史事件或者文学形象"。这些词语包含一些额外含义，蕴含一些该词语所代表的特质。比如，用"Scrooge"描述吝啬鬼，用"Hercules"指代强壮的人，用"Venus"指代漂亮女性等。

典故在诗歌中起着重要的作用。作为"语言中艺术的精华"，诗歌的特点是语言精练、含蓄蕴藉。特别是格律诗词，由于受到格律和字数的严格限制，要用有限字数表达作者思想，常常需要运用典故来传情达意。丰华瞻在《中西

---

① 中国社会科学院语言研究所词典编辑室. 现代汉语词典[M]. 北京:商务印书馆,2016: 291.

② 祖保泉. 文心雕龙解说[M]. 合肥:安徽教育出版社,1993: 731.

③ BALDICK C. Oxford Concise Dictionary of Literary Terms [M]. 上海:上海外语教育出版社,2000: 6.

诗歌比较》一书中论述了诗歌中用典的重要作用。他认为，使用典故有两大好处：第一，用典故使得言词简洁；第二，用典故使得言词含蓄。简洁与含蓄是诗歌创作的原则，所以诗人自然喜欢用典故。[①]Andrew Delahunty、 Sheila Dignan 及 Penny Stock 持类似的观点。他们在《牛津典故词典》中认为，由于典故包含了所引用故事的一些内涵，所以，精心选择的典故比大段描述性文字蕴含更多的意义。[②]

习近平经常用典。2012年11月15日，在新一届中央政治局常委和中外媒体的见面会上，习近平说："与人民心心相印、与人民同甘共苦、与人民团结奋斗，夙夜在公。""夙夜在公"，出自《诗经·召南·采蘩》，意思是从早到晚，勤于公务，这个词语后来成为媒体高频词。

毛泽东在诗歌中善于使用典故。其用典"有雄视万代驾驭古今之妙"，既继承前人爱用典、擅长用典的传统，又在前人用典的基础上有所发展、有所创新。下面以毛泽东诗歌《沁园春·长沙》为例说明。

沁园春·长沙
毛泽东

独立寒秋，

湘江北去，

橘子洲头。

看万山红遍，

层林尽染；

漫江碧透，

百舸争流。

鹰击长空，

鱼翔浅底，

万类霜天竞自由。

怅寥廓，

问苍茫大地，

---

① 丰华瞻. 中西诗歌比较[M]. 上海：生活·读书·新知三联书店,1987：120-121.

② DELAHUNTY A, DIGNAN S, STOCK P. The Oxford Dictionary of Allusions [M]. Oxford University Press ,2001.

谁主沉浮？

携来百侣曾游，

忆往昔峥嵘岁月稠。

恰同学少年，

风华正茂；

书生意气，

挥斥方遒。

指点江山，

激扬文字，

粪土当年万户侯。

曾记否，

到中流击水，

浪遏飞舟？

赏析 Appreciation

这首诗歌中用了多个典故，择其重要者分析如下。

忆往昔峥嵘岁月稠：鲍照《舞鹤赋》："岁峥嵘而愁暮。"杜甫《敬赠郑谏议》："旅食岁峥嵘。"峥嵘，本指山的高峻，与岁月连用，鲍照诗意为尽头，杜甫诗言自己的年齿日高，本诗中意指"不平凡"。

粪土当年万户侯：粪土，以……为粪土。《论语·公冶长》："粪土之墙，不可圬也。"万户侯，汉制，列侯，大者食邑万户。《史记·李将军列传》："万户侯岂足道哉！"这里指当时的反动军阀，也可理解为个人的功名富贵。过去的知识分子往往把个人功名富贵的追求，作为生活的动力，终极目的是"觅封侯"，而万户侯又是侯爵中最高的一级，所以就成为取得最高政治地位的代称。

中流：水流之中；到中流击水，一同跃进中流去游泳，拍击着江水卷起重重浪花。或曰：击水，以棹击水；暗用祖逖渡江、中流击楫的故事。《晋书·祖逖传》："逖统兵北伐，渡江，中流击楫而誓曰：不能清中原而复济者，有如此江。"这里是说，当年曾和同学旧侣，回棹中流，寄寓着一种少年许国、昂扬奋发的情怀。

《沁园春·长沙》向读者展示了一代伟人毛泽东独特的秋天情怀，词中雄伟魄大的气势，不仅是词人博大胸襟的再现，更是他对中国命运前途的热切期待。而词中创造性地化用典故以及古诗词，更增加了诗词的文化底蕴，让词的韵味更加浓厚。

下面再以弥尔顿诗歌《致亡妻》为例，说明英语诗歌中的典故运用。

On His Deceased Wife

John Milton

Me thought I saw my late espousèd Saint
Brought to me like Alcestis from the grave,
Whom Joves great Son to her glad Husband gave,
Rescu'd from death by force though pale and faint.
Mine as whom washt from spot of child-bed taint,
Purification in the old Law did save,
And such, as yet once more I trust to have
Full sight of her in Heaven without restraint,
Came vested all in white, pure as her mind:
Her face was vail'd, yet to my fancied sight,
Love, sweetness, goodness, in her person shin'd
So clear, as in no face with more delight.
But O as to embrace me she enclin'd
I wak'd, she fled, and day brought back my night.

译诗 **Translation**

致 亡 妻

约翰·弥尔顿

魂兮魄兮若有感，新逝爱妻返身边。
德比阿氏代夫死，朱氏神子送回还。
我见伊人尤欣喜，血污不再净礼免。
爱妻苍白且无力，无碍天堂余观瞻。
伊人身上着白衣，纯洁无瑕爱无限。
脸上更把面纱系，温柔良善更耀眼。
伊人俯身把我依，我醒伊人已不见。
白昼带来我黑夜，留予空悲肝肠断。

（李冬青 译）

赏析 Appreciation

这首诗歌里用了若干个典故，择其要者分析如下。

（1）阿氏和朱氏神子。

阿氏即阿尔塞斯蒂斯，是希腊神话中珀利阿斯的女儿，也是斐赖国王阿德墨托斯的妻子。根据古希腊著名悲剧家欧里庇得斯作品中的叙述，阿波罗帮助阿德墨托斯成功迎娶了阿尔塞斯蒂斯，但是由于阿德墨托斯在结婚时忘记了给月亮与狩猎女神阿耳特弥斯献上祭品，阿耳特弥斯决定报复他，让他早死。阿德墨托斯的保护神阿波罗向命运女神求情，命运女神答应阿波罗，如果有人愿代替阿德墨托斯死，那么他就可以逃脱死神的威胁。当阿德墨托斯死期到来的时候，其他所有人，包括他年迈的父母都不愿意代替他去受死，只有他充满活力、深爱丈夫的妻子阿尔塞斯蒂斯愿意代替丈夫去死。凑巧大英雄赫拉克勒斯（Herakles，即诗歌中所说的朱氏神子"Jove's great son"）来到斐赖做客，他被阿尔塞斯蒂斯的故事深深感动，便闯入她的坟墓将她解救了出来。之后，阿尔塞斯蒂斯就被当作自我牺牲精神的典范而受到尊敬。阿尔塞斯蒂斯舍身救夫的故事在古希腊著名悲剧家埃斯库罗斯的作品中也有叙述。

（2）净礼。

弥尔顿是一个虔诚的宗教信徒，宗教在他的生活和文学创作中都起着重要作用。他支持宗教自由，写作了多本有关宗教的小册子，而《圣经》等宗教经典是他生命的支柱和创作源泉。《失乐园》与《复乐园》是弥尔顿最著名的两首长诗，诗人不仅在其中使用了多个来源于《圣经》的典故，其题材本身也来自于宗教经典：前者取材于《旧约·创世纪》，后者则取材于《新约·路加福音》。在本诗中，"Purification"的典故来自于《圣经·旧约》。在《利未记》中认为，女性需要在生产后居家一段时间，等待产血干净之后才能参加宗教活动或出入宗教场所。弥尔顿的妻子死于产后，但是据说当时的教会认为其品德高尚而得到救赎，她不仅在肉体上是纯洁的，而且精神上也是圣洁的，因此，诗中说"血污不再净礼免"。这个典故非常准确地赞美了诗人妻子的高尚品德，表明诗人对见到妻子的渴望。

弥尔顿《致亡妻》是经典的写梦境的诗歌，对英国读者而言，不亚于苏轼《江城子·十年生死两茫茫》对中国读者的意义。杨周翰先生曾经对《致亡妻》一诗高度评价，认为这首诗在西方文学中"若不是绝无仅有的，至少是极罕见的。"①该诗之所以受到如此高度评价，诗中对典故准确运用是重要原因之一，典故使使诗歌言简意赅，与诗人的己作己意紧密融合，有力地推动了诗歌情感发展，升华了诗歌主题，堪称用典的最高境界。

思考与练习

1. 毛泽东的《沁园春·雪》用了哪些典故？有什么作用？

2. 除了本章中所提及的修辞手法，你还知道什么其他修辞手法？试举例说明。

3. 试分析下首词中所使用的修辞手法。

鹊桥仙·纤云弄巧

宋·秦观

纤云弄巧，飞星传恨，银汉迢迢暗度。金风玉露一相逢，便胜却人间无数。柔情似水，佳期如梦，忍顾鹊桥归路。两情若是久长时，又岂在朝朝暮暮。

4. 下面是雪莱的诗歌《残月》（*The Waning Moon*），试分析诗中所使用的修辞手法。

The Waning Moon

Percy Bysshe Shelley

And like a dying lady, lean and pale,
Who totters forth, wrapp'd in a gauzy veil,
Out of her chamber, led by the insane
And feeble wanderings of her fading brain,
The moon arose up in the murky East,
A white and shapeless mass.

残　月

珀西·比希·雪莱

如苍白、瘦削、濒死的女人

---

① 杨周翰. 弥尔顿的悼亡诗——兼论中国文学史里的悼亡诗[J]. 北京大学学报(哲学社会科学版)，1984,(6).

脸蒙白纱，步履踉跄，
由退化的大脑引领，
走出闺阁，虚弱而疯狂，
残月模糊，无形，
升起在那黑暗的东方。

第 *7* 章　在诗歌里，只有感情永恒：诗歌的情感

课前讨论

（1）刘勰在《文心雕龙》中提出，"诗缘情而绮靡"；《尚书·尧典》中则说"诗言志"。你认为"情"与"志"在诗歌中哪个更为重要？

（2）"中国缺少情诗，有的只是'忆内''寄内'或曲喻隐指之作，坦率的告白恋爱者绝少，为爱情而歌颂爱情的更是没有。"——朱自清

你同意朱自清先生的观点吗？

7.1　"诗缘情"：情感在诗歌中的重要作用

诗歌是抒情的艺术。刘勰在《文心雕龙》中提出，"诗缘情而绮靡"，清楚地说明了诗歌是因情而生。周作人也说："我只认抒情是诗的本分。"

英国 19 世纪初的批评家威廉·赫士列特（William Hazlitt）在 *On Poetry In General* 中说了这样一段话：

"Fear is poetry, hope is poetry, love is poetry, hatred is poetry; contempt, jealousy, remorse, admiration, wonder, pity, despair, or madness, are all poetry. Poetry is that fine particle within us, that expands, rarefies, refines, raises our whole being: without it 'man's life is poor as beast's'. Man is a poetical animal: and those of us who do not study the principles of poetry, act upon them all our lives."

译文 Translation

"恐怖是诗，希望是诗，爱是诗，恨是诗，轻视、忌妒、懊悔、爱慕、奇迹、怜悯、绝望或疯狂全是诗。诗歌是我们内在的细微粒子，会膨胀、提纯、提炼并提升我们的整体生命：没有诗，'人的生命会像野兽一样贫穷'。人是一种诗意的动物：我们之中那些不学习诗歌原理的人，其实一生都在按照这些原理行动。"

由此可见，诗歌是诗人感情的倾泻，感情是诗歌的表现对象。庞德指出："在诗歌里，只有感情永恒。"（In poetry, only emotion endures.）

诗歌是抒情的艺术，是至情至性之文，需要诗人具有激越高昂的感情。诗人通过选取现实生活中最富有特征性的片段，描绘出一幅情感的艺术画面，烘托出与这种画面相吻合的情调。列夫·托尔斯泰认为："作者所体验过的感情感染了观众或听众，这就是艺术。"奥维德在《变形记》中生动地说明了诗歌中利用情感感染读者的重要性："一首诗仅仅具有美是不够的，还必须有魅力，必须能按作者愿望左右读者的心灵。你自己先要笑，才能引起别人脸上的笑，同样，你自己得哭，才能在别人脸上引起哭的反应。你要我哭，首先你自己得感觉悲痛，这样，忒勒福斯啊，珀琉斯啊，你的不幸才能使我伤心……"①

爱情与死亡是文学中永恒的主题，下面我们就分别从爱情和死亡着手，欣赏并比较中英文诗歌在这两个方面的不同。

7.2 爱情诗歌

"哪个青年男子不善钟情？哪个妙龄女郎不善怀春？"（歌德）。爱情是我们人生旅途上最重要、最光辉灿烂的一页。莎士比亚说，爱情是生命的火花，友谊的升华，心灵的吻合。如果说人类的感情能区分等级，那么爱情该是属于最高的一级。诗人拜伦说："当我们的生命走向衰老，当记忆叫叶子重新发芽，爱情的叶子还会吐出清新的绿芽。"

爱情是一种纯洁而高尚的心灵交融。古今中外不少诗人是因恋爱而开始写诗的，又从写爱情诗开始而成为诗人。有人说爱情是诗人的温床，这是不无道

① 奥维德，贺拉斯. 变形记·诗艺[M]. 杨周翰，译. 上海：上海人民出版社，2016：439.

理的。真挚的爱情能使迟钝者敏感，令粗暴者温柔，教粗心者心细，让懦弱者勇敢。[①]纵观几千年的人类文明历史，曾经有多少热情奔放的诗人、思想深远的哲人，用精美的语言、华丽的辞章来讴歌爱情、赞美爱情，赋予它色彩，赋予它诗意。这些作品，就像美妙动人的旋律，在今天仍然深深打动着我们。

7.2.1　中国人不懂爱情吗？

在一些外国人眼里，中国人似乎总是不苟言笑，不懂得爱情，也不懂得浪漫。1965年英国企鹅出版社出版了一本中国的《晚唐诗选》（*Poems of the Late T' ang*），译者葛瑞汉（A. C. Graham）认为，中国古人很少写爱情诗。《联合国教科文组织各国代表作品丛书》一文介绍，中译英文艺作品被该组织秘书处收入丛书的28种中国作品中，没有一部爱情诗集[②]，难怪给西方人留下了一个印象，仿佛中国人从来就不懂得爱情。

实际上，中国人有着漫长的写作爱情诗歌的历史。中国第一部诗歌总集《诗经》中的第一篇《关雎》就是爱情诗。

关　雎
先秦·佚名

关关雎鸠，在河之洲。

窈窕淑女，君子好逑。

参差荇菜，左右流之。

窈窕淑女，寤寐求之。

求之不得，寤寐思服。

悠哉悠哉，辗转反侧。

参差荇菜，左右采之。

窈窕淑女，琴瑟友之。

参差荇菜，左右芼之。

窈窕淑女，钟鼓乐之。

赏析　Appreciation

《关雎》一诗的主旨，历来有多种解释，但通常认为这首先是一首描写男

---

① 刘超先.爱的诗篇[M].哈尔滨:黑龙江人民出版社,1993年4月第1版:序.

② 裴克安.联合国教科文组织各国代表作品丛书简介[J].中国翻译,1991(02):53-55.

女恋爱的情歌。

诗用成双成对、情意专一的雎鸠在芳草萋萋的小洲上关关相向和鸣起兴，引出下文娴雅秀丽、贤淑善良的采荇姑娘应是君子佳偶的意思。以下各章，又以采荇菜这一行为兴起主人公对女子的相思与追求。全诗语言优美，善于运用双声、叠韵和重叠词，增强了诗歌的音韵美和写人状物、拟声传情的生动性。

《上邪》是产生于汉代的一首乐府民歌。这是一首情歌，是女主人公忠贞爱情的自誓之词。

上 邪

汉·佚名

上邪！
我欲与君相知，
长命无绝衰。
山无陵，
江水为竭，
冬雷震震，
夏雨雪，
天地合，
乃敢与君绝。

赏析 Appreciation

《上邪》是产生于汉代的一首乐府民歌，是女主人公对忠贞爱情的誓言。女主人公要与情郎"相知"，相亲相爱直到永远。为了证实她的对爱情的忠贞，她列举了五种正常情况下不可能出现的自然现象：巍巍群山消失了山顶，滔滔江水枯竭，冬天雷声阵阵，夏天白雪皑皑，天地合在一起。诗歌准确地表达了热恋中人特有的心理，诗短情长，撼人心魄。

清代王先谦说："五者皆必无之事，则我之不能绝君明矣。"这古今中外无与伦比的表达爱情的方式，可以说是绝唱之作。诗中女主人公以誓言的形式剖白内心，以不可能实现的自然现象反证自己对爱情的忠贞，确实具有一种强烈的主观色彩。明代诗论家胡应麟誉之为"短章中神品"。清代张玉谷《古诗赏析》卷五评此诗说："首三，正说，意言已尽，后五，反面竭力申说。如此，然后敢绝，是终不可绝也。迭用五事，两就地维说，两就天时说，直说到天地混合，一气赶落，不见堆垛，局奇笔横。"可谓句句在理。

《上邪》对后世的影响很大。敦煌曲子词中有一首《菩萨蛮》在思想内容和艺术表现手法上明显受到它的启发。

菩 萨 蛮

五代·佚名

枕前发尽千般愿，

要休且待青山烂。

水面上秤锤浮，

直待黄河彻底枯。

白日参辰现，

北斗回南面。

休即未能休，

且待三更见日头。

这首诗歌与《上邪》一样，也是列举了很多种不可能发生的自然现象来表现夫妻之间的忠贞爱情。遣词造句亦不假雕饰，形同白话，充分表现出民间歌词的拙朴、自然的本色。

以上这些诗歌都表明，中国人不但懂得爱情，会写爱情诗，而且他们写的爱情诗歌还非常大胆，不亚于西方国家的爱情诗歌。

7.2.2　中外爱情诗歌：相同与不同

虽然中国和西方都有大量的爱情诗歌，但是由于文化、历史和地理条件等方面的不同，中西方爱情诗歌还是有比较巨大的差异。下面我们仅从主题及表现手法方面对英汉爱情诗歌做简要对比。

1. 主题对比

中西方爱情诗歌在主题方面上大有不同。在西方国家，恋爱和结婚是人生中非常重要的事情，"小说、诗歌中都写恋爱，如果文艺作品不写恋爱，可能会卖不出去"①。西方由于是自由恋爱，追求爱情的过程往往让人激动。西方爱情诗多以追慕爱人、赞美爱情为主要内容。请看下面的例子。

---

① 丰华瞻. 中西诗歌比较[M]. 北京：生活·读书·新知三联书店，1987：24.

Counsel to Girls

Robert Herrick

Gather ye rose-buds while ye may,
Old time is still a-flying;
And this same flower that smiles to-day
Tomorrow will be dying.

The glorious Lamp of Heaven, the Sun,
The higher he's a-getting;
The sooner will his race be run,
And nearer he's to setting.

That age is best, which is the first,
When youth and blood are warmer;
But being spent, the worse, and worst
Times, still succeed the former.

Then be not coy, but use your time;
And while ye may, go marry.
For having lost but once your prime,
You may for ever tarry.

译诗 Translation

给少女们的忠告

罗伯特·赫里克

花开堪折直须折，
光阴总是在飞驰；
今日花笑同一朵，
明日笑容会消逝。

太阳华灯天上悬，
越近高处路越短；
太阳越是向西沉，
路程终点越临近。

青春年华最美好，

血气方刚热情高；

青春年华若虚度，

一天不如一天好。

抓紧时间别羞怯，

能得悦时及时悦；

一旦错过好年华，

千古遗憾悔成河。

（李正栓 译）

赏析 Appreciation

这首《给少女们的忠告》以其第一行名句流芳于世，其意境与我国唐代流行歌词《金缕衣》中的"有花堪折直须折，莫待无花空折枝"极为相似。这首诗从一个角度反映了英国17世纪"骑士派"诗人的处世哲学。原诗是抑扬格（第一行第一音步例外，是扬抑格），每节四音步和三音步相同，韵式是ABAB。

这是一首劝导少女们要珍惜光阴、追求爱情的诗歌。在西方单独有一种诗体叫Carpe Diem（及时行乐），就是要劝导大家及时行乐。

下面这首诗是拜伦的《她走在美的光彩中》（*She Walks in Beauty*）。

She Walks in Beauty

George Gordon Byron

She walks in beauty, like the night

Of cloudless climes and starry skies;

And all that's best of dark and bright

Meet in her aspect and her eyes;

Thus mellowed to that tender light

Which heaven to gaudy day denies.

One shade the more, one ray the less,

Had half impaired the nameless grace

Which waves in every raven tress,

Or softly lightens o'er her face;

Where thoughts serenely sweetexpr ess,
How pure, how dear their dwelling place.

And on that cheek, and o'er that brow,
So soft, so calm, yet eloquent,
The smiles that win, the tints that glow,
But tell of days in goodness spent,
A mind at peace with all below,
A heart whose love is innocent!

译诗 Translation

她走在美的光彩中
乔治·戈登·拜伦

一

她走在美的光彩中，像夜晚
皎洁无云而且繁星满天；
明与暗的最美妙的色泽
在她的仪容和秋波里呈现：
耀目的白天只嫌光太强，
它比那光亮柔和而幽暗。

二

增加或减少一份明与暗
就会损害这难言的美，
美波动在她乌黑的发上，
或者散布淡淡的光辉
在那脸庞，恬静的思绪
指明它的来处纯洁而珍贵。

三

呵，那额际，那鲜艳的面颊，
如此温和，平静，而又脉脉含情，
那迷人的微笑，那容颜的光彩，

都在说明一个善良的生命：

她的头脑安于世间的一切，

她的心充溢着真纯的爱情！

（查良铮　译）

赏析　Appreciation

　　据说这首诗歌是拜伦在参加一次晚会时，遇到了 Anne Beatrix Wilmot-Horton 小姐。当时她穿着一身黑色的丧服（mourning dress）。拜伦惊讶于她的美貌，当天晚上就写作了这首诗歌，并收录在1815年出版的诗集《希伯来古韵》（*Hebrew Melodies*）。拜伦在诗歌中详细描写了她的美貌。由于她穿的是黑色的丧服，作者尽力描写了"黑色"之美：夜空、乌黑的头发。如果增加或者减少一分这样的光，都会损失她的美丽，这与《登徒子好色赋》中"增之一分则太长，减之一分则太短"可谓异曲同工。最后，拜伦还讲到了她的善良、智慧以及纯真。

　　而在中国古代，男人往往从小被灌输的是"家国天下"，要求取功名，恋爱婚姻等都被看作是个人小事，因此一般不被人关注。贾宝玉与林黛玉两情相悦却不能在一起，陆游与唐婉琴瑟相和却被棒打鸳鸯，就是鲜活的例子。爱情一般是"父母之命、媒妁之言"，男女双方在结婚前基本不能见面，没有婚前的追求过程，因此中国诗人较少感受到爱情的热烈，多的却是相思别恨和悲欢离合，以及不能获得爱情的哀怨之情。陆游的《钗头凤》就是这方面的名篇。

钗　头　凤

宋·陆游

　　红酥手，黄縢酒，满城春色宫墙柳。东风恶，欢情薄，一怀愁绪，几年离索。错、错、错！

　　春如旧，人空瘦，泪痕红浥鲛绡透。桃花落，闲池阁。山盟虽在，锦书难托。莫、莫、莫！

赏析　Appreciation

　　南宋周密在《齐东野语》中对陆游与唐婉的爱情故事有过叙述：

　　"陆务观初娶唐氏，闳之女也，于其母夫人为姑侄。伉俪相得，而弗获其姑。既出而未忍绝之。则为别馆，时时往焉。其姑知而掩之。虽先知驾去，然事不得隐，竟绝之。亦人伦之变也。唐后改适同郡宗子士程。尝以春日出游，相遇于禹迹寺南之沈氏园。唐以语赵，遣致酒肴。翁怅然久之，为赋《钗头凤》一词，题园壁间。未久，唐氏死。"

陆游与唐婉婚后"伉俪相得"，却因为母亲的反对而不得不休掉唐婉。后唐婉改嫁同郡名士赵士程。陆游春日出游沈园，与唐婉相遇，唐婉得赵士程同意后，令人为陆游送来酒菜。陆游惆怅之余，在沈园的墙上题了这首词。

相传唐婉读了陆游题于沈园的小词，不胜伤感，也提笔和了一首《钗头凤》：

世情薄，人情恶。雨送黄昏花易落。晓风干，泪痕残。欲笺心事，独语斜栏。难！难！难！

人成各，今非昨。病魂常似秋千索。角声寒，夜阑珊。怕人寻问，咽泪装欢。瞒！瞒！瞒！

这两首词都是哀悼逝去的爱情，陆游的词委婉含蓄，唐婉的词则强烈深沉，都表现了他们的眷念之深与相思之切，抒发了作者怨恨愁苦而又难以言状的凄楚，读来催人泪下。清代陈廷焯《白雨斋词话》卷六："至两词皆不免于怨，而情自可哀。"

2. 表现手法对比

除了爱情诗的主题不同之外，中外爱情诗在表现手法方面也大异其趣。总的来说，西方爱情诗倾向于直接、热烈，而中国爱情诗则倾向于委婉含蓄。在《中国诗与中国画》一文中，钱锺书曾经如此评论中国（旧）诗与西洋诗：

和西洋诗相形之下，中国旧诗大体上显得情感有节制，说话不唠叨，嗓门儿不提得那么高，力气不使得那么狠，颜色不着得那么浓。在中国诗里算得"浪漫"的，比起西洋诗来，仍然是"古典"的；在中国诗里算得坦率的，比起西洋诗来，仍然是含蓄的；我们以为词华够浓艳了，看惯纷红骇绿的他们还欣赏它的素淡；我们以为"直恁响喉咙"了，听惯大声高唱的他们只觉得不失为斯文温雅。[①]

首先，让我们来欣赏一首热烈而大胆的西方爱情诗。

---

① 钱锺书. 七缀集[M]. 北京：生活·读书·新知三联书店，2019：16-17.

How Do I Love Thee？（Sonnet 43）

Elizabeth Barrett Browning

How do I love thee？ Let me count the ways.
I love thee to the depth and breadth and height
My soul can reach，when feeling out of sight
For the ends of being and ideal grace.
I love thee to the level of every day's
Most quiet need，by sun and candle-light.
I love thee freely，as men strive for right；
I love thee purely，as they turn from praise.
I love thee with the passion put to use
In my old griefs，and with my childhood's faith.
I love thee with a love I seemed to lose
With my lost saints. I love thee with the breath，
Smiles，tears，of all my life；and，if God choose，
I shall but love thee better after death.

译诗 Translation

我怎样爱你

伊丽莎白·芭蕾特·勃朗宁

我究竟怎样爱你？让我细数端详。
我爱你直到我灵魂所及的深度、
广度和高度，我在视力不及之处
摸索着存在的极致和美的理想。
我爱你像最朴素的日常需要一样，
就像不自觉地需要阳光和蜡烛。
我自由地爱你，像人们选择正义之路，
我纯洁地爱你，像人们躲避称赞颂扬。
我爱你用的是我在昔日的悲痛里
用过的那种激情，以及童年的忠诚。
我爱你用的爱，我本以为早已失去

（与我失去的圣徒一同）；我爱你用笑容、

眼泪、呼吸和生命！只要上帝允许，

在死后我爱你将只会更加深情。

（飞白 译）

赏析　Appreciation

　　诗歌采用意大利十四行诗。押韵方式为ABBA，ABBA，CDCDCD。诗歌非常直白地抒发了自己对丈夫（罗伯特·勃朗宁，也是英国著名诗人）的激情洋溢的爱情表白。诗人在诗歌中列举了若干种她爱她丈夫的方式，感情炽热充沛，想象大胆新颖，辞藻优美动人，这首诗歌也被誉为"整个维多利亚时代最美丽的爱情商籁体诗"。

　　相对而言，中国诗歌讲求"诗皆思深远〔而有余意，〕言有尽而意无穷"（吕本中《童蒙诗训》），"乐而不淫，哀而不伤"（《论语·八佾》），在诗歌中比较委婉含蓄，情感上有节制。下面是席慕蓉的一首诗作《一棵开花的树》。

一棵开花的树
席慕蓉

如何让你遇见我
在我最美丽的时刻

为这
我已在佛前求了五百年
求佛让我们结一段尘缘
佛于是把我化做一棵树
长在你必经的路旁

阳光下
慎重地开满了花
朵朵都是我前世的盼望

当你走近
请你细听

那颤抖的叶

是我等待的热情

而当你终于无视地走过

在你身后落了一地的

朋友啊

那不是花瓣

那是我凋零的心

赏析 Appreciation

　　《一棵开花的树》是席慕蓉于1980年创作的一首现代诗歌。普遍认为，这是一首爱情诗歌，通过求佛——化树——错过——凋零，描述了一位痴情少女凄婉的爱情故事。全诗沿袭了席慕蓉诗歌的一贯风格，朴素、简单，不做作。感情真挚，画面优美，是一首精致感人的美丽小诗。

　　有趣的是，这首诗歌的作者席慕蓉却并不认为这是一首爱情诗。席慕蓉曾经谈到过这首诗歌的创作经过：当时她在台湾新竹师范学院教书。有一次在5月坐火车经过苗栗的山间，当火车从一个很长的山洞出来以后，她无意间回头朝山洞后面的山地上张望，看到高高的山坡上有一棵油桐开满了白色的花。"那时候我差点叫起来，我想怎么有这样一棵树，这么慎重地把自己全部开满了花，看不到绿色的叶子，像华盖一样地站在山坡上。可是，我刚要仔细看的时候，火车一转弯，树就看不见了。"就是这棵真实地存在于席慕蓉生命现场里的油桐，让她念念不忘。她心想，如果没有自己那一回头的机缘，树上的花儿是不是就会纷纷凋零？这促使她写下了《一棵开花的树》。作者自述这首诗是写给自然界的一首情诗，"我在生命现场遇见了一棵开花的树，在替它发声。"至于有些人把作品解读成"女孩子站在那里等男孩子看她"的情诗，她表示"有点犹疑"。但她同时声明，诗人的解读只是其中的一种，因为读者的解释也有道理。

　　著名诗人舒婷的《致橡树》，也是一首极为经典的汉语诗歌。

致 橡 树

舒婷

我如果爱你——

绝不像攀援的凌霄花，

借你的高枝炫耀自己；

我如果爱你——

绝不学痴情的鸟儿，

为绿荫重复单调的歌曲；

也不止像泉源，

常年送来清凉的慰藉；

也不止像险峰，

增加你的高度，

衬托你的威仪。

甚至日光，

甚至春雨。

不，这些都还不够！

我必须是你近旁的一株木棉，

作为树的形象和你站在一起。

根，紧握在地下；

叶，相触在云里。

每一阵风过，

我们都互相致意，

但没有人，

听懂我们的言语。

你有你的铜枝铁干，

像刀、像剑，

也像戟；

我有我红硕的花朵，

像沉重的叹息，

又像英勇的火炬。

我们分担寒潮、风雷、霹雳；

我们共享雾霭、流岚、虹霓。

仿佛永远分离，

却又终身相依。

这才是伟大的爱情，

坚贞就在这里：

爱——

不仅爱你伟岸的身躯，

也爱你坚持的位置，足下的土地。

赏析 Appreciation

《致橡树》写于1975年，发表于1977年，是新时期文学的发轫之作，也是舒婷最具代表性的朦胧诗之一，影响深远，被选入多个版本的中学语文课本中。诗歌通过"木棉"对"橡树"的内心独白，否定了男权社会"相夫教子""夫唱妇随""夫贵妻荣"的腐朽爱情观，热情而坦诚地歌唱自己的人格理想以及要求比肩而立、各自独立又深情相对的爱情观。

无独有偶，与席慕蓉不承认《一棵开花的树》是爱情诗一样，舒婷也不认为《致橡树》是爱情诗。舒婷在回答记者的问题时说，橡树与木棉根本就不是生长在一个地方，"《致橡树》中的确包含着一种爱情的观点，但它的文本内涵远不止于此。它不是为爱情而写，对象也不是向爱人倾诉，而是要表达一种自由独立的人生观"。当然，正如我们前面所说的"读者之用心未必不然"，舒婷也承认："读者当成爱情诗读也行，读者读了一首诗，被它感动，这首诗就是他自己的，而不是我的了。"

7.3 悼亡诗歌

悼亡诗歌，顾名思义，就是为了悼念某个亡故的人而写的诗歌。古人云："死生亦大矣。"生与死是人类无法回避的人生经历，对人类情感产生巨大冲击。由于中西方在民族性、宗教、哲学、人文精神上存在种种差异，中西方在诗歌中所体现出来的生死观念也有着明显差异。

7.3.1 中文悼亡诗歌赏析

中国悼亡诗比较普遍，是古代诗歌题材之一，一般是丈夫追悼亡妻之作，始于西晋潘安的《悼亡诗三首》。现在广义的也指对亡故亲人或朋友表达追悼、哀思的诗歌，与西方的悼亡诗意思接轨。

中国古代悼亡诗的出现最早可以追溯到《诗经》。《诗经·唐风·葛生》与《诗经·邶风·绿衣》都是典型的悼亡诗作。

唐风·葛生

先秦·佚名

葛生蒙楚，蔹蔓于野。
予美亡此，谁与独处？
葛生蒙棘，蔹蔓于域。
予美亡此，谁与独息？
角枕粲兮，锦衾烂兮。
予美亡此，谁与独旦？
夏之日，冬之夜。
百岁之后，归于其居。
冬之夜，夏之日。
百岁之后，归于其室。

译诗 Translation

葛藤覆盖了一丛丛的黄荆，野葡萄蔓延在荒凉的坟茔。
我的亲密爱人长眠在这里，谁和他在一起？独守安宁！
葛藤覆盖了丛生的酸枣枝，野葡萄蔓延在荒凉的坟地。
我的亲密爱人埋葬在这里，谁和他在一起？独自安息！
他头下的角枕是那样光鲜，身上的锦被多么光华灿烂！
我的亲密爱人安眠在这里，谁和他在一起？独枕待旦！
没有你的日子里夏天煎熬，冬夜是那样漫长难耐孤寒。
终有一天我也要化作清风，随你而来相会在碧落黄泉！
没有你的日子里冬夜漫漫，夏天是那样漫长尤感孤寂。
终有一天我也要化为泥土，随你而来相聚在这块宝地！

邶风·绿衣

先秦·佚名

绿兮衣兮，绿衣黄里。
心之忧矣，曷维其已？
绿兮衣兮，绿衣黄裳。
心之忧矣，曷维其亡？
绿兮丝兮，女所治兮。
我思古人，俾无訧兮。

絺兮绤兮，凄其以风。

我思古人，实获我心。

译诗 Translation

绿衣裳啊绿衣裳，绿色面子黄里子。

心忧伤啊心忧伤，什么时候才能止？

绿衣裳啊绿衣裳，绿色上衣黄下裳。

心忧伤啊心忧伤，什么时候才能忘？

绿丝线啊绿丝线，是你亲手来缝制。

我思亡故的贤妻，使我平时少过失。

细葛布啊粗葛布，穿上冷风钻衣襟。

我思亡故的贤妻，实在体贴我的心。

魏晋时期，西晋潘岳的三首悼亡诗开创了以悼亡诗纪念亡妇的先河，可谓是中国诗歌史上的一个里程碑，将中国的悼亡诗推向高潮。

到了诗词最为繁盛的唐宋，悼亡诗的篇幅大为增加，著名的悼亡诗不胜枚举，精彩纷呈，最为脍炙人口的如元稹的《遣悲怀》，以及苏轼的旷世之作《江城子》、贺铸的《鹧鸪天》等。

遣悲怀·其一

唐·元稹

谢公最小偏怜女，

自嫁黔娄百事乖。

顾我无衣搜荩箧，

泥他沽酒拔金钗。

野蔬充膳甘长藿，

落叶添薪仰古槐。

今日俸钱过十万，

与君营奠复营斋。

遣悲怀·其二

唐·元稹

昔日戏言身后意，

今朝都到眼前来。

衣裳已施行看尽，

针线犹存未忍开。

尚想旧情怜婢仆，

也曾因梦送钱财。

诚知此恨人人有，

贫贱夫妻百事哀。

遣悲怀·其三
唐·元稹

闲坐悲君亦自悲，

百年都是几多时。

邓攸无子寻知命，

潘岳悼亡犹费词。

同穴窅冥何所望，

他生缘会更难期。

惟将终夜长开眼，

报答平生未展眉。

赏析　Appreciation

　　《遣悲怀三首》是唐代诗人元稹怀念原配妻子韦丛的作品。元稹的原配妻子韦丛是太子少保韦夏卿最小的女儿，于唐德宗贞元十八年（802）和元稹结婚，当时她二十岁，元稹二十五岁。婚后生活比较贫困，但韦丛很贤惠，毫无怨言，夫妻感情很好。过了七年，即元和四年（809），元稹任监察御史时，韦丛病死，年仅二十七岁。元稹悲痛万分，陆续写了不少情真意切的悼亡诗，其中最有名的就是《遣悲怀三首》。

　　第一首诗追忆妻子生前之"苦"：妻子生在官宦之家，却嫁给穷书生元稹。翻箱倒柜为丈夫寻找衣服，典当自己的金钗为元稹买酒喝，终日野菜充饥却说食物甘美，用落叶做柴火做饭，等等。所有这些事例，都说明了妻子体贴丈夫、勤劳节俭的美德。第二首则主要是"哀"：妻子离自己而去，不忍心看着妻子的衣服和针线盒，只能更加怜惜妻子的奴婢和给妻子烧些纸钱，以寄托自己的哀思。第三首则是"悲"。由妻子的早逝想到了人寿的有限，突出悲怀，深化主题。全诗以浅近通俗的语言，娓娓动人的描绘，缠绵哀痛的真情，成为悼亡诗中的佳作。清代陈世镕《求志居唐诗选》评论："悼亡之作，此为绝唱。元、白并称。其实元去白甚远，唯言情诸篇传诵至今，如脱于口耳。"清代孙洙编选的《唐诗三百首》评价："古今悼亡诗充栋，终无能出此三首范围者，勿以浅近忽之。"

苏轼的《江城子·乙卯正月二十日夜记梦》也是悼亡诗中的名篇。

江城子·乙卯正月二十日夜记梦

宋·苏轼

十年生死两茫茫，

不思量，

自难忘。

千里孤坟，

无处话凄凉。

纵使相逢应不识，

尘满面，

鬓如霜。

夜来幽梦忽还乡，

小轩窗，

正梳妆。

相顾无言，

唯有泪千行。

料得年年断肠处，

明月夜，

短松岗。

赏析 Appreciation

苏轼十九岁时，与年方十六岁的王弗结婚。王弗年轻貌美，温柔贤惠，勤侍公婆。难得的是她知书识礼，是苏轼精神上的知音。但王弗在二十七岁时因为难产离世。十年之后，也就是宋神宗熙宁八年，苏轼在密州（今山东诸城）任太守，这一年的正月二十日，他梦见了爱妻王氏，写下了这首千古传诵的悼亡词。词分上下两阕，上阕写对亡妻的思念，下阕写梦境，表现了作者对亡妻无尽的爱与思念。

7.3.3 英语悼亡诗歌赏析

西方悼亡诗可以是"elegy"或者"dirge"，这两个单词以前含义有差别，不过现在较多地把它们用作同义词，因此我们对这两个单词不做区别。西方的悼亡诗不如中国普遍，而且对"悼亡诗"也没有一个较为清晰的定义。《牛津悼亡诗指南》中指出：

"For all of its pervasiveness, however, the 'elegy' remains remarkably ill-defined: sometimes used as a catch-all to denominate texts of a somber or pessimistic tone, sometimes as a marker for textual monumentalizing, and sometimes strictly as a sign of a lament for the dead."

（然而，尽管"挽歌"颇为普遍，但它的定义仍然非常不明确：有时被用作笼统地表示阴沉或悲观的语调的文本，有时被用作使文本具有里程碑意义的标志，有时甚至被严格地表示为死者哀叹。）

虽然不如中国悼亡诗丰富，西方还是产生了一些悼亡的经典名作。18世纪英国诗人托马斯·格雷（Thomas Gray）的《墓畔哀歌》（*Elegy Written in a Country Churchyard*）是非常著名的伤感主义诗歌，但却并非现代意义上的悼亡诗。该诗创作于1742年，其时托马斯·格雷的好友理查德·韦斯特（Richard West）刚去世不久。因此，整个诗篇弥漫着伤感的愁绪，是伤感主义的代表之作。但是这首诗歌并非哀悼某一个人。诗人流连于黄昏中的乡村墓园，所见的是一座座平民的墓穴。诗人想要缅怀的是那些普普通通的社会底层平民。该诗以严谨的构思、精美的格式、老练且富于典故的风格而广为流传，被认为是英国文学史上最好的诗歌之一。

英国著名诗人弥尔顿的《致亡妻》也是凄婉动人的悼亡诗。这首诗歌我们已经在6.3.8节中有过介绍，此处不再赘述。

下面这首诗是著名诗人奥登的《葬礼蓝调》（*Funeral Blue*）。

Funeral Blue

Wystan Hush Auden

Stop all the clocks, cut off the telephone,
Even the dog from barking with a juicy bone,
Silence the pianos and with muffled drum.
Bring out the coffin, let the mourners come.

Let aeroplanes circle moaning overhead.

Scribbling on the sky the message：He Is Dead.

Put crepe bows round the white necks of public doves，

Let the traffic policemen wear black cotton gloves.

He was my North，my South，my East and West.

My working week and my Sunday rest，

My noon，my midnight，my talk，my song.

I thought that love would last forever，I was wrong.

The stars are not wanted now，put out every one；

Pack up the moon and dismantle the sun.

Pour away the ocean and sweep up the wood.

For nothing now can ever come to any good.

译诗　Translation

葬礼蓝调

威斯坦·休·奥登

停止所有的时钟，切断电话，

给狗一块浓汁的骨头，让他别叫，

黯哑了钢琴，随着低沉的鼓，

抬出灵柩，让哀悼者前来。

让直升机在头顶悲旋，

在天空潦草地写着：他已逝去，

把黑纱系在信鸽的白颈，

让交通员戴上黑色的手套。

他曾经是我的东，我的西，我的南，我的北，

我的工作天，我的休息日，

我的正午，我的夜半，我的话语，我的歌吟，

我以为爱可以不朽，我错了。

不再需要星星，把每一颗都摘掉，

把月亮包起，拆除太阳，

倾泻大海，扫除森林，

因为什么也不会，再有意味。

赏析 Appreciation

威斯坦·休·奥登（Wystan Hugh Auden，1907—1973）是20世纪上半叶最有影响的英美诗人之一。他出生在英国，就读于牛津大学，32岁移居美国，并加入美国国籍。他于1938年到访中国，足迹遍布香港、广州、汉口、上海等地，先后访问过周恩来、蒋介石、宋美龄、李宗仁、冯玉祥等重要历史人物，他与衣修伍德（Christopher Isherwood，1904—1986）合写的《战地行纪》（*Journey to a War*），用日记、照片与诗歌记载了他们在中国，尤其是在东部前线的见闻，成为研究西方旅行者眼中的国统区抗战实况的宝贵资料。

《葬礼蓝调》（*Funeral Blues*）初次发表于1936年，后来在1994年拍摄的电影《四个婚礼与一个葬礼》（*Four Weddings and a Funeral*）中引用，从而广为人所知。诗歌第一节就交代了爱人逝世，诗人停止了生活中的一切活动：切断电话线，停止犬吠，不再弹钢琴，抬出爱人的遗体，让哀悼者前来；第二节作者希望让全世界都知道爱人逝世的消息，也体现了作者对爱人真挚的爱情；第三节叙述了作者与逝者两情相悦的生活，从空间上（我的东，我的西，我的南，我的北）和时间上（工作天，我的休息日，我的正午，我的夜半）说明爱人对作者的重要性；第四节指出爱人逝去，人生已经完全没有意义，包括太阳、月亮、星星等宇宙万物都已经不再重要。全诗感情炽热真挚，感人肺腑。

思考与练习

1. 庞德说："在诗歌里，只有感情永恒。"（In poetry, only emotion endures.）你是否同意这样的说法？

2. 请列出两首你最喜欢的爱情诗，中英文均可。

3. 弥尔顿的《致亡妻》与苏轼的《江城子·乙卯正月二十日夜记梦》，都是通过梦境来抒发对亡妻的怀念之情。试析其相同与不同之处。

4. 下面这首爱伦·坡的诗歌《安娜贝尔·李》，据说是坡为悼念其亡故的妻子弗吉尼亚·克莱姆而作。弗吉尼亚·克莱姆是坡的表妹，两人倾心相爱，但是1847年妻子撒手尘寰，坡悲不自胜，两年后也凄然离世。试从意象、情感等角度赏析此诗。

Annabel Lee

Edgar Allan Poe

It was many and many a year ago,
  In a kingdom by the sea,
That a maiden there lived whom you may know
  By the name of Annabel Lee;
And this maiden she lived with no other thought
  Than to love and be loved by me.

I was a child and she was a child,
  In this kingdom by the sea,
But we loved with a love that was more than love—
  I and my Annabel Lee—
With a love that the wingèd seraphs of Heaven
  Coveted her and me.

And this was the reason that, long ago,
  In this kingdom by the sea,
A wind blew out of a cloud, chilling
  My beautiful Annabel Lee;
So that her highborn kinsmen came
  And bore her away from me,
To shut her up in a sepulchre
  In this kingdom by the sea.

The angels, not half so happy in Heaven,
  Went envying her and me—
Yes! —that was the reason (as all men know,
  In this kingdom by the sea)
That the wind came out of the cloud by night,
  Chilling and killing my Annabel Lee.

But our love it was stronger by far than the love

　　Of those who were older than we—

　　Of many far wiser than we—

And neither the angels in Heaven above

　　Nor the demons down under the sea

Can ever dissever my soul from the soul

　　Of the beautiful Annabel Lee；

For the moon never beams，without bringing me dreams

　　Of the beautiful Annabel Lee；

And the stars never rise，but I feel the bright eyes

　　Of the beautiful Annabel Lee；

And so，all the night-tide，I lie down by the side

　　Of my darling—my darling—my life and my bride，

　　In her sepulchre there by the sea—

　　In her tomb by the sounding sea.

译诗 Translation

安娜贝尔·李

埃德加·艾伦·坡

很久很久以前，
在一个滨海的国度里，
住着一位少女你或许认得，
她的芳名叫安娜贝尔·李；
这少女活着没有别的愿望，
只为和我两情相许。

那会儿我还是个孩子，她也未脱稚气，
在这个滨海的国度里；
可我们的爱超越一切，无人能及——
我和我的安娜贝尔·李；
我们爱得那样深，连天上的六翼天使
也把我和她妒忌——

这就是那不幸的根源，很久以前
在这个滨海的国度里.
夜里一阵寒风从白云端吹起，冻僵了
我的安娜贝尔·李；
于是她那些高贵的亲戚来到凡间
把她从我的身边夺去，
将她关进一座坟墓
在这个滨海的国度里。

这些天使们在天上，不及我们一半快活.
于是他们把我和她妒忌——
对——就是这个缘故（谁不晓得呢，在这个滨海的国度里）
云端刮起了寒风，
冻僵并带走了，我的安娜贝尔·李。

可我们的爱情远远地胜过
那些年纪长于我们的人——
那些智慧胜于我们的人——
无论是天上的天使，
还是海底的恶魔，
都不能将我们的灵魂分离，
我和我美丽的安娜贝尔·李。

因为月亮的每一丝清辉都勾起我的回忆
梦里那美丽的安娜贝尔·李
群星的每一次升起都令我觉得秋波在闪动
那是我美丽的安娜贝尔·李
就这样，伴着潮水，我整夜躺在她身旁，
我亲爱的——我亲爱的——我的生命，我的新娘，
在海边那座坟茔里，
在大海边她的墓穴里。

第 *8* 章 东海西海，心理攸同：中外诗歌交流

（1）请举出一些中国与西方在文化及文学方面交流的实例。

（2）请举出实例说明西方自由诗如何影响了中国新诗的发展。

请大家首先阅读下面一首诗歌。

Another Doing Nothing Poem
Robert Bly

There is a bird that flies through the water.

It is like a whale ten miles high!

Before it went into the ocean，

It was just a bit of dust from under my bed!

大家是否觉得这首诗歌似曾相识呢？

8.1　文明因交流而多彩，因互鉴而丰富

钱锺书先生在《谈艺录》的序里说："东海西海，心理攸同，南学北学，道术未裂。"意思是说，全世界人民的心理，都有它的共同之处。中国和西方的文学（文明），它们的原理和方法并不是完全断裂的。钱锺书主张中国和西方应该互相交流，互相学习。

2014 年 3 月 27 日，国家主席习近平在巴黎联合国教科文组织总部发表题为"文明交流互鉴是推动人类文明进步和世界和平发展的重要动力"的演讲。在演讲中，习近平指出：

文明是多彩的，人类文明因多样才有交流互鉴的价值。"一花独放不是春，百花齐放春满园。"如果世界上只有一种花朵，就算这种花朵再美，那也是单调的。不论是中华文明，还是世界上存在的其他文明，都是人类文明创造的成果。

文明是平等的，人类文明因平等才有交流互鉴的前提。各种人类文明在价值上是平等的，都各有千秋，也各有不足。世界上不存在十全十美的文明，也不存在一无是处的文明，文明没有高低、优劣之分。

文明是包容的，人类文明因包容才有交流互鉴的动力。海纳百川，有容乃大。人类创造的各种文明都是劳动和智慧的结晶。每一种文明都是独特的。在文明问题上，生搬硬套、削足适履不仅是不可能的，而且是十分有害的。一切文明成果都值得尊重，一切文明成果都要珍惜。[①]

在漫长的历史长河中，中华文明与西方文明相互借鉴，共同创造了辉煌的历史文化成果。在诗歌方面，唐诗对日本、韩国等"儒家文化圈"的影响显而易见。到了清末民（国）初，以英国和美国为首的西方国家，在诗歌方面，互相学习，互相借鉴，极大地丰富和发展了本国的诗歌理论和创作实践。这样的互相影响，一直到今天都还能感受到。

回到本章开始所提到的诗歌，读者可以很明显地看出这首诗歌几乎上是庄子《逍遥游》原文的翻译：

北冥有鱼，其名为鲲。鲲之大，不知其几千里也。化而为鸟，其名为鹏。鹏之背，不知其几千里也。怒而飞，其翼若垂天之云。

如果我们再结合诗歌的题目 "Another Doing Nothing Poem"（另外一首无为诗歌），作者想要表达的含义就更加清楚了。

下面，我们将从两个方面讲解英美诗歌与中国诗歌的互相影响：以意象派为例，考察中国古典诗歌对英美诗歌的影响；以中国新诗为例，考察英美诗歌如何反过来影响了中国 20 世纪的诗歌发展。

---

① 习近平：文明交流互鉴是推动人类文明进步和世界和平发展的重要动力[EB/OL]. http://cpc.people. com.cn/n1/2019/0501/c64094-31061112.html，20200501.

8.2 西方诗歌对中国诗歌的借鉴：以意象派为例

8.2.1 意象派简介

意象派（imagism）是由美国诗人埃兹拉·庞德（Ezra Pound）于1909年前后在英国伦敦倡导并组织成立的，主要参加者包括埃兹拉·庞德、艾米·洛威尔（Amy Lowell）、希尔达·杜利特尔（Hilda Doolittle）、D.H·劳伦斯（D.H.Lawrence）、威廉·卡洛斯·威廉斯（William Carlos Williams）、约翰·古尔德·弗莱彻（John Gould Fletcher）、理查德·奥尔丁顿（Richard Aldington）等。

美国独立之后，通过拿破仑战争、美墨战争获得了横跨整个北美大陆的版图，美国经济进入了高速成长期，国力不断增强，到20世纪初，美国已经成为世界上最为富有的工业国，其工业生产量已经超越了原先排在前面的英国和德国。但是，"美国依然是个文化上落后俗气的暴发户"。在诗歌方面，控制着美国诗坛的是所谓"高雅派"诗人，以模仿英国诗为能事，而模仿的，也只是维多利亚浪漫主义的末流，他们是一批"写十四行诗的侏儒"[①]。

为了追随自己的诗歌梦想，庞德分别于1898年、1902年、1906年及1908年先后四次去欧洲，1908年开始定居当时"英语文学的首都"伦敦。在伦敦期间，庞德参加了英国诗人、文学理论家和哲学家T.E.休姆（Thomas Ernest Hulme）组织的诗人聚会，并与希尔达·杜利特尔、理查德·奥尔丁顿（Richard Aldington）建立起了沙龙，得到不少人的支持，其中有劳伦斯、威廉·卡罗斯·威廉斯等。1912年，庞德确定了"意象派"（imagism，初期使用法语单词 Imagisme）这一名称。意象派提倡诗人以鲜明、准确、含蓄和高度凝练的意象生动及形象地展现事物，并将诗人瞬息间的思想感情融化在诗行中，反对发表议论及感叹。意象派的产生最初是对当时诗坛文风的一种反拨。庞德是意象派的首位领军人物，后来由艾米·洛威尔接替。

8.2.2 意象派及其基本原则

1913年3月号的《诗刊》发表了由弗林特（F. S. Flint）执笔、庞德、理查德·奥尔丁顿、希尔达·杜利脱尔等人共同商议的意象派诗歌创作三原则：

---

① 赵毅衡.诗神远游[M].上海：上海译文出版社,2003：184.

（1）Direct treatment of the "thing", whether subjective or objective.（直接处理"事物"，无论是主观的还是客观的。）

（2）To use absolutely no word that does not contribute to the presentation.（绝对不使用任何无益于呈现的词。）

（3）As regarding rhythm：to compose in sequence of the musical phrase, not in sequence of the metronome.（至于节奏，用音乐性短语的反复演奏，而不是用节拍器反复演奏来进行创作。）①

这些原则表达了意象派反对传统维多利亚式诗歌的措辞浮华、情感纤弱、道德说教以及死板的形式，并在此基础上用自由体诗歌展现精确意象的宗旨，标志着意象派新诗运动的发端。此后，以上原则在诗歌创作中迅速得到实践。

1914年，庞德编选了第一本意象派诗选《意象主义者》（Des Imagistes），其中刊载了奥尔丁顿和杜利脱尔的优秀诗作。后来由于庞德与艾米·洛威尔意见分歧，庞德转向另一诗歌流派漩涡派（Vorticism），美国女诗人艾米·洛威尔成为意象派事实上的领导人。从1915年到1917年，洛威尔每年编辑出版一辑意象主义诗歌，将包括劳伦斯在内的又一批诗人带入意象派。在1915年出版的《一些意象主义者》（Some Imagist Poets）一书的序言中，洛威尔提出意象派运动的六项指导原则（guiding principles）。

（1）To use the language of common speech, but to employ always the exact word, not the nearly-exact, nor the merely decorative word.

（2）To create new rhythms—as the expression of new moods—and not to copy old rhythms, which merely echo old moods. We do not insist on "free-verse" as the only method of writing poetry. We fight for it as for a principle of liberty. We believe that the individuality of a poet may often be better expressed in free-verse than in conventional forms. In poetry, a new cadence means a new idea.

（3）To allow absolute freedom in the choice of subject. It is not good art to write badly about aeroplanes and automobiles; nor is it necessarily bad art to write well about the past. We believe passionately in the artistic value of modern life, but we wish to point out that there is nothing so uninspiring nor so old-fashioned as an aeroplane of the year 1911.

（4）To present an image（hence the name："Imagist"）. We are not a school of painters, but we believe that poetry should render particulars exactly and not deal

---

① 彼德·琼斯. 意象派诗选[M].裴小龙，译.桂林:漓江出版社，1986.

in vague generalities, however magnificent and sonorous. It is for this reason that we oppose the cosmic poet, who seems to us to shirk the real difficulties of art.

（5）To produce poetry that is hard and clear, never blurred nor indefinite.

（6）Finally, most of us believe that concentration is of the very essence of poetry.[①]

简而言之，艾米·洛威尔提出的意象派原则包含以下内容：

（1）语言要通俗、准确，不用装饰性词语；

（2）创造新的节奏，以表达新的诗情；

（3）题材完全自由；

（4）用"意象"来写诗；

（5）表现要具体、确切，不抽象；

（6）简练、浓缩。

其中，"意象"被作为一个重要原则被提出来。庞德将意象定义为"一刹那时间里呈现理智与情感的复合物的东西。"（An "Image" is that which presents an intellectual and emotional complex in an instant of time.）

下面以艾米·洛威尔的一首小诗为例来分析意象派的这些原则。

Peace

Amy Lowell

Perched upon the muzzle of a cannon
A yellow butterfly is slowly opening and
Shutting its wings.

译诗 Translation

和　平

艾米·洛威尔

栖息在炮口
一只黄蝴蝶悠悠张合著翅膀。

（郑建青 译）

---

① LOWELL A. Preface to Some Imagist Poets[EB/OL]. https://www.poetryfoundation.org/articles/69404/preface-to-some-imagist-poets, 20200701.

这首诗歌完全符合洛威尔本人对意象派诗歌的创作原则：语言通俗，准确，完全没有任何多余的装饰性词语；以自由诗写作，抛弃了押韵、格律等的要求；表现具体、确切、不抽象；简练，浓缩。当然，最重要的是，洛威尔以蝴蝶和炮口两个意象并置，为我们展现了一副和平、宁静的画面，让人们懂得和平的可贵。题目名为"和平"，本身就非常巧妙地利用了"peace"这个英文单词的两重意思："和平"以及"宁静"。

意象派的兴起，首先当然是因为要反对英国传统，特别是英国浪漫主义时期以来的无病呻吟、多愁善感和伦理说教的诗风。其次，意象派诗人也注重从欧美意外的文化中吸取营养，特别是日本和中国，而且，"中国影响居于一个特别重要的地位"。美国现代诗主将庞德于1915年在《诗刊》上发表文章说："中国是一个宝库，今后一个世纪将从中寻找推动力，正如文艺复兴从希腊人那里寻找推动力。"另一意象派成员约翰·哥尔德，弗莱契则说，他之所以参加意象派就是因为意象派意味着中国诗："正是因为中国影响，我才成为一个意象派，而且接受了这个名称的一切含义。"①

8.2.3 中国传统诗歌对意象派的影响：以庞德为例

下面，我们以庞德为例来说明中国传统诗歌对意象派的影响。

埃兹拉·庞德是美国诗人和文学评论家，意象派诗歌运动的重要代表人物，1885年出生于美国爱达荷州。他曾在宾夕法尼亚大学就学，在那里攻读美国历史和古典文学，后来转至哈密尔顿大学（Hamilton College）学习。1906年获硕士学位，之后赴欧洲追寻他的诗歌梦想并成为意象派的早期领袖。

埃兹拉·庞德热爱中国文化，信奉儒家学说，迷恋唐诗。他翻译了全部《四书》（《论语》《孟子》《大学》《中庸》）以及《诗经》等。中国诗词对庞德的影响，主要体现在两个方面：庞德翻译的汉语古典诗词以及他自己写作的诗歌。

1. 庞德翻译的汉语古典诗词

1912年，哈莉特·门罗（Harriet Monroe）在芝加哥创建《诗刊》，庞德被邀请担任该杂志的海外记者，让读者了解英法等国在艺术上的最新发展。当年年底，庞德在伦敦遇到厄内斯特·费诺罗萨（Ernest Fenollosa，1853—1908）

---

① 赵毅衡. 诗神远游：中国如何改变了美国现代诗[M]. 上海：上海译文出版社,2003：14-18.

的遗孀玛丽·费诺罗萨（Mary Fenollosa）。厄内斯特·费诺罗萨是美国诗人，教育家和东方学者。他跟随日本汉学家毛利教授等人学习中国古诗，死后留下数百页尚待整理的读书笔记，其中很多部分是把日译汉诗再粗译为英文。玛丽将费诺罗萨的中国诗歌和日本诗歌的笔记赠送给庞德。

　　1913年，庞德收到费诺罗萨夫人寄来的笔记。1914年，庞德整理出版了中国诗集《神州集》（Cathay）。这部诗集得到了广泛赞誉。福特·马道克斯·福特在此书出版不久后所作的评论常为人引用："《神州集》中的诗是至高无上的美。它们就是诗的严格的范例。要是意象和技法的新鲜气息能帮助我们的诗，那么就是这些诗带来了我们需要的新鲜气息。"他还补充说道："《神州集》是英语写成的最美的书……如果这些诗是原著而非译诗，那么庞德便是当今最伟大的诗人"[①]。

　　让我们先看看若干例庞德翻译的诗歌。

<h2 style="text-align:center">送 友 人</h2>

唐·李白

青山横北郭，
白水绕东城。
此地一为别，
孤蓬万里征。
浮云游子意，
落日故人情。
挥手自兹去，
萧萧班马鸣。

译诗 Translation

Blue mountains to the north of the walls,

White river winding about them;

Here we must make separation

And go out through a thousand miles of dead grass.

Mind like a floating wide cloud,

---

① 赵毅衡.诗神远游:中国如何改变了美国现代诗[M].上海:上海译文出版社,2003:19

Sunset like the parting of old acquaintances

Who bow over their clasped hands at a distance.

Our horses neigh to each others

As we are departing.

赏析　Appreciation

　　这首送别诗描绘了诗人与友人策马辞行、情意绵绵、动人肺腑的情景，庞德的译诗整体上讲还是再现了原诗的意义与精神。诗中当然有个别的词句译得不准。如"孤蓬"本指蓬草，一名飞蓬，常随风飘转，这里用来比喻远行的友人，此处译为"deadgrass"；"挥手自兹去"被译为"Who bow over their clasped handsat a distance"，意为"握手鞠躬而别"，应该译为"We wave to each other and say goodbye"。然而，纵观译诗与原诗，我们发现诗中的"青山""白水""孤蓬""浮云""落日""萧萧马鸣"这些意象都在译诗中得到了再现，原诗中友人之间相别的无限深情如浮现在眼前。[①]

　　另外一首庞德翻译并收录在《神州集》中的诗歌是汉武帝刘彻所写的《落叶哀蝉曲》。该诗为汉武帝刘彻思念其夫人李夫人而作。李夫人是西汉著名音乐家李延年、贰师将军李广利之妹，美丽善舞，深得汉武帝的宠幸，后不幸病逝。据王嘉《拾遗记》亦载："汉武帝思李夫人，不可复得。时穿昆灵之池，泛翔禽之舟，帝自造歌曲。使女伶歌之，时日已西颓，凉风激水，女伶歌声甚遒，因赋落叶哀蝉曲。"原诗如下。

落叶哀蝉曲

西汉·刘彻

罗袂兮无声，玉墀兮尘生。

虚房冷而寂寞，落叶依于重扃。

望彼美之女兮，安得感余心之未宁？

【注释】

　　袂（mèi）：袖子。

　　墀（chī）：台阶。

　　扃（jiōng）：从外面关闭门户用的门闩。

　　望：拜访。

[①] 蒋洪新. 英诗新方向: 庞德、艾略特诗学理论与文化批评研究[M]. 长沙: 湖南教育出版社, 2001: 58

安得：怎么能

译诗　Translation

Liu Ch'e

Ezra Pound

The rustling of the silk is discontinued,

Dust drifts over the court-yard,

There is no sound of foot-fall, and the leaves

Scurry into heaps and lie still,

And she the rejoicer of the heart is beneath them：

A wet leaf that clings to the threshold.

为了比较庞德译诗与原诗的差别，让我们把庞德的译诗回译成汉语。

刘　　彻

庞德

丝绸声逝，

灰尘积庭院，

足音不再，落叶

成堆，静躺，

把我喜欢的人覆盖。

一片湿叶，粘在门槛上

（李冬青　译）

赏析　Appreciation

　　由于庞德并不懂中文，他对这首诗歌的理解都来自于他所阅读的他人的译文，而庞德则根据已有译文改写了此诗。原诗中运用了"罗袂""玉墀""虚房""重扃"等意象，且最后两句"望彼美之女兮，安得感余心之未宁"，真切地抒发了汉武帝对李夫人的哀悼之情。而庞德的改译则抛弃了情感的色彩，而是注重于意象的呈现：最后一句表露强烈情感的话语被舍弃，因为从诗歌的其他部分，已然可以体味他内心的思念之情；庞德加上了一句"（树叶）把我喜欢的人覆盖"，与原诗相比，更加增添了动态美，可谓神来之笔。落叶不仅覆盖了自己喜欢的人，而且也覆盖了自己的记忆、两情相悦的欢乐。可以说，庞德的改译更深次地体现了刘彻内心的悲伤。

2. 庞德创作的诗歌

庞德除了在翻译中国古典诗词方面很好地体现了他自己的诗学主张之外，也在自己的创作中践行这些主张。庞德曾经说过，与其著作等身，不如终身营造一个意象（It is better to present one Image in a lifetime than to produce voluminous works）。庞德是这么说的，也是这么做的。他所写的《在地铁车站》已经成为西方广为传诵的名诗。原诗如下。

In a Station of the Metro

Ezra Pound

The apparition of these faces in the crowd：
Petals on a wet，black bough.

译诗　Translation

由于这首诗歌是庞德最为著名的代表作，有很多名家都尝试翻译过这首诗歌，试举部分译诗如下。

> 人群中，这些面孔的魅影；
> 潮湿的黑树枝上的花瓣。
>
> （余光中　译）

> 人丛中这些幽灵似的面庞，
> 潮湿的黑色树枝上的花瓣。
>
> （辜正坤　译）

> 人群中这些面庞的闪现；
> 湿漉的黑树干上的花瓣。
>
> （赵毅衡　译）

> 这几张脸在人群中幻景般闪现；
> 湿漉漉的黑树枝上花瓣数点。
>
> （飞白　译）

人群中这些面庞幽灵般显现；

湿漉漉的黑枝条上朵朵花瓣。

（杜运燮 译）

人群中幽灵般的一张张面孔；

黑色潮湿枝头上的一片片花瓣。

（李正栓 译）

以上译者，都是非常著名的学者。读者最喜欢哪个版本的翻译，可自己判断。

赏析 Appreciation

这首诗歌在西方现代文学史上占有重要地位。我们不妨复习下庞德自己所披露的这首诗歌的创作过程。

"三年前，在巴黎，我在协和车站走出了地铁车厢，突然间，我看到了一个美丽的面孔，然后又看到一个。那一天，我整天都在努力寻找能表达我的感受的文字，我找不出我认为能与之相称的，或者像那种突发情感那么可爱的文字。我写了一首30行的诗，但是撕掉了，因为它是我们所说的'二等强烈'的作品。六个月后，我写了首15行的诗，一年以后，我写下了这首类似日本俳句的诗歌……"[1]

这首诗歌在西方现代文学史上占有重要地位，对它的阐释已经不少，我们这里重点考察它与中国诗歌的相似之处。

首先，凝练的风格。诗歌总共2行14个单词，其实就是由两个中心词构成："faces"和"petals"。诗歌不用连接词，不顾英语语法规则，直接把两个意象并置在一起，这与汉语诗歌极其相似。汉语中像这样的诗歌很多，比如"鸡声茅店月，人迹板桥霜"（温庭筠《商山早行》），也是几个意象并置，完全不用任何连接词。这首诗歌也抛弃了传统英文诗歌所看重的押韵和格律诗的节奏（除了"black bough"形成头韵之外），而是运用语言本身的节奏感。

当然，这首诗最为人所赞叹的还是其意象的运用。正如庞德所言，意象就是"理智与感情在瞬间的结合（an image is that which presents an intellectual and emotional complex in an instant of time）"。这首诗歌重点营造了两个意象：脸庞和花瓣。我们很容易在汉语中找到这样的意象组合："人面不知何处去，桃花依旧笑春风"（崔护《题都城南庄》），或者"玉容寂寞泪阑干，梨花

---

[1] POUND E. Gaudier-Brzeska: A Memoir[M]. London: John Lane, 1916: 100.

一枝春带雨"（白居易《长恨歌》）。作者在诗歌中描写的正是"理智与感情在瞬间的结合"：诗人以两个并置的意象将自己在幽暗的地铁站熙熙攘攘的人群中，看到隐现的面庞那一瞬间的直觉反映和内心感受淋漓尽致地传递给读者，色彩强烈，神秘而优美。由于是在地铁车站，人潮人海，来去匆匆，所以漂亮的女人或者孩子的脸庞忽隐忽现；"潮湿的（wet）"意味着当天是在下雨，"黑色的"树枝表明，作者的心情是压抑的。但是"黑色的"树枝本身可能还提醒读者一个事实：什么时候树枝才会是黑色的呢？从我们的经验得知，只有当一棵树濒临死亡的时候其树枝才会是黑色的。这首诗发表后受到广泛关注，不少人对它的主题进行了不同的解读："美"的短暂；现代生活的压抑和希望；等等。

8.2.4 意象派之后

意象派诗歌的热潮到艾米·洛威尔于1925年去世之后基本停滞。但是，中国诗歌对英美诗歌的影响并没有停止。根据赵毅衡先生的研究，到了20世纪50年代，"垮掉的一代"的风暴，连同其他反学院派诗歌运动席卷美国诗坛，"中国热"再次潮涌。第二次"中国热"虽然并未轰动一时，却持续得较久，一直到今天仍未出现衰退的迹象。[①]我们下面用加里·斯奈德（Gary Snyder）为例，说明中国诗歌如何持续性地影响了美国诗歌。

加里·斯奈德（Gary Snyder，1930—），是20世纪美国著名诗人、散文家、翻译家、禅宗信徒、环保主义者。1951毕业于里德学院，获得文学和人类学位。后来进入加利福尼亚大学攻读东方语言文学，并在此期间参加"垮掉派"诗歌运动。在加利福尼亚大学读书期间，他在著名汉学家陈世骧教授的指导下开始了对中国著名诗僧寒山的诗歌的研究与英译。他翻译的24首寒山诗一经出版便广为传诵，成为当代美国青年最喜爱的读物之一，在美国思想文化界产生了至今长久不衰的影响力。

翻译寒山的诗对斯奈德的诗歌和生活都产生了巨大影响。1956年，他东渡日本，出家为僧三年，醉心于研习禅宗。1969年回到美国后，与他的日本妻子定居于加利福尼亚北部山区，过着寒山式非常简朴的生活，并成为环保运动的代言人。

---

① 赵毅衡. 诗神远游：中国如何改变了美国现代诗[M]. 上海：上海译文出版社，2003：48.

　　中国以及中国诗歌对斯奈德产生了巨大影响。刘生认为，斯氏受益于两种来自东方的影响：一是源于中国的佛教哲学禅宗；二是简约、含蓄、立象尽意的中国古典诗歌。前者为他提供了观物认知的哲学基础，后者则启发他找到了与之相应的语言表现模式。二者已融入了斯氏的人格和诗品之中，构成了他简捷素朴而又隐含禅意玄机的独特诗风。[①]斯奈德本人如此谈论中国诗歌对他的影响："我第一次读到英译的中国诗是在十九岁，当时我理想中的大自然是火山口上四十九度的冰坡，或是绝无人迹的处女林。中国诗使我看到了田畴，农场，砖墙后面的杜鹃花丛——它们使我从对荒山野岭的过度迷恋中解脱出来。中国诗人有一种超绝的诗艺，能使最荒莽的山岭现出人性，证明大自然是人最好的住处。"[②]

　　加里·斯奈德的很多诗歌创作，从立意到取材，从文法到修辞，无不流露出浓浓的"中国风味"，可以说是具有中国文学"文心"的一代文学巨匠。作为一个环保主义者，他的诗歌创作立意多涉及人与自然的亲密无间的关系，且风格淡雅，深得中国古典诗歌之神韵。请欣赏他的诗歌《松树冠》（*Pine Tree Tops*）。

Pine Tree Tops

Gary Snyder

in the blue night

frost haze, the sky glows

with the moon

pine tree tops

bend snow-blue, fade

into sky, frost, starlight.

the creak of boots.

rabbit tracks, deer tracks,

what do we know.

① 刘生. 加里·斯奈德诗中的中国文化意蕴[J]. 外语教学, 2001, (04): 77-81.
② 赵毅衡. 诗神远游: 中国如何改变了美国现代诗[M]. 上海: 上海译文出版社, 2003: 73.

译诗 Translation

松 树 冠

加里·斯奈德

蓝色的夜里
霜雾，天空上
月亮发光
松树冠
雪蓝色地弯曲，隐退
入天空，霜，星光。
靴子的吱嘎声。
兔迹，鹿迹，
我们知道什么。

（董继平 译）

赏析 Appreciation

这首诗其实仅包含 3 句话："the sky glows with the moon；pine tree tops bend snow blue（and）fade into sky，frost，starlight；what do we know." 用词简单，如意象派所言，"直接描写客观事物"。作者列举了一系列意象：夜、霜雾、天空、月亮、松树冠、靴子、野兔、麋鹿等，这些都是自然界的意象，完全没有人类活动的足迹。但是，倒数第三行"靴子的吱嘎声"表明人类的活动破坏了这所有的宁静。最后一句"我们知道什么"是一个不需要回答的修辞问句。这不是真的问题，而是醒悟：在大自然面前，人类是渺小而卑微的。人类只有与大自然和谐相处，正确处理人和自然的关系，才能保护好我们的美好家园。

8.3 中国新诗对西方诗歌的借鉴：以新诗为例

文明之间的交流是双向的。除了"东学西渐"之外，中西文化交流史上也有"西学东渐"的历史过程。本节拟以中国诗歌对西方诗歌的借鉴为例，说明西方文化对中国文化的影响。

8.3.1 诗界革命

"诗界革命"，是发生在"戊戌变法"前后的汉语诗歌改良运动，早期倡导者是夏曾佑、谭嗣同、梁启超等人，认为想要挽救中国诗歌日益衰落的命运，必须使诗歌创造出全新的境界来。

学界一般认为该运动发端于1899年梁启超在《夏威夷游记》中提出"诗界革命"口号，但之前已有不少有识之士对诗歌的革新问题进行过探讨。清朝著名爱国诗人、外交家黄遵宪曾经以外交官身份先后访问日本、英国、美国、新加坡等地，亲身体验了资产阶级文明和日本明治维新成功的经验，主张"中国必变从西法"（《己亥杂诗》第四十七首自注）的思想，并在新的文化思想激荡下，开始诗歌创作的新探索。1891年，黄遵宪在《人境庐诗草》自序中说："仆尝以为诗之外有事，诗之中有人；今之事异于古，今之人又何必与古人同？"[1]

他深感古典诗歌"自古至今，而其变极尽矣"，难以为继，主张进行"诗歌改良"，形成了足以自立、独具特色的"新派诗"，试举一例如下。

今别离·其一
清·黄遵宪

别肠转如轮，一刻既万周。

眼见双轮驰，益增中心忧。

古亦有山川，古亦有车舟。

车舟载离别，行止犹自由。

今日舟与车，并力生离愁。

明知须臾景，不许稍绸缪。

钟声一及时，顷刻不少留。

虽有万钧柁，动如绕指柔；

岂无打头风，亦不畏石尤。

送者未及返，君在天尽头。

望影倏不见，烟波杳悠悠。

去矣一何速，归定留滞不？

所愿君归时，快乘轻气球。

---

① 黄遵宪. 人境庐诗草[M]. 上海:古典文学出版社, 1957:自序.

译诗 Translation

离情别思就像那轮船的双轮一样飞转，顷刻间已经绕了千万圈。

目睹飞驰的双轮，眼见时空的变换，我内心的忧愁更加滋长。

古代有山川，也有孤舟。

古代的车舟同样"载离别"，让人感受到行动举止的"自由"。

现代火车和轮船具有古时不可能有的速度，因此会加倍生成人的离愁别绪。

（火车、轮船）明明知道人们分手的时刻那么短暂、宝贵，却不让人们有缠绵之意。

火车或轮船长鸣后，一刻都不多停留。

即使有千斤重的船舵，行船仍然迅速灵活。

怎能没有逆风吹来，但也不畏惧逆风。

送行的人还没来得及返回，行者就已到达天的尽头。

望着远处船忽然就不见了，只有烟波荡漾。

去的时候如此速度，回来路途会堵塞么？但愿你回来时，能够乘快艇速归。

赏析 Appreciation

这首诗歌文字并不难，但是其重要意义在于它第一次写到了火车和轮船等"古人未有之物，未辟之境"，表明他重视以诗反映不断变化和日益扩大的生活内容，践行了他在《人境庐诗草》自序中所表明的诗学主张："其述事也，举今日之官书会典方言俗谚，以及古人未有之物，未辟之境，耳目所历，皆笔而书之。"[1]

8.3.2　新诗的产生

新诗，指五四运动前后产生的，有别于古体诗和近体诗，以白话作为基本语言手段的诗歌体裁。在中国文学发展过程中，旧体诗词（包括诗、赋、词、曲等）曾取得很高的成就，成为中华文明的瑰宝。但到了近代，古典诗歌的创作逐渐走向僵化，"滥调套语"充斥，"无病呻吟"的倾向相当普遍，古典诗歌所使用的词汇与现代口语严重脱节，它在形式上（包括章法句式、对仗用典以及平仄韵律上）的种种严格限制，对诗歌表现不断变化而日益复杂的社会生活，表达人们真实的思想感情，造成极大的束缚。因此，新诗革命成了"五

---

[1] 黄遵宪. 人境庐诗草[M]. 上海：古典文学出版社，1957：自序.

四"新文学运动最先开始的，也是最重要的组成部分。

中国新诗迈出的第一步就是废弃旧的诗歌模式，建立新的诗歌模式，其主要标志是：以白话代替文言，以自由代替格律。[①]胡适积极倡导"白话文"、领导新文化运动。1916年年底，在美国留学的胡适，将其《文学改良刍议》的文稿寄给了陈独秀主编的《新青年》，发表在第2卷5期上。《文学改良刍议》是倡导文学革命的第一篇文章。胡适认为，文学改良应该从以下八件事入手：

吾以为今日而言文学改良，须从八事入手。八事者何？

一曰，须言之有物。

二曰，不摹仿古人。

三曰，须讲求文法。

四曰，不作无病之呻吟。

五曰，务去滥调套语。

六曰，不用典。

七曰，不讲对仗。

八曰，不避俗字俗语。

其中，在第八条"不避俗字俗语"，胡适进一步解释道：

然以今世历史进化的眼光观之，则白话文学之为中国文学之正宗，又为将来文学必用之利器，可断言也（此"断言"乃自作者言之，赞成此说者今日未必甚多也）。以此之故，吾主张今日作文作诗，宜采用俗语俗字。与其用三千年前之死字（如"于铄国会，遵晦时休"之类），不如用二十世纪之活字；与其作不能行远不能普及之秦、汉、六朝文字，不如作家喻户晓之《水浒》《西游》文字也。[②]

胡适本人身体力行，将白话引进诗歌创作中，并且摒弃了以往旧体诗创作中的一系列限制。1917年2月号《新青年》杂志发表了胡适的白话诗《朋友》（写于1916年8月23日，后来编入《尝试集》时命名为《蝴蝶》），后来学界便以该诗的公开发表作为中国新诗诞生的标志，胡适也由此被称为中国新诗第一人。

---

① 谢冕. 前进的和建设的——中国新诗一百年(1916—2016)[J]. 北京大学学报(哲学社会科学版),2017,54(03):5-18.

② 胡适. 胡适文集:第四册[M]. 北京:北京燕山出版社,2019:1011-1022.

朋　友

胡适

两只黄蝴蝶，

双双飞上天；

不知为什么，

一个忽飞还。

剩下那一只，

孤单怪可怜；

也无心上天，

天上太孤单。

　　作者用蝴蝶来象征人世间的爱情。全诗五言八句，形式上似律诗，却无对仗、平仄，不受近体诗格律限制，采用"俗语俗字"，意象清新，对自己的文学改良主张做了最好的阐释。

　　中国新诗的另外一个重要来源，是对国外新诗的译介。比如胡适所翻译的美国诗人落拉·蒂斯黛尔（Sara Teasdale）的《关不住了》（*Over the Roofs*）。

Over the Roofs

Sara Teasdale

IV

I said, "I have shut my heart

As one shuts an open door,

That Love may starve therein

And trouble me no more."

But over the roofs there came

The wet new wind of May,

And a tune blew up from the curb

Where the street-pianos play.

My room was white with the sun

And Love cried out to me,

"I am strong, I will break your heart

Unless you set me free."

译诗 Translation

关不住了

莎拉·蒂斯黛尔

我说"我把心收起，
像人家把门关了，
叫爱情生生的饿死，
许不再和我为难了。"

但是五月的湿风，
时时从屋顶上吹来；
还有那街心的琴调
一阵阵的飞来。

一屋里都是太阳光，
这时候爱情有点醉了，
他说，"我是关不住的，
我要把你的心打碎了。"

(胡适 译①)

赏析 Appreciation

　　原诗共五个部分，胡适仅选第四部分译之。从形式上看，原诗包含三个诗节，每节四个诗行，大致上每行含有三个音步。在押韵方式方面，原诗采用ABCB韵式。胡适的译诗采用现代白话文自由诗，保留了原诗三个诗节，每节四个诗行的结构特征，韵式则二、四行以相同字进行押韵。胡适本人对这首译诗自视甚高，在"再版自序"中说，这是他"'新诗'成立的纪元"。

　　朱自清高度评价翻译域外诗歌的巨大意义："译诗对于原作者是翻译，但对于译成的语言，它既然可以增富意境，就算得一种创作。况且不但意境，它还可以给我们新的语感，新的诗体，新的句式，新的隐喻。就具体的译诗本身

①胡适. 胡适文集:第一册[M].北京:北京燕山出版社,2019：43.

而论，它确可以算是创作。至于能够欣赏原作的究竟是极少数，多数人还是要求译诗，那是从实际情形上一眼就能看出来的。"①而且很多诗人，在翻译时加入自己的理解和创造，实际上也与新创诗歌无异。胡适翻译的另外一首诗歌——朗费罗（Henry Wadsworth Longfellow）的《一支箭，一支曲子》（*The Arrow and the Song*）很好地说明了这一点。

The Arrow and the Song

Henry Wadsworth Longfellow

I shot an arrow into the air,

It fell to earth, I knew not where;

For, so swiftly it flew, the sight

Could not follow it in its flight.

I breathed a song into the air,

It fell to earth, I knew not where;

For who has sight so keen and strong,

That it can follow the flight of song?

Long, long afterward, in an oak

I found the arrow, still unbroke;

And the song, from beginning to end,

I found again in the heart of a friend.

译诗　Translation

一支箭，一支曲子

亨利·沃兹沃斯·朗费罗

我往空中射出了一支箭，

射出去就看不见了。

他飞的那么快，

谁知道他飞的多么远了？

---

①朱自清.朱自清全集:第二卷 [M]. 南京:江苏教育出版社,1988:374.

我向空中唱了一支曲子，

那歌声四散飘扬了。

谁也不会知道，

他飘到天的哪一方了。

过了许久许久的时间，

我找着了那支箭，

钉在一棵老橡树高头，

箭杆儿还没有断。

那支曲子，我也找着了，——

说破了倒也不希奇，——

那支曲子，从头到尾，

记在一个朋友的心坎儿里。

（胡适 译）

原诗的韵脚为AABB，但译文则是隔行押韵ABCB。以现代白话文翻译该诗，前面三个诗节的翻译倒也中规中矩，原作仅为三个诗节，译作则加成了四个诗节，内容倒是变化不大。

胡适在《尝试集》的"再版自序"中说："若要做真正的白话诗，若要充分采用白话的字，白话的文法，和白话的自然音阶，非做长短不一的白话诗不可。这种主张，可叫作'诗体大解放'。诗体的大解放就是把从前一切束缚自由的枷锁镣铐，一切打破：有什么话，说什么话；话怎么说，就怎么说。"看来胡适认为，要写白话诗就得"长短不一"，译诗也自然如此，于是《关不住了》那样大致整齐的译诗虽然是他新诗成立的纪元，却可能因一意打破"一切束缚自由的枷锁镣铐"，视之为偶然，未做进一步探究。而事实上，"真正的白话诗"未必非"长短不一"不可，如我们前面分析过的闻一多的《死水》，即是采用"新格律体"。

自晚清始，国人赴境外留学或者游学渐成风气。上面提到的胡适、朱自清和闻一多等中国白话诗运动的先驱都曾留学海外。他们精通外语，在域外接触到了新思想，在诗歌方面，则深受西方自由诗的影响，特别是西方浪漫主义、意象派和象征主义等诗歌流派的影响，在回国后自觉运用在西方所学到的知识，改造中国文学，对新诗的诞生和发展起到了巨大的推动作用。

比如，李金发就深受法国象征主义的影响，以他的诗歌《弃妇》为例。

弃妇
李金发

长发披遍我两眼之前，
遂割断了一切羞恶之疾视，
与鲜血之急流，枯骨之沉睡。
黑夜与蚊虫联步徐来，
越此短墙之角，
狂呼在我清白之耳后，
如荒野狂风怒号：
战栗了无数游牧

靠一根草儿，与上帝之灵往返在空谷里。
我的哀戚惟游蜂之脑能深印着；
或与山泉长泻在悬崖，
然后随红叶而俱去。

弃妇之隐忧堆积在动作上，
夕阳之火不能把时间之烦闷
化成灰烬，从烟突里飞去，
长染在游鸦之羽，
将同栖止于海啸之石上，
静听舟子之歌。
衰老的裙裾发出哀吟，
徜徉在丘墓之侧，
永无热泪，
点滴在草地，
为世界之装饰。

赏析　Appreciation

李金发，现代著名诗人、美术家。1919年赴法国留学，学习雕塑的同时，对当时法国盛行的象征主义诗歌感兴趣，1925年他的《微雨》出版，之后另外两部诗集也相继出版，奠定了他作为中国现代象征诗创始者的地位，被誉为"中国象征派诗歌的先驱"。

《弃妇》被认为是"李金发象征主义诗歌的代表作",诗人用大量的意象,象征"弃妇"幽隐悲苦的心理,表现她的孤寂的生存。但是,对"弃妇"这一形象的具体含义,有着不同的理解。"弃妇"既可以指被丈夫抛弃的女人,也可以指如李金发一样在外留学遭受歧视的海外游子,或者指遭受无常命运的普通人,抑或因为某种原因而被这个世界或者他人所抛弃的其他人。

8.3.3 西方诗歌对中国新诗的影响

诗歌评论家罗振亚在谈到中国现代主义诗歌时指出:"现代新诗如果没有外来诗歌的刺激与冲击就无从谈起,面对几千年古老强大的诗歌传统,不借助外国诗歌力量做矫枉过正的偏激革命,白话诗的生命难以破土。"[①]

西方诗歌对中国新诗的影响是多方面的,包括新诗对西方诗歌诗体的借鉴、西方诗歌对中国诗歌写作题材的影响、写作方式的影响以及对诗人的影响等。

1. 新诗对西方诗体的借鉴

中国的白话诗运动当然来源于西方的自由诗运动。十四行诗是意大利语、英语等语言中常见的格律诗,中国并没有这种诗歌体裁。但是,留学境外的诗人从欧洲借鉴了这种诗体,这方面成就最大的当数冯至。

冯至(1905—1993),著名诗人、翻译家,"中国最为杰出的抒情诗人"(鲁迅语)。冯至于1930年年底至1935年6月留学德国,攻读文学、哲学与艺术史,其间受到德语诗人里尔克的影响。他采取西方十四行诗的艺术形式,但是并没有墨守成规,而是在里尔克的影响下,采用变体,利用十四行诗结构特点,保持了语调的自由,显示了作者用于借鉴而又富于革新的艺术精神。1942年出版《十四行集》,收录十四行诗27首,杂诗6首。[②]下面这首诗歌选自他的《十四行集》第一首。

我们准备着

冯至

我们准备着深深地领受

那些意想不到的奇迹,

---

① 罗振亚. 中国现代主义诗歌史论[M]. 北京:社会科学文献出版社,2002:120.

② 冯至. 十四行集[M]. 北京:中国文联出版公司,1997:3.

在漫长的岁月里忽然有
彗星的出现，狂风乍起。

我们的生命在这一瞬间，
仿佛在第一次的拥抱里
过去的悲欢忽然在眼前
凝结成屹然不动的形体。

我们赞颂那些小昆虫，
它们经过了一次交媾
或是抵御了一次危险，

便结束它们美妙的一生。
我们整个的生命在承受
狂风乍起，彗星的出现。

赏析 Appreciation

　　这首十四行诗采用四—四—三—三的形式排列，形式整齐，音韵优美。但是，冯至并没有拘泥于十四行诗的韵律，每行的字数为9～10个，基本按照一行四顿的方式，押韵也比较灵活。冯至本人曾经说："我最不喜欢有一种诗为了凑字数、凑行数、凑押韵，把诗写得呆板没有生气，或是堆砌华丽的辞藻，让人读了，喘不过气来。"①冯至在十四行诗创作中国化方面进行了非常可贵的探索。正如有研究者所指出的那样：20世纪的中国诗人，已初步完成了十四行诗体由欧洲向中国的转移。——如果说，20世纪以前的几个世纪，世界十四行诗的"活跃区"都在欧洲，20世纪以来，这个"活跃区"已移到中国了！②

　　2.西方诗歌对中国新诗写作题材的影响

　　20世纪以来，随着中国社会的急剧变革，长期以来囿于"思无邪"传统思想的中国诗歌，已经无法反映社会的变化。中国新诗的先驱者们开始"别求新声于异邦"，学习西方诗歌来描写生活中所出现的"声光电化"等新事物，以及封建正统诗歌所禁止的否定现实社会秩序，追求社会理想的题材，比如，民主爱国人士柳亚子就用《元旦感怀》来抒发对未来的憧憬和献身革命的强烈渴望。

①冯至.我和十四行诗的因缘[J].世界文学,1989,3.
②钱光培.中国十四行诗选[M].北京:中国文联出版社,1990:序言.

元旦感怀

柳亚子

理想飞腾新世界，
年华孤负好头颅。
椒花柏酒无情绪，
自唱巴黎革命歌。

3. 西方诗歌对中国诗人的影响

白话诗歌运动时期的中国诗人毫无疑问受到了西方诗人和诗歌流派的影响。惠特曼之于郭沫若，泰戈尔的《飞鸟集》深深影响了冰心的小诗创作，李金发受象征派诗歌的影响很深，这样的例子可以列出一长串。

这样的影响一直持续到今天。20世纪70年代以后的很多诗人，也受到西方诗人的影响。顾城就多次谈及西班牙著名现代诗人洛尔迦对他的影响。他说："我喜欢西班牙文学，喜欢洛尔迦，喜欢他诗中的安达露西亚，转着风旗的村庄、月亮和沙土。他的谣曲写得非常动人，他写哑孩子在露水中寻找他的声音，写得纯美之极。我喜欢洛尔迦，因为他的纯粹。"而翟永明在回答臧棣与王艾的书面提问中谈道："我在80年代中期的写作曾深受美国自白派诗歌的影响，尤其是西尔维娅·普拉斯和罗伯特·洛威尔。"[①]

文化交流是世界文化进步的重要条件，也是推动文化全球化和多样性的内在要求。世界上各个国家、各个地区和各个民族的文化，都是整个人类社会宝贵精神财富和文明成果的重要组成部分。在过去的几千年里，中国与西方文化之间的相互学习和借鉴，极大地丰富了彼此的文化。可以预期，随着全球化的进一步加深，中国与西方在文学与诗歌中的交流也必将日益频繁。一方面，我们学习、包容其他国家的文化，让中华文化更加博大精深；另一方面，通过文化之间的交流互鉴，也可以将中国文化推向世界，提升中华文化在国际上的吸引力和影响力。

思考与练习

1. 如何评价庞德对《落叶哀蝉曲》的翻译？

2. 你觉得中国现代白话文诗歌发展中有什么问题？如何解决？

3. 选取教材中的任意一首诗歌，尝试写一篇有关诗歌赏析的学术论文。

4. 以校园银杏为题，创作诗歌一首，旧体诗词或现代白话文新诗均可。

---

① 翟永明. 完成之后又怎样——书面访谈[J]. 标准, 1996,(创刊号):132.

参 考 文 献

[[1] DELAHUNTY A, DIGNAN S, STOCK P. The Oxford Dictionary of Allusions [M]. Oxford University Press , 2001.

[2] BALDICK C. Oxford Concise Dictionary of Literary Terms [M]. 上海：上海外语教育出版社, 2000.

[3] BROOKS C, WARREN R P. Understanding Poetry：An Anthology for College Students [M]. New York：Henry Holt & Company, 1938：18-19.

[4] CUDDON J A. A Dictionary of Literary Terms and Literary Theory [M].5th ed. West Sussex：Wiley-Blackwell, 2013.

[5] POUND E. Early Writings：Poems and Prose [M].London：Penguin Group, 2005.

[6] HOMBERGER E R.Ezra Pound：The Critical Heritage [M] .London & Boston：Routledge and Kegan Paul, 1972.

[7] LENNARD J. The Poetry Handbook [M]. New York：Oxford University Press, 2006.

[8] ROBERTS N. A Companion to Twentieth- century Poetry [M]. Blackwell Publishers, 2001.

[9] PREMINGER A, BROGAN, T.V.F. The New Princeton Encyclopedia of Peotry and Poetics [M]. New Jersey：Princeton University Press, 1993.

[10] WAINWRIGHT J. Poetry：The Basics [M]. London：Routledge, 2004.

[11] XU Y C. Song of Immortals [M]. Beijing：NewWorld Press, 1994.

[12] 艾布拉姆斯,哈珀姆. 文学术语词典[M]. 10版. 吴松江等,译.北京：北京大学出版社, 2014.

[13] 彼德·琼斯.意象派诗选[M].裘小龙, 译.桂林：漓江出版社.

[14] 狄金森. 狄金森全集(全四卷)[M]. 蒲隆, 译.上海：上海译文出版社, 2014.

[15] 丰华瞻. 中西诗歌比较[M]. 上海:生活·读书·新知三联书店,1987.

[16] 辜正坤. 英文名篇鉴赏金库 诗歌卷[M]// 英文名篇鉴赏金库,诗歌卷.天津:天津人民出版社,2000.

[17] 顾子欣. 英诗300首:中英对照[M]. 北京:国际文化出版公司,1996.

[18] 郭嘉. 英美诗歌精品赏析[M]. 天津:南开大学出版社,2009.

[19] 黄杲炘. 美国名诗选:英汉对照[M]. 上海:上海外语教育出版社,2015.

[20] 姜涛. 美国诗歌赏析[M]. 北京:新华出版社,2006.

[21] 蒋洪新. 英诗新方向:庞德、艾略特诗学理论与文化批评研究[M].长沙:湖南教育出版社,2001.

[22] 卡勒.文学理论入门[M]. 李平,译. 南京:译林出版社,2013.

[23] 李正栓,陈岩. 美国诗歌研究[M]. 北京:北京大学出版社,2007.

[24] 李正栓,吴晓梅. 英美诗歌教程[M]. 北京:清华大学出版社,2004.

[25] 刘超先. 爱的诗篇[M]. 哈尔滨:黑龙江人民出版社,1993.

[26] 龙榆生. 唐宋词格律[M]. 上海:上海古籍出版社,2010.

[27] 罗良功. 英诗概论[M]. 武汉:武汉大学出版社,2002.

[28] 乔纳森·卡勒. 当代学术入门:文学理论[M]. 沈阳:辽宁大学出版社,1998.

[29] 童庆炳. 文学理论教程[M]. 北京:高等教育出版社,1998.

[30] 莎士比亚. 莎士比亚十四行诗集[M]. 2版. 屠岸,译. 上海:上海译文出版社,1988.

[31] 王佐良,金立群选编;金立群注释. 英国诗歌选集珍藏版(全2册)[M].上海:上海译文出版社,2016.

[32] 王佐良. 王佐良全集:第2卷(英国诗史)[M]. 北京:外语教学与研究出版社,2015.

[33] 王佐良. 王佐良全集. 第3卷(英国浪漫主义诗歌史)[M]. 北京:外语教学与研究出版社,2015.

[34] 张剑,赵冬,王文丽. 英美诗歌选读[M]. 北京:外语教学与研究出版社,2008.

[35] 张剑. 绿色的思忖 POMES OF NATURE[M]. 北京:外语教学与研究出版社,1994.

[36] 张子清. 20世纪美国诗歌史(全三卷)[M]. 天津:南开大学出版社,2018.

[37] 赵毅衡. 诗神远游:中国如何改变了美国现代诗[M]. 上海:上海译文出版社,2003.

[38] 中国社会科学院语言研究所词典编辑室. 现代汉语词典[M]. 7版. 北京:商务印书馆,2017.

[39] 周向勤. 英汉诗歌比较鉴赏[M]. 苏州:苏州大学出版社,2011.

附　录

一、诗歌术语/A glossary of poetic terms

Accent/重音

A special emphasis given to a particular syllable in a word.

对单词中某个音节的特别强调（重读）。

Alliteration/头韵

The repetition of identical consonant sounds，most often the sounds beginning words，in close proximity. Example：pensive poets.

相同辅音的重复，通常是相邻两个单词的第一个辅音，比如，pensive poets（沉思的诗人）。

Allusion/典故

A brief，intentional reference to a historical，mythic，or literary person，place，event，or movement.

对历史、神话或文学人物、地点、事件或运动的简短而有意的提及。

Amphibrach/抑扬抑格

A metrical foot consisting of a stressed syllable between two unstressed syllables or（in Greek and Latin）a long syllable between two short syllables.

一种格律，两个非重读音节中间夹杂一个重读音节，在希腊语和拉丁语中，指两个短音节中间夹杂一个长音节。

Anapest/抑抑扬格

In poetry, a foot (= a unit of division of rhythm) with two short or unstressed (= not strong) syllables followed by one long or stressed syllable, as in the word "understand".

诗歌格律形式，有两个短或非重读音节，后跟一个长或重读音节，如 "understand" 一词。

Apostrophe/呼语（呼告）

Speaker in a poem addresses a person not present or an animal, inanimate object, or concept as though it is a person.

诗中的说话人称呼不在场的人，或者像称呼人一样称呼动物，无生命的物体或观念。

Assonance/半谐音，准押韵

Assonance takes place when two or more words, close to one another repeat the same vowel sound, but start with different consonant sounds (e.g.: great, fail).

两个或多个相邻的单词使用相同元音音素，但是元音前的辅音不同，如 "great" 和 "fail"。

Ballad/民谣

A poem or song narrating a story in short stanzas. Traditional ballads are typically of unknown authorship, having been passed on orally from one generation to the next as part of the folk culture.

用简短的诗节来讲述故事的诗或歌。传统民谣通常作者身份不明，作为民间文化的一部分代代相传。

Blank Verse/素体诗

Poetry that does not rhyme but follows a regular meter, most commonly iambic pentameter.

不押韵但遵循格律（一般是五音步抑扬格）的诗歌。

Caesura/（诗中）节律的停顿

A short but definite pause used for effect within a line of poetry.

一个诗行中为达到某种效果而设置的短暂而确定的停顿。

Carpe Diem/及时行乐（诗歌体裁）

Poetry concerned with the shortness of life and the need to act in or enjoy the present. Example：Herrick's *To the Virgins to Make Much of Time.*

一种诗歌体裁，主要内容是关于生命的短暂以及及时行乐，享受当下。如赫里克（Herrick）的《致少女：珍惜青春》（*To the Virgins to Make Much of Time*）。

Consonant/辅音

A basic speech sound in which the breath is at least partly obstructed and which can be combined with a vowel to form a syllable.

基本语音，发辅音时呼吸至少部分被阻塞，并且可以与元音结合形成一个音节。

Couplet/对句

Two successive rhyming lines. Couplets end the pattern of a Shakespearean sonnet.

两个连续的押韵诗行。莎士比亚的十四行诗常以对句结束。

Dactyl/扬抑抑格

In poetry，a foot with one strong or long syllable followed by two unstressed or short syllables. This pattern is more common（as dactylic hexameter）in Latin poetry than in English poetry.

一种格律形式。一个重读音节（或长音节）加上两个非重读音节（或短音节）。这种模式在拉丁诗歌中比在英语诗歌中更常见（比如六音步扬抑抑格）。

Diction/措辞

The choice and use of words and phrases in speech or writing.

说话或写作中单词和短语的选择和使用。

Dramatic Monologue/戏剧独白诗

A poem written as if someone is speaking to an unseen listener about important events or thoughts.

一种诗歌体裁。在诗歌中，某人（叙述者）对看不见的听众讲述重要事件或思想。

Elegy/挽歌，悼亡诗

A form of poetry in which the poet or speaker expresses grief, sadness, or loss.

一种诗歌形式，其中诗人或演说者表达悲伤，悲伤或失落。

End Rhyme/尾韵

End rhyme，in poetry，a rhyme that occurs in the last syllables of verses.

在诗歌中，尾韵是指出现在诗行末尾音节的押韵。

End-stopped Line/结句行

An end-stopped line is a poetic device in which a pause comes at the end of a syntactic unit (sentence, clause, or phrase). This pause can be expressed in writing as a punctuation mark, such as a colon, semi-colon, period, or full stop. Opposite of Enjambment.

结句行是一种诗歌创作方法，其中停顿出现在某一相对完整的句法单元（句子、从句或短语）的末尾。该停顿可以表现为标点符号，如冒号、分号、逗号或句号。与enjambment（跨行连续）相对。

Enjambment （Enjambement）/跨行连续

A line having no end punctuation but running over to the next line.

某一诗行末尾没有标点符号，而是延伸到下一行。

Eye Rhyme/目韵，视觉韵

Words that seem to rhyme because they are spelled identically but pronounced differently. Example: bear/fear, dough/cough/through/bough.

发音不同但拼写相同，因此"看起来"押韵的单词，如bear/fear, dough/cough/through/bough。

Feminine Rhyme/阴韵

A rhyme either of two syllables of which the second is unstressed (double rhyme), as in motion, notion, or of three syllables of which the second and third are unstressed (triple rhyme), as in fortunate, importunate.

一种押韵方式，押韵的重读音节之后还有一个发音相同的轻读音节，如motion和notion、如果押韵的单词有三个音节，则押韵的重读音节之后的两个弱读音节也相同，如fortunate和importunate。

Figure of Speech/修辞手法，修辞格

Figure of speech, any intentional deviation from literal statement or common usage that emphasizes, clarifies, or embellishes both written and spoken language.

修辞格，任何有意偏离字面含义或常见用法以达到强调、澄清或修饰书面和口头语言的方法。

Foot/音步

A unit of division of a line of poetry containing one strong beat and one or two weaker ones. A line may contain：monometer（1 foot）, dimeter（2 feet）, trimeter（3 feet）, tetrameter（4 feet）, pentameter（5 feet）, hexameter（6 feet）, heptameter or septenary（7 feet）.

诗行的划分单位，一般包含一个强节奏（重读音节），以及一到两个弱节奏（非重读音节）. 一个诗行可能包含：monometer（1 音步）, dimeter（2 音步）, trimeter（3 音步）, tetrameter（4 音步）, pentameter（5 音步）, hexameter（6 音步）, heptameter or septenary（7 音步）。

Free Verse/自由诗

Free verse is a literary device that can be defined as poetry that is free from limitations of regular meter or rhythm, and does not rhyme with fixed forms. Such poems are without rhythm and rhyme schemes, do not follow regular rhyme scheme rules, yet still provide artistic expression. In this way, the poet can give his own shape to a poem however he or she desires. However, it still allows poets to use alliteration, rhyme, cadences, and rhythms to get the effects that they consider are suitable for the piece.

自由诗是一种文学体裁，可以定义为不受常规音律或节奏限制的诗歌，且没有固定押韵方式。这样的诗没有节奏和韵式，不遵循常规的押韵规则，但仍然具有极强的艺术表现力。通过这种方式，诗人可以根据自己的意愿来写作诗歌。但是，自由诗仍然允许诗人使用头韵、韵律和节奏来获得他们认为适合作品的效果。

Heroic Couplet/英雄双行体

Two successive rhyming lines of iambic pentameter； the second line is usually end-stopped.

两个连续的五音步抑扬格押韵诗行；第二行一般是结句行。

Hyperbole/夸张

Hyperbole is a figure of speech in which an author or speaker purposely and obviously exaggerates to an extreme. It is used for emphasis or as a way of making a description more creative and humorous. It is important to note that hyperbole is not meant to be taken literally.

夸张是作者或说话者有意且显然夸大其词的一种修辞手法。它用于强调或使描述更具创造性和幽默感。需要注意的是，夸张不能按照字面意思进行理解。

Iamb/抑扬格

Metrical foot consisting of one short syllable or one unstressed syllable followed by one long or stressed syllable, as in the word because.

由一个短音或非重读音节再加上一个长音或重读音节组成，如：because。

Iambic Pentameter/五音步抑扬格

A style of writing poems in lines of ten syllables with emphasis on the second, fourth, sixth, eighth, and tenth syllable.

每个诗行由十个音节组成，重音在每行的第二、第四、第六、第八和第十个音节。

Image/意象

An image in poetry is a word or series of words which has a direct appeal to our sensoryexperience and to invoke sense perceptions such as sight, sound, smell, touch, or taste. It is a sense impression conveyed in words by the writer.

诗歌意象是指一个或一系列直接作用于我们感官体验的单词，并能唤起视觉、听觉、嗅觉、触觉或味觉等感官知觉。它是作者用语言表达的一种感官印象。

Internal Rhyme/内韵

Internal rhyme is rhyme that occurs in the middle of lines of poetry, instead of at the ends of lines. A single line of poetry can contain internal rhyme (with multiple words in the same line rhyming), or the rhyming words can occur across multiple lines.An example: Once upon a midnight dreary, while I pondered, weak and weary.

内韵是出现在诗行中间而不是行尾的押韵。单行诗可以包含内部韵律（同一行中有多个单词押韵），或者押韵词可以跨多行出现。例如："Once upon a midnight dreary, while I pondered, weak and weary."

Lyric/抒情诗

A short poem that expresses the personal thoughts and feelings of the person who wrote it.

简短的表达写诗人个人想法和感情的诗歌。

Masculine Rhyme/阳韵

Masculine rhyme, in verse, a monosyllabic rhyme or a rhyme that occurs only in stressed final syllables (such as claims, flames or rare, despair).

阳韵，在诗歌中指两个单音节单词押韵，或者两个单词的最后一个重读音节押韵，比如：claims & flames， rare & despair。

Metaphor/暗喻

A metaphor is a figure of speech that makes an implicit, implied, or hidden comparison between two things that are unrelated, but which share some common characteristics. In other words, a resemblance of two contradictory or different objects is made based on a single or some common characteristics. It does not use "like" or "as" for the comparison (see simile).

暗喻是一种修辞手段，它在不相关但具有某些共同特征的两个事物之间进行隐含或隐藏的比较。换句话说，基于单个或一些共同的特征来使两个矛盾的或不同的对象相似。暗喻不使用"像"等词语进行比较。

Meter/韵律

Meter is a stressed and unstressed syllabic pattern in a verse, or within the lines of a poem. Stressed syllables tend to be longer, and unstressed shorter. In simple language, meter is a poetic device that serves as a linguistic sound pattern for the verses, as it gives poetry a rhythmical and melodious sound.

韵律是诗文中的重音和非重音音节安排的模式。重读音节往往较长，而非重读音节则较短。简而言之，韵律是一种诗歌创作方法，可以作为诗歌的语言发声方式，因为它使诗歌具有节奏感和悠扬的声音。

Narrative poem/叙事诗

A narrative poem in literature is a poem which tells a story. It has a full storyline with all the elements of a traditional story. These elements include characters, plot, conflict and resolution, setting and action. Although a narrative poem does not need a rhyming pattern, it is a metered poem with clear objectives to reach a specific audience. These poems have been borrowed from oral poetic narratives from different cultures.

文学叙事诗是讲故事的诗。它具有完整的故事情节，包含传统故事的所有元素。这些元素包括人物、情节、冲突和结尾、背景和行动。尽管叙事诗不需要采用韵式，但它仍然具有格律，具有明确的目标，可以覆盖特定的受众。

Octave/十四行诗的前八行

The first eight lines of an Italian or Petrarchan sonnet, unified by rhythm, rhyme, and topic.

意大利体或彼特拉克体十四行诗的前八行，按节奏、韵律和主题而组合在一起。

Onomatopoeia/拟声

A word which imitates the natural sounds of a thing. It creates a sound effect that mimics the thing described, making the description more expressive and interesting.

拟声是指模仿事物自然声音的单词。它会产生模仿所描述事物的声音效果，从而使描述更具表现力和趣味性。

Paradox/悖论，似非而是的隽语

It is a statement that appears to be self-contradictory or silly, but which may include a latent truth. It is also used to illustrate an opinion or statement contrary to accepted traditional ideas. A paradox is often used to make a reader think over an idea in innovative way.

这是一个似乎自相矛盾或愚蠢的陈述，但其中可能包含潜在的真理。它也可以用来说明与公认的传统观念相反的观点或陈述。悖论常被用来使读者以创新的方式思考一个想法。

Personification/拟人

Personification is a figure of speech in which a thing—an idea or an animal—is given human attributes.

拟人是一种修辞手段，将事物（观念或动物）赋予人类属性。

Petrarchan Sonnet/彼特拉克十四行诗

Italian or Petrarchan sonnet was introduced by 14th century Italian poet Francesco Petrarch.The rhyme scheme of a Petrarchan sonnet features the first eight lines, called an octet, which rhymes as ABBA ABBA. The remaining six lines, which rhymes as CDE CDE, are called a sestet, and might have a range of rhyme schemes.

意大利语或彼特拉克体十四行诗由14世纪的意大利诗人弗兰齐斯科·彼特拉克引入。彼特拉克体十四行诗的韵式特点为前八行（称为octet）韵式为ABBA ABBA。其余六行（称为sestet）韵式为CDE CDE，也可有其他韵式。

Prosody/韵律，格律研究

A literary technique, prosody is the study of meter, intonation, and rhythm of a poetic work. It is a phonetic term that uses meter, rhythm, tempo, pitch, and loudness in a speech for conveying information about the meanings and structure of an utterance. In addition, prosody is an important element of language that contributes toward rhythmic and acoustic effects in a piece of writing.

韵律是一种文学技巧，是对诗歌作品的音高、语调和节奏的研究。这是一个语音术语，在语音中使用韵律、节奏、音调和音高来传达有关发声含义和结构的信息。此外，韵律是语言的重要元素，使某段作品中产生特定节奏和声音效果。

Pyrrhic /抑抑格

A metrical foot consisting of two short or unaccented syllables.

由两个短音节或无音节组成的格律。

Quatrain/四行诗

a group of four lines in a poem.

诗歌中的四个诗行。

Refrain/叠句，副歌；重复

Repeated word or series of words in response or counterpoint to the main verse, as in a ballad.

重复某个单词或一系列单词，与诗歌的主要部分相对，如民谣中的副歌。

Rhyme/押韵

The repetition of identical concluding syllables in different words, most often at the ends of lines. Example: June & moon.

不同单词以完全相同的音节结束，最常出现在诗行末尾，如：June 和 moon。

Rhyme Scheme/韵式

Rhyme scheme is the pattern of rhyme that comes at the end of each verse or line in poetry. In other words, it is the structure of end words of a verse or line that a poet needs to create when writing a poem. Many poems are written in free verse style. Some other poems follow non-rhyming structures, paying attention only to the number of syllables. The Japanese genre of Haiku is a case in point. Thus, it shows that the poets write poems in a specific type of rhyme scheme or rhyming pattern.

韵式是诗歌中每节诗句或每行结尾的押韵模式。换句话说，这是诗人在写

诗时运用的诗句或行尾词的结构。许多诗都是用自由诗的风格写的（因此不押韵）。其他一些诗则不押韵，只关注音节的数量。日本俳句就是一个很好的例子。因此，它表明诗人以某种特定类型的韵式来写诗。

Rhythm/节奏

Rhythm, in poetry, the patterned recurrence, within a certain range of regularity, of specific language features, usually features of sound. Although difficult to define, rhythm is readily discriminated by the ear and the mind, having as it does a physiological basis. Rhythm, by any definition, is essential to poetry; prose may be said to exhibit rhythm but in a much less highly organized sense. The presence of rhythmic patterns heightens emotional response and often affords the reader a sense of balance.

在诗歌中，节奏是在一定范围内特定语言特征（通常是声音特征）在一定规律范围内的规律再现。尽管很难定义，但节奏很容易被耳朵和大脑辨认，具有生理基础。节奏是诗歌的基本特征。散文也可能展现出节奏感，但并非高度组织化的。有节奏的模式的存在会增强读者的情绪反应，并经常使读者感到平衡感。

Simile/明喻

A direct comparison between two dissimilar things; uses "like" or "as" to state the terms of the comparison.

两种不同事物之间的直接比较；使用"像"来说明比较项。

Shakespearean or English sonnet/莎士比亚十四行诗，英国十四行诗

3 quatrains and a couplet, often with three arguments or images in the quatrains being resolved in the couplet. Rhyme scheme: ABAB CDCD EFEF GG

由三个四行诗和一个对句组成，通常在对句中使三个四行诗中所提出的问题得到解决。押韵方式为：ABAB CDCD EFEF GG。

Sonnet/十四行诗

The word sonnet is derived from the Italian word "sonetto," which means a "little song" or small lyric. In poetry, a sonnet has 14 lines, and is written in iambic pentameter. Each line has 10 syllables. It has a specific rhyme scheme, and a volta, or a specific turn.

Generally, sonnets are divided into different groups based on the rhyme scheme they follow. The rhymes of a sonnet are arranged according to a certain rhyme scheme. The rhyme scheme in English is usually ABAB CDCD EFEF GG, and in Italian ABBA ABBA CDE CDE.

十四行诗一词源自意大利语单词"sonetto",意为"小歌"或"小抒情诗"。在诗歌中,十四行诗有十四行,用五音步抑扬格写成。每行有10个音节。它有特定韵式,以及"转折"(Volta)。

通常,十四行诗根据其遵循的韵式分为不同类型。十四行诗的押韵根据特定韵式安排。英文十四行诗的韵式通常是ABAB CDCD EFEF GG,意大利十四行诗的韵式则为ABBA ABBA CDE CDE。

Spondee/扬扬格

In poetry, a rhythm of two long or strong syllables.

在诗歌中,两个长或重读音节一起形成的节奏。

Stanza/诗节

A group of poetic lines corresponding to paragraphs in prose.

一组诗行,对应于散文中的段落。

Stress/重音,重读

The way that a word or syllable is pronounced with greater force than other words in the same sentence or other syllables in the same word.

与同一个句子中的其他单词或同一个单词中的其他音节相比,该单词或音节发音所用的力量更大。

Syllable/音节

A single unit of speech, either a whole word or one of the parts into which a word can be separated, usually containing a vowel.

言语单位,可以是整个单词,也可以是单词可以分离的一部分,通常包含元音。

Synaesthesia/通感

A rhetorical figure that describes one sensory impression in terms of a different sense, or one perception in terms of a totally different or even opposite feeling. Example:"darkness visible""green thought".

一种修辞格,用一种不同的感觉来描述一种感官印象,或者用一种完全不同甚至相反的感觉来描述一种感觉。示例:"可见的黑暗""绿色的思想"。

Syntax/句法

The grammatical arrangement of words in a sentence.

句子中单词的语法安排。

Trochee（trochaic）/扬抑格

A rhythm in poetry with one long or strong syllable and one short or weak syllable.

诗歌中的节奏类型，由一个长音节（重读音节）和一个短音节（弱读音节）构成。

Verse/诗体，韵文

Writing that is arranged in short lines with a regular rhythm.

以规则的节奏排列成短行的写作。

Vowel/元音

A speech sound produced by humans when the breath flows out through the mouth without being blocked by the teeth, tongue, or lips.

人类发音时气流从口腔中流出而不受牙齿，舌头或嘴唇阻塞而产生的语音。

二、诗人简介

Alfred Edward Housman

阿尔弗雷德·爱德华·豪斯曼（Alfred Edward Housman，1859—1936），英国诗人、散文家。生于伍斯特郡，曾就读于牛津大学圣约翰学院，但未能通过毕业考试。1887年，豪斯曼开始尝试创作诗歌，并将这些诗歌雏形以笔记形式保存下来。1892年他被任命为伦敦大学拉丁文教授。他的诗数量不多，主要的诗集是《西罗普郡少年》（*A Shropshire Lad*，1896），该诗集包括63首怀旧诗。1922年出版《最后的诗》（*Last Poems*），同样获得成功。豪斯曼诗歌最大的特点是简洁，但并不枯燥，使用最简单的常用词汇而取得诗歌的音乐美，朴素中不乏强烈的音乐性。

Alfred, Lord Tennyson

阿尔弗雷德·丁尼生（Alfred, Lord Tennyson，1809—1892），是英国维多利亚时代最受欢迎及最具特色的诗人。

丁尼生出生于牧师家庭，受家庭阅读和对诗歌热爱的熏陶，年少时出版诗集，以诗人拜伦、济慈为学习的偶像，后进入剑桥大学三一学院学习，在那里结识了对他影响最大、一直鼓励他出版诗集的挚友哈莱姆（Hallam）。丁尼生大学期间父亲去世，他也放弃了在剑桥大学的学业，后来哈莱姆也在22岁时英年早逝，亲人和挚友的离去使丁尼生感到非常悲痛。丁尼生的代表作品《悼念》（*In Memoriam*）就是为了悼念哈莱姆而写的。1850年，丁尼生继浪漫主义诗人华兹华斯，获得"英国桂冠诗人"（Poet of Laureate）的称号。丁尼生的诗歌韵律和节奏非常工整，非常有音乐感。

Amy Lowell

艾米·洛威尔（Amy Lowell，1874—1925），美国诗人。生于马萨诸塞州的布鲁克林，与著名天文学家帕西瓦尔·洛威尔（Percival Lowell）和前哈佛大学校长劳伦斯·洛威尔（Abbott Lawrence Lowell）是同胞兄妹。

洛威尔于1912年发表的第一部诗集《多彩玻璃顶》（*A Dome of Many-Coloured Glass*）采用了传统的写作技巧。1913年她在实验性的意象派运动中脱颖而出，并继埃兹拉·庞德之后而成为该运动的领袖人物。从其诗作《剑刃与罂粟籽》（1914年）开始，她运用"自由韵律散文"和自由诗的形式进行创作，她称其为"无韵之韵"（unrhymed cadence）。她后期的诗歌作品受到了中国和日本诗歌的影响。1926年，在她辞世后，其诗作《几点钟》（*What's O' Clock*）被授予普利策奖。她写的《约翰·济慈》（*John Keats*, 1925）是一部著名的传记作品。她的其他诗集还有：《男人、女人和鬼魂》（*Men, Women and Ghosts*, 1916）、《浮世绘》（*Pictures of the Floating World*, 1919）、《东风》（*East Wind*, 1926）。评论集有《法国六诗人》（*Six French Poets: Studies in contemporary literature*, 1915）、《美国现代诗歌趋势》（*Tendencies in Modern American Poetry*, 1917），以及《一个批评性寓言》（*A Critical Fable*, 1922）

Andrew Marvell

安德鲁·马维尔（Andrew Marvell, 1621—1678），英国诗人。曾受雇于托马斯·费尔法克斯和奥利弗·克伦威尔任家庭教师。后成为弥尔顿的助手，任政府拉丁文秘书。1659年入选为议员，直至去世。作有许多政治讽刺诗和小品文，抨击政府的腐败和宗教的迫害。大部分诗作都是在他死后发表的，其中最著名的作品有《致他娇羞的女友》（*To His Coy Mistress*）、《花园》（*A Garden*）等。

Ben Jonson

本·琼森（Ben Jonson，约1572—1637），英国诗人，剧作家，评论家。在詹姆斯一世统治期间，他通常被认为是仅次于威廉·莎士比亚的英国戏剧家。他的作品以讽刺剧见长，《福尔蓬奈》（*Volpone*）和《炼金士》（*The Alchemist*）为其代表作，他的抒情诗也很出名。

Carl Sandburg

卡尔·桑德堡（Carl Sandburg，1878—1967），美国著名诗人、传记作者和新闻记者。1916年的诗歌《芝加哥》为他建立了名声，1918年发表的《剥玉米的人》（Cornhuskers）获得普利策奖，1940年，卡尔·桑德堡因其林肯传记《亚伯拉罕：战争年代》（*Abraham Lincoln：The War Years*）获得普利策历史著作奖，1951年他再次因《诗歌全集》（*Complete Poems*，1950）而获得普利策诗歌创作奖。2018年入选美国"诗人角"。

卡尔·桑德堡被誉为"人民的诗人"（Poet of the People），善于运用通俗语言和平常讲话时的节奏描绘先驱开拓的日子里的赤裸而又强有力的现实主义以及美国工业化扩张，表达美国中西部的乐观和民主精神。他的诗歌语言朴素，善于运用粗俗的、口语化的语言，没有固定的节奏和音步，有时几乎不用韵。

Christina Georgina Rossetti

克里斯蒂娜·吉奥尔吉娜·罗塞蒂（Christina Georgina Rossetti，1830—1894），英国诗人，著名诗人但丁·罗塞蒂的妹妹。她美貌，性情温婉，但健康欠佳。贯穿克里斯蒂娜·罗塞蒂一生的是她的宗教信仰和爱情经历。20世纪著名的意识流女作家弗吉尼亚·伍尔夫（Virginia Woolf）认为："在英国女诗人中克里斯蒂娜·罗塞蒂名列第一位，她的歌唱得好像知更鸟，有时又像夜莺。"

Edgar Allan Poe

埃德加·爱伦·坡（Edgar Allan Poe，1809—1849），美国短篇小说家，诗人，评论家和编辑，美国浪漫主义思潮时期的重要成员。

爱伦·坡的小说《莫尔格街凶杀案》（*The Murders in the Rue Morgue*）被认为是现代侦探小说的鼻祖，《福尔摩斯探案》系列作者柯南·道尔（Arthur Conan Doyle）就曾言：爱伦·坡每一篇侦探小说都是整个侦探文学的根源。他的《乌鸦》（*The Raven*，1845）跻身国家文学中最著名的诗歌之列。

e.e.cummings

肯明斯（e.e.cummings，1894—1962），美国诗人。生于马萨诸塞州的剑桥，父亲是哈佛大学教授。肯明斯自幼喜爱绘画和文学。1915年毕业于哈佛大学，毕业演说以《新艺术》为题，对现代艺术，主要是立体主义、未来主义的绘画，做了大胆的肯定。他首先引起人们的注意就是因为他不同常规的标点使用和语言表达。

他在诗歌中，对形式、标点、拼写和语法进行了彻底的实验，放弃了传统诗歌的写作方式和结构，以创造出一种新的、高度特质的诗意表达方式。他的诗歌因为语言简单，以及对诸如战争和性等主题的关注，获得了极大的欢迎。

Emily Dickinson

艾米莉·狄金森（Emily Dickinson，1830—1886），美国诗人。出生于律师家庭。青少年时代生活单调而平静受正规宗教教育。狄金森从二十几岁开始弃绝社交，在孤独中埋头写诗三十年，留下诗稿近1800首；但她生前只发表了约10首诗歌，并未引起评论界注意。1886年狄金森逝世后，她的亲友曾编选她的遗诗，1890年她的第一本诗集出版后引起轰动，引来读者和评论家评论如潮。狄金森的诗主要写生活情趣，自然、生命、信仰、友谊、爱情等。

进入20世纪后，她的诗歌在20世纪初的英美诗坛受到青睐，意象派诗人将她捧为意象派诗歌鼻祖，现代派诗人也认定她为现代派诗歌的先驱。她的诗歌全集首次在1955年出版后，激发了英美狄金森研究的热潮，到20世纪80年代，狄金森被公认为西方经典作家。1984年，美国文学界纪念"美国文学之父"华盛顿·欧文（Washington Irving，1783—1859）诞辰二百周年时，在纽约圣·约翰教堂开辟了"诗人角"，狄金森和惠特曼一起成为首批入选的诗人。

Elizabeth B. Browning

伊丽莎白·芭蕾特·勃朗宁（Elizabeth B. Browning，1806—1861），又称勃朗宁夫人或白朗宁夫人，是英国维多利亚时代最受人尊敬的诗人之一。她从小就受到良好教育，20岁便匿名出版了《〈论心智〉，及其他诗作》（*An Essay on Mind and Other Poems*）。在15岁时，她不幸骑马跌伤了脊椎，从此长期卧病在床，但是她仍然继续创作和翻译诗歌。1844年出版的诗集使她声名鹊起，并引起比她小6岁的同为诗人的罗伯特·勃朗宁的注意。他们一见钟情，并违背父命私奔至意大利。结婚后她的健康状况逐渐好转，并奇迹般站了起来。1850年出版的《葡萄牙人十四行诗集》（*Sonnets from the Portuguese*）——这本她在婚前秘密写作并献给她丈夫的诗集，被普遍认为是她最出色的作品。

勃朗宁后期作品较多关注政治和社会主题。1857年，她发表了诗歌小说《奥罗拉·利》（*Aurora Leigh*），描绘了男性对女性的统治。在她的诗歌中，她还谈到了奥地利人对意大利人的压迫、英格兰矿上和磨坊中的童工、奴隶制以及其他社会不公现象。

Ezra Pound

埃兹拉·庞德（Ezra Pound，1885—1972），美国诗人和文学评论家，意象派诗歌运动的重要代表人物，美国艺术文学院成员。他是英国早期移民后代，曾在宾夕法尼亚大学等校就读，1906年获硕士学位。1898年庞德首次赴欧，后来于1902年、1906年及1908年先后共四次去欧洲。1908年定居伦敦，成为伦敦文坛举足轻重的人物。1912年在伦敦发起"意象派运动"，对现代英美诗歌发展起了重大作用。他热衷东方文化，翻译过中国、日本作品，为东西方诗歌的互相借鉴做出了卓越贡献。庞德的诗歌《在地铁站内》（*In a Station of the Metro*）是他最著名的作品之一。

George Gordon Byron

乔治·戈登·拜伦（George Gordon Byron，1788 - 1824），是英国19世纪初期伟大的浪漫主义诗人，代表作品有《恰尔德·哈洛尔德游记》（*Childe Harold's Pilgrimage*）、《唐璜》（*Don Juan*）等。他在诗歌里塑造了一批"拜伦式英雄"——他们高傲倔强，既不满现实，要求奋起反抗，具有叛逆的性格；但同时又显得忧郁、孤独、悲观，脱离群众，我行我素，始终找不到正确的出路。拜伦不仅是一位伟大的诗人，还是一个为理想战斗一生的勇士，积极而勇敢地投身革命。他参加了希腊民族解放运动，并成为领导人之一。

Henry Wadsworth Longfellow

亨利·沃兹沃斯·朗费罗（Henry Wadsworth Longfellow，1807—1882），美国诗人、翻译家。

朗费罗出生在缅因州的波特兰市，他父亲是该市最出色的律师，朗费罗13岁时就在当地的一家报纸上发表了自己的第一首诗，第二年进入博多因学院（Bowdoin College）学习，与纳撒尼尔·霍桑是同班同学，1825年毕业。朗费罗因语言才能突出，未继承律师职业，毕业后留在博多因学院，赴法、意、西班牙研究语言和文学，三年后回国任教授和图书馆馆长，是当时美国少数现代语言教授之一。后受聘哈佛大学，去德国深造并访问部分欧洲国家，回国后介绍欧洲文化，也是最受欢迎的诗人。朗费罗晚年创作不辍，获牛津和剑桥大学名誉博士，是第一位获此殊荣的美国诗人，去世后铜像放在伦敦威斯敏斯特大教堂的"诗人角"。朗费罗最重要的贡献之一是拉近了美国文化萌芽与历史悠久的欧洲文化之间的距离。其诗歌的质朴和单纯虽使他深受儿童及一些成年人喜爱。

John Keats

约翰·济慈（John Keats，1795—1821），19世纪初期英国浪漫主义诗人，与雪莱、拜伦齐名，被推崇为欧洲浪漫主义运动的代表，毕生致力于通过生动的意象、强烈的感性诉求以及试图表达哲理来使自己的诗歌更加完美。

济慈于1815年就读于伦敦国王大学，1817年开始写作。1818年到1820年，先后完成《伊莎贝拉》《圣艾格尼丝之夜》《海壁朗》《夜莺颂》《希腊古瓮颂》《秋颂》等作品。1821年2月23日，因肺结核病逝于意大利罗马，享年25岁。

John Milton

约翰·弥尔顿（John Milton，1608—1674），英国诗人、政论家，民主斗士。代表作品有长诗《失乐园》（*Paradise Lost*）、《复乐园》（*Paradise Regained*）和《力士参孙》（*Samson Agonistes*）。

1625年，弥尔顿入剑桥大学，并开始创作诗歌。大学毕业后又花了六年时间继续攻读文学。1638年，弥尔顿到欧洲大陆游历。1640年英国革命爆发，弥尔顿毅然投身于革命运动之中，并发表了5本有关宗教自由的小册子，1644年，弥尔顿又为争取言论自由而写了《论出版自由》（*Areopagitica*）。革命胜利后的英国成立共和国，弥尔顿被任命为拉丁文秘书。1660年，英国封建王朝复辟，弥尔顿被捕入狱，不久被释放，此后他专心写诗，写出了史诗《失乐园》（1667）、《复乐园》（1671）和希腊式悲剧《力士参孙》（1671）。

Langston Hughes

兰斯顿·休斯（Langston Hughes，1902—1967），现代美国最杰出的黑人诗人，"哈莱姆文艺复兴"（Harlem Renaissance）的中心人物。他出身于黑人中产阶级家庭，但他长期生活在社会底层，熟知广大黑人群众的思想感情。他一生创作了大量诗歌，也出版了不少小说。他的诗题材广泛，意境开阔，闪耀着智慧和幽默。他从黑人的音乐和民歌中吸取营养，并在诗中融入爵士乐的节奏。他的创作对美国黑人文学，乃至非洲黑人国家的文学都产生过重大影响。他写过小说、戏剧、散文、历史、传记等各种文体的作品，还把西班牙文和法文的诗歌翻译成英文，甚至编辑过其他黑人作家的文选，但他主要以诗歌著称，被誉为"黑人民族的桂冠诗人"。

Percy Bysshe Shelley

珀西·比希·雪莱（Percy Bysshe Shelley，1792—1822），英国浪漫主义民主诗人，第一位社会主义诗人，小说家，哲学家，散文随笔和政论作家，改革家，柏拉图主义者和理想主义者，受空想社会主义思想影响颇深。

雪莱生于英格兰萨塞克斯郡霍舍姆附近的沃恩汉，12岁进入伊顿公学，1810年进入牛津大学，1811年3月25日由于散发《无神论的必然》（*The Necessity of*

Atheism），入学不足一年就被牛津大学开除。1813年11月完成叙事长诗《麦布女王》（*Queen Mab*），1818年至1819年完成了两部重要的长诗《解放了的普罗米修斯》（*Prometheus Unbound*，1820）和《倩契》（*The Cenci*，1819），以及其不朽的名作《西风颂》（*Ode to the West Wind*）。1822年7月8日逝世。恩格斯称他是"天才预言家"。

Robert Browning

罗伯特·勃朗宁（Robert Browning，1812—1889），英国诗人，剧作家，主要作品有《戏剧抒情诗》（*Dramatic Lyrics*）、《环与书》（*The Ring and the Book*），诗剧《巴拉塞尔士》（*Paracelsus*）。勃朗宁与丁尼生齐名，是维多利亚时代两大诗人之一。勃朗宁对英国诗歌的最主要贡献在于他发展了一种特别的诗歌体裁，即所谓"戏剧性独白（dramatic monologue）"——通过人物自己的语言（独白），对于人物的行为动机进行深入细致的内省和剖析，从而揭示出人物的错综复杂的性格。勃朗宁的这一创新对于英美后来的诗人如叶芝、艾略特、庞德等都有很大的影响。

Robert Burns

罗伯特·彭斯（Robert Burns，1759—1796），苏格兰农民诗人，在英国文学史上占有特殊重要的地位。他复活并丰富了苏格兰民歌，其很多诗歌都用苏格兰方言写作，朴实、新鲜、生动，音乐性强，几乎首首可唱。彭斯的诗歌充满了激进的民主、自由的思想。诗人生活在破产的农村，和贫苦的农民血肉相连，他的诗歌歌颂了故国家乡的秀美，抒写了劳动者纯朴的友谊和爱情。

彭斯于1783年开始创作诗歌，1786年出版了《主要用苏格兰方言写的诗集》（*Poems*，*Chiefly in the Scottish Dialect*），诗集引起轰动。彭斯最著名的诗歌包括《友谊天长地久》（*Auld Lang Syne*），以及《一朵红红的玫瑰》（*A Red Red Rose*）。

Robert Herrick

罗伯特·赫里克（Robert Herrick，1591—1674），英国资产阶级时期和复辟时期的所谓"骑士派"诗人（cavalier poets）之一。"骑士派"的诗主要写宫廷中的调情作乐和好战骑士为君杀敌的荣誉感，宣扬及时行乐。赫里克曾就学于剑桥圣约翰学院，毕业后虽授圣职，但从未做过朝臣，只交游于当时的才子骚人之间，是本·琼生的热情追随者。1630年他开始在德文郡乡间一个小教区当牧师。查理一世被处死后，赫里克曾一度背井流离，直到王政复辟后才返回故土，默默地度过余生。

赫里克一生创作了一千余首诗歌，结集在《海斯派里底斯》（Hesperides）里。他的诗歌语言采用当时宫廷中通用的会话语体，正式典雅，但平易生动。赫里克的许多诗作所关心的都是"珍惜光阴"或曰及时行乐、把握每一天的话题。他一生写了不少以淳朴的农村生活为题材的抒情诗，以田园抒情诗和爱情抒情诗（虽然他终生未婚）著称。

Roger McGough

罗杰·麦克高夫（Roger McGough，1937— ），英国最受欢迎的诗人之一。毕业于赫尔大学（University of Hull），2003年获得利物浦市自由奖，于2005年获得CBE诗歌奖。

Thomas Hardy

托马斯·哈代（Thomas Hardy，1840—1928），英国诗人，小说家。哈代1840年出生于英国多塞特郡（Dorset），1862年开始进行文学创作。哈代首先是一个小说家，一生共发表了近20部长篇小说，代表作有《还乡》（*The Return of the Native*，1878）、《卡斯特桥市长》（*The Mayor of Casterbridge*，1886）、《德伯家的苔丝》（*Tess of the D'Urbervilles*，1891）和《无名的裘德》（*Jude the Obscure*，1896）等。发表《无名的裘德》后哈代受到广泛舆论攻击，自此哈代不再写作小说，而是转向诗歌创作。哈代共创作诗8集，共918首，此外，还有许多以"威塞克斯故事"（Wessex）为总名的中短篇小说，以及长篇史诗剧《列王》（*The Dynasts*，1904），该诗剧长达到19幕130场，把拿破仑从1805年计划入侵英国到1815年战败于滑铁卢的欧洲历史都包括在内。

Thomas Hood

托马斯·胡德（Thomas Hood，1799—1845），以幽默诗作而闻名的一位英国诗人，同时也创作了一些严肃题材的人道主义诗歌，如《衬衫之歌》（*The Song of the Shirt*，1843）。这首诗的创造灵感来自于诗人对服装工人悲苦劳动命运的愤慨。《叹息桥》（*The Bridge of Sighs*，1844）描述了一个无家可归的女孩投河自尽的故事，恩格斯评论该诗说它使"资产阶级女郎们流了不少怜悯的但毫无用处的眼泪"。胡德是把哀婉和幽默融为一体的天才诗人。为追求效果，他的幽默诗常常依赖双关语。胡德一生命运多舛，一直在贫病交加中挣扎。

Thomas Nashe

托马斯·纳什（Thomas Nashe，1567—1601），英国诗人，戏剧家。就读于剑桥大学，他写作的小说《不幸的旅客》（*The Unfortunate Traveller, or The*

Life of Jacke Wilton，1594)，是英国最早的叙述个人冒险经历的小说。《夏天的最后遗嘱》(*Summers Last Will and Testament*，1592) 是他最著名的剧作之一，著名诗歌《春》(*Spring, the sweet spring*) 即是该剧中的一首诗歌。

Sara Teasdale

莎拉·特雷弗·蒂斯黛尔 (Sara Trevor Teasdale，1884—1933)，美国杰出的抒情诗人。蒂斯黛尔出生于密苏里州圣路易斯的一个富裕家庭。年轻时她去了芝加哥，结识了哈丽特·梦露 (Harriet Monroe) 及其他诗歌界人士。蒂斯代尔一生撰写了七本诗歌，其精心写作的抒情诗尤为受公众赞赏。蒂斯代尔的许多诗歌都反映了她自己的生活。尽管后来的评论家和学者将蒂斯代尔边缘化或甚至将其排除在20世纪初期美国诗歌的经典之列，但她在世时受到公众和评论家的欢迎。1918年蒂斯代尔获得第一届哥伦比亚诗歌奖，该奖后来被更名为普利策诗歌奖。

Walt Whitman

沃尔特·惠特曼 (Walt Whitman, 1819—1892)，美国文坛中最伟大的诗人之一，被誉为美国现代诗歌之父。惠特曼出生于美国纽约长岛的一个普通农民家庭，早年家境贫寒，他只读过几年小学，先后做过勤杂工、学徒、排字工人、乡村小学教师、记者等工作。惠特曼丰富的人生阅历使他一反当时美国文坛的浮华侈靡之风，不附庸所谓上流社会的牵强风雅，大胆地打破传统的诗歌格律，创造"自由体"的诗歌形式，讴歌自然的神奇和劳动人民的伟大。《草叶集》是诗人惠特曼一生创作的精华汇总，也是美国诗歌史上一座灿烂的里程碑，开创了美国民族诗歌的新时代。《草叶集》在1855年第一次发表时只有12首诗歌，经过不断的修改和增补，到1892年第九版时全集收录诗歌383首。

William Butler Yeats

威廉·巴特勒·叶芝 (William Butler Yeats，1865 — 1939)，爱尔兰诗人、剧作家和散文家，1923年获得诺贝尔文学奖。他出生于都柏林，在伦敦和都柏林接受教育，于1887年出版了他的首部诗集。叶芝早期的创作以戏剧为主，他与格里高利夫人 (Lady Gregory) 一起创立了爱尔兰剧院，该剧院后来成为艾比剧院 (Abbey Theatre)，叶芝担任其首席编剧。他的剧本一般是关于爱尔兰传奇，反映出他对神秘主义和唯灵论的迷恋。最著名的有《伯爵夫人凯瑟琳》(*The Countess Cathleen*，1892)，《心灵之地》(*The Land of Heart's Desire*，1894)，《凯瑟琳·尼·霍利汉》(*Cathleen ni Houlihan*，1902)，《国王的门槛》(*The King's Threshold*，1904) 和《狄尔德》(*Deirdre*，1907年)。

与大多数作家不同，叶芝最伟大的作品主要是在获得诺贝尔文学奖之后创作的。他因为戏剧作品而获得诺奖，但却主要因为在诗歌上的成就而为读者所熟知。他的诗歌，特别是《库尔的野天鹅》（*The Wild Swans at Coole*，1919）、《迈克尔·罗伯特和舞者》（*Michael Robartes and the Dancer*，1921）、《塔》（*The Tower*, 1928）、《楼梯与其他诗歌》（*The Winding Stair and Other Poems*，1933）以及《最后的诗歌和戏剧》（*Last Poems and Plays*，1940），使他成为20世纪杰出的、最有影响力的英语诗人之一。

William Blake

威廉·布莱克（William Blake），英国第一位重要的浪漫主义诗人，版画家，英国文学史上最重要的伟大诗人之一，虔诚的基督教徒。主要诗作有诗集《纯真之歌》（*Songs of Innocence*，1789）和《经验之歌》（*Songs of Experience*，1794）等。布莱克没有受过正规教育，12岁就开始创作诗歌并配上自己的插图出版。其早期作品简洁明快，中后期作品趋向玄妙深沉，充满神秘色彩。布雷克被认为是19世纪初浪漫主义诗人中最早也是最具原创性的诗人。

Wystan Hugh Auden

威斯坦·休·奥登（Wystan Hugh Auden，1907—1973），现代诗坛名家，被公认为艾略特之后最重要的英语诗人。1968年，奥登获得诺贝尔文学奖提名。

奥登在英格兰伯明翰长大，以其非凡的才智和机智而闻名。他的第一本书《诗集》（*Poems*）在T.S·艾略特帮助下于1930年出版。第二次世界大战爆发前，奥登移居美国。奥登因《焦虑时代》（*The Age of Anxiety*）而于1948年获得普利策奖。他的大部分诗歌都与道德问题有关，早期作品深受马克思和弗洛伊德的思想影响。今天，他被认为是20世纪中叶最熟练、最有创造力的诗人之一。

William Carlos Williams

威廉·卡洛斯·威廉斯（William Carlos Williams，1883—1963）是20世纪美国最负盛名的诗人之一，与象征派和意象派联系紧密。

威廉斯还是全科及小儿科医师。他反对维多利亚诗风（尤其是T.S·艾略特），既受到庞德等人影响，又继承了浪漫派传统，推陈出新，力求贴近生活语言。

William Shakespeare

威廉·莎士比亚（William Shakespeare，1564 — 1616），英国文艺复兴时期剧作家、演员和诗人。

莎士比亚被视为有史以来最伟大的戏剧家，创作了37部戏剧。1623年，莎士比亚的两位前同事出版了他的剧集，俗称"第一对开本"（the First Folio），戏剧家本·琼森（Ben Jonson）在序言中写道："他不属于一个时代，而是属于所有时代。"（He was not of an age, but for all time.）莎士比亚的戏剧直到今天还在世界舞台上演，在全世界的观众中引起共鸣，并产生了大量的电影、电视和戏剧改编作品。人们认为莎士比亚对英语的影响比历史上任何其他作家都大，创造了很多直到今天仍然在日常对话中广泛使用的短语。1995年11月，联合国教科文组织第二十八次大会通过决议，宣布每年4月23日（威廉·莎士比亚去世日，据说也是他的生日）为世界图书和版权日。

莎士比亚还写了154首十四行诗和若干首长诗。他的十四行诗格律严谨，采用ABAB CDCD EFEF GG的韵式，他的十四行诗主要以爱情、友谊和美为主题，但是思想深度大大超越前人。

William Wordsworth

威廉·华兹华斯（William Wordsworth，1770—1850），英国浪漫主义诗人，出生于英格兰坎布里亚郡的科克茅斯。他曾就读于剑桥大学圣约翰学院，毕业后到欧洲旅行，在法国亲身领略了大革命的风暴。

1795年，华兹华斯与柯勒律治（Samuel Taylor Coleridge）相遇并成为朋友，他们于1798年合作发表了《抒情歌谣集》（*Lyrical Ballads*）。《抒情歌谣集》宣告了浪漫主义新诗的诞生。该诗集包含柯勒律治的《古舟子咏》（*Rime of the Ancient Mariner*）和华兹华斯的《我孤独地漫游，像一朵云（*I Wandered Lonely as a Cloud*）》等诗歌。两年后再版时，华兹华斯加了一个长序。在这篇序中，华兹华斯详细阐述了他的浪漫主义文学主张，主张以平民的语言抒写平民的事物、思想与感情，这篇序被誉为浪漫主义诗歌的宣言。1843年，华兹华斯被任命为"桂冠诗人"（Poet Laureate）。

华兹华斯与柯勒律治、骚塞（Robert Southey）同被称为"湖畔派"诗人（Lake Poets）。他们远离城市，隐居在英国昆布兰湖区和格拉斯米尔湖区，由此得名"湖畔派"。他们也是英国文学中最早出现的浪漫主义作家，喜爱大自然，描写农村生活，厌恶资本主义的城市文明和冷酷的金钱关系。华兹华斯主张诗歌必须含有强烈的情感，这就排除了一切应景、游戏之作；诗必须用平常而生动的真实语言写成，这就排除了"诗歌辞藻"与陈言套语；其诗歌理论动摇了英国古典主义诗学的统治，有力地推动了英国诗歌的革新和浪漫主义运动的发展。他是文艺复兴运动以来最重要的英语诗人之一。其诗句"朴素生活，高尚思考（plain living and high thinking）"被作为牛津大学基布尔学院（Keble College）的格言。

白居易

白居易（772—846），字乐天，号香山居士，又号醉吟先生，祖籍山西太原，到其曾祖父时迁居下邽，生于河南新郑。元和时曾任翰林学士、左赞善大夫，因得罪权贵，贬为江州司马，晚年好佛。有《白氏长庆集》传世，代表诗作有《长恨歌》《卖炭翁》《琵琶行》等。

白居易是唐代伟大的现实主义诗人。他一生中写了大量的散文和诗歌，仅诗就有三千六百多首。他是中唐时期"新乐府"诗歌运动的倡导者之一。元和十年（815）当他被贬往江州后，他给好友元稹写了一封长信，即有名的《与元九书》，比较完整地提出了他的文学主张。他认为文学创作要为社会的政治教育服务，"补察时政，泄导人情"，使之成为改造社会、陶冶人的精神面貌的武器。他主张文学创作要反映社会现实生活，为社会各个阶层尤其是处于社会最下层的劳苦人民说话。他在《新乐府序》中明确表达自己写讽喻诗的目的是"为君、为臣、为民、为物、为事而作，不为文而作也"。

白居易的诗歌题材广泛，形式多样，语言平易通俗，"老妪能解"。宋代政治家、文学家王安石称赞说："天下俚语被白乐天道尽。"白居易的诗歌在日本的影响最大，他是日本人最喜欢的唐代诗人，在日本的古典小说中常常可以见到引用他的诗文，可以说在日本人的心中白居易才是中国唐代诗歌的风云人物。1988年，日本中国文化显彰会为白园捐立石碑，以纪念白居易，碑文用中、日两种文字书写。

曹操

曹操（155—220），字孟德，小名阿瞒，谥号武皇帝（魏武帝），沛国谯县（今安徽亳州）人。东汉末年杰出的政治家、军事家、文学家、书法家，曹魏政权的奠基人。曹操去世后，其子曹丕称帝，追尊曹操为武皇帝，庙号太祖。

曹操是杰出的政治家和军事家。东汉末年，天下大乱，群雄并举。曹操在北方屯田，兴修水利，解决了军粮缺乏的问题，对农业生产的恢复有一定作用；他用人唯才，打破世族门第观念，罗致地主阶级中下层人物，抑制豪强，加强集权。所统治的地区社会经济得到恢复和发展。曹操精于兵法，著《孙子略解》《兵书接要》等书。

曹操喜欢用诗歌、散文来抒发自己政治抱负，反映民生疾苦，开启并繁荣了建安文学，给后人留下了宝贵的精神财富，鲁迅赞之为"改造文章的祖师"。《蒿里行》《观沧海》等诗歌抒发了曹操的政治抱负，并反映了汉末人民的苦难生活，气魄雄伟，慷慨悲凉。曹操的散文亦清峻整洁。著作有《魏武帝集》，已佚，有明人本。后人辑有《曹操集》。曹操还擅长书法，唐朝张怀瓘《书断》将曹操的章草评为"妙品"。

戴望舒

戴望舒（1905—1950），字朝安，浙江省杭州市人，中国现代派象征主义诗人、翻译家等。1923年考入上海大学文学系。1925年转入震旦大学法文班。1926年同施蛰存、杜衡创办《璎珞》旬刊，在创刊号上发表处女诗作《凝泪出门》和魏尔伦的译诗。1928年与施蛰存、杜衡、冯雪蜂一起创办《文学工场》。1928年《雨巷》一诗在《小说月报》上刊出引起轰动，因此被称为"雨巷诗人"。1929年4月第一本诗集《我底记忆》出版。1932年赴法国留学，在里昂中华大学肄业。一年后到巴黎大学听讲，深受法国象征派诗人影响。在继续从事著译活动的同时，于1933年出版了诗集《望舒草》。这一阶段的诗作数量较多，艺术上也较成熟，在创作中最具代表意义，戴望舒由此成为中国新诗发展史中现代派的代表诗人。诗集有《我底记忆》《望舒草》《望舒诗稿》《灾难的岁月》《戴望舒诗选》《戴望舒诗集》，另有译著等数十种。1989年《戴望舒诗全编》出版。

杜甫

杜甫（712—770），字子美，自号少陵野老，世称"杜工部""杜少陵"等，汉族，河南巩县（今河南省巩义市）人，唐代伟大的现实主义诗人。

杜甫在中国古典诗歌中的影响非常深远，被后人称为"诗圣"，他的诗被称为"诗史"。杜甫青少年时因家庭环境优越，过着较为安定富足的生活。成年后仕途不顺，天宝十四载（755年），安史之乱爆发，潼关失守，杜甫先后辗转多地，生活窘迫。759—766年曾居成都，生活相对安定，但仍然心系苍生，胸怀国事。杜甫的思想核心是儒家的仁政思想，他有"致君尧舜上，再使风俗淳"的宏伟抱负。杜甫虽然在世时名声并不显赫，但后来声名远播，对中国文学和日本文学都产生了深远的影响。杜甫共有约1500首诗歌被保留了下来，大多集于《杜工部集》。

冯至

冯至（1905—1993），原名冯承植，字君培。直隶涿州（今河北涿县）人。著名诗人、教育家、德语文学专家、翻译家。

1923年冯至加入林如稷的文学团体浅草社。1925年他和杨晦、陈翔鹤、陈炜谟等成立沉钟社，出版《沉钟》周刊、《半月刊》和《沉钟丛刊》。1927年毕业于北京大学德文系，出版了第一部诗集《昨日之歌》。1929年出版第二部诗集《北游及其他》。1930年冯至与废名合编《骆驼草》周刊，并于同年留学德国，攻读文学和哲学，先后就读柏林大学、海德堡大学，1935年获得海德堡大学哲学博士学位。1935年回国后曾任同济大学教授兼附设高级中学主任，西南联合大学外交系德语教授等职。其间出版诗集《十四行集》。1946年返回北京，任北京大学西方语言文学系教授。新中国成立后历任北京大学教授、西语系主任，中国社会科学院外国文学研究所研究员、所长、名誉所长，中国文联第四届委员，中国作协第三、四届副主席，中国外国文学学会第一、二届会长，中国德语文学研究会会长，中国译协名誉理事等职。

1980年当选为瑞典皇家文学、历史、文物研究院外籍院士。1981年当选为联邦德国美因茨科学与文学研究院通讯院士。1983年获联邦德国歌德学院歌德奖章。1986年获民主德国格林兄弟文学奖金。1986年当选为奥地利科学院通讯院士。1987年获联邦德国大十字勋章和国际文化艺术交流中心艺术奖。用其所得一万马克设立了"冯至德语文学研究奖"。

冯至出版的诗集有《昨日之歌》(1927)、《北游及其他》(1929)、《十四行集》(1942)、《冯至诗选》(1980)等。其他作品有散文集《东欧杂记》(1951)、传记《杜甫传》(1952)、译作集《海涅诗选》(1956)、诗集《西郊集》(1958)、诗集《十年诗抄》(1959)、论文集《诗与遗产》(1963)、译海涅长诗《德国，一个冬天的童话》(1978)等。

桂清扬

桂清扬(1960—)，香港岭南大学翻译哲学博士，浙江外国语学院英语教授，国际翻译家联盟会员暨国际执证译员，香港国际创意学会秘书长，香港优才及专才协会教育行业委员会副会长，国际跨文化研究院院士，杭州市翻译协会副会长。发表文章约三百篇，出版专著、译著、教材及论文集共十余部。

郭沫若

郭沫若(1892—1978)，原名郭开贞，字鼎堂，号尚武。现代文学家，历史学家，新诗奠基人之一。

1892年出生于四川乐山。1914年，在大哥郭开文的资助下，郭沫若赴日本留学。初到日本时，他抱着科学救国的理想，选择了学医。他相继进入东京第一高等学校预科、冈山第六高等学校学习，后考入福冈的九州帝国大学医学部。经过十年艰苦的岁月，获得医学学士学位。

在日本学医过程中，郭沫若通过德语、英语课，接触了大量德国、英美和印度的文学作品以及西方哲学著作，特别是泰戈尔、海涅、歌德的作品唤醒了他长期被压抑的人性和沉睡着的诗情。当读到美国诗人惠特曼的《草叶集》时，他更是深深地被作品中的激情所感染，长期压抑在心中的火一样的激情找到了喷火的方式，产生了强烈的写诗的愿望。1919年9月11日，郭沫若第一次在上海《时事新报》副刊《学灯》发表了诗作《抱和儿浴博多湾中》。1919年冬至1920年，郭沫若在《学灯》上连续发表诗作。这些诗后结集为《女神》，1921年8月由上海泰东图书局出版。《女神》的出版是我国新诗史上的第一座丰碑，它标志着现代诗歌有了成熟的作品。它以毁坏旧中国、催生新世界的破坏和创造的精神体现了"五四"的时代之声，以自由体的形式、浪漫主义的创作方法和艺术上的独创性影响了一代作家。

1921年，郭沫若与成仿吾、郁达夫、田汉、张资平等人组织了文学社团创造社。相继创办了《创造季刊》《创造周报》《创造日》等刊物。创造社是中国现代文学史上最具有影响力的文学社团之一，它的文学活动代表着新文学浪漫主义的黎明期。《女神》之后，郭沫若的诗兴不减。1923年，他出版了第二本诗集《星空》。此后，又先后出版了《瓶》《前茅》《恢复》等多部诗集。

新中国成立后，郭沫若继续创作了大量诗歌作品，先后出版了《新华颂》《百花齐放》《长春集》《东风集》等诗集，另有诗歌选集《骆驼集》《沫若诗词选》等。这些诗题材广泛，涉及国内、国外、政治、经济、文化、教育、社会习俗等很多方面。诗歌形式也包含了自由体、民歌体、新格律诗等多种形式，以及相当数量的旧体诗词。

郭沫若是中国20世纪学术文化史上一位兼文学家、历史学家、古文字学家、书法家、社会活动家于一身的杰出人物。他博古通今，领域纵横，精通日、德、英等多种文字，著译浩繁，是一位百科全书式的文化巨人，是中华民族的骄傲。周恩来曾将他与鲁迅并称——"鲁迅如果是将没有路的路开辟出来的先锋，郭沫若便是带着大家一道前进的向导"。

顾城

顾城（1956—1993），中国朦胧诗派的重要代表，被称为当代的"唯灵浪漫主义"诗人。原籍上海，1956年生于北京一个诗人之家，1977年正式开始写作，在《今天》杂志发表诗作后在诗歌界引起强烈反响和巨大争论，并成为朦胧诗派的主要代表。1985年加入中国作家协会。1987年应邀出访欧美进行文化交流、讲学活动。1988年赴新西兰，教授中国古典文学，被聘为奥克兰大学亚语系研究员。后辞职隐居新西兰激流岛。

顾城一生留下大量诗、文、书法、绘画等作品，著作主要有《黑眼睛》（1986）、《英儿》（1994，与谢烨合著）、《灵台独语》（1994，老木、阿杨编）、《顾城诗集》《顾城童话寓言诗选》《城》等，部分作品被译为英、德、法等多国文字。另有文集《生命停止的地方，灵魂在前进》，组诗《城》《鬼进城》《从自然到自我》《没有目的的我》。顾城在新诗、旧体诗和寓言故事诗上都有很高的造诣，其《一代人》中的一句"黑夜给了我黑色的眼睛/我却用它寻找光明"成为中国新诗的经典名句。

海子

海子（1964—1989），原名查海生，出生于安徽省安庆市怀宁县高河镇查湾村，中国新诗史上最有影响力的诗人之一。

海子在农村长大。1979年15岁时考入北京大学法律系，1982年大学期间开始诗歌创作。1983年自北大毕业后分配至中国政法大学哲学教研室工作。

在诗人的有限生命里，从1984年的《亚洲铜》到1989年3月14日的最后一首诗《春天，十个海子》，海子创作了近200万字的诗歌、诗剧、小说、论文和札记。比较著名的有《亚洲铜》《麦地》《以梦为马》《黑夜的献诗——献给黑夜的女儿》《面朝大海，春暖花开》等。

贺知章

贺知章（659—744），字季真，晚年自号"四明狂客"，越州永兴（今浙江杭州萧山区）人，唐代著名诗人、书法家。

贺知章少时以诗文知名，武则天证圣元年（695年）中乙未科状元，授予国子四门博士，迁太常博士。贺知章与张若虚、张旭、包融并称"吴中四士"；与李白、李适之等谓"饮中八仙"；又与陈子昂、卢藏用、宋之问、王适、毕构、李白、孟浩然、王维、司马承祯等称为"仙宗十友"。其诗文以绝句见长，除祭神乐章、应制诗外，其写景、抒怀之作风格独特，清新潇洒，其中《咏柳》《回乡偶书》等脍炙人口，千古传诵。作品大多散佚，《全唐诗》录其诗19首。

贺知章在实践上发展了陈子昂的诗文革新运动，提倡"兴寄"之说，标举汉魏风骨，反对颓靡诗风，对初唐到盛唐诗歌良好创作风气的形成与发展具有重要意义。书法上，贺知章以草书知名，其风格"纵笔如飞，奔而不竭"，已在一定程度上越出"二王"的规矩而初见狂野的意味。

胡适

胡适（1891—1962），字适之，安徽绩溪人，思想家、文学家、哲学家，以倡导"白话文"、领导新文化运动闻名于世。

1910年赴美国，从学于实用主义哲学家杜威（Johm Dewey，1859—1952）。1917年年初在《新青年》发表《文学改革刍议》，反对文言，提倡白话。1917年回国，任北大教授。1918年加入《新青年》编辑部，大力提倡白话文，宣扬个性解放、思想自由，与陈独秀同为新文化运动领袖。他的文章从创作理论的角度阐述新旧文学的区别，提倡新文学创作，翻译法国都德、莫泊桑和挪威易卜生的部分作品，又率先从事白话文学的创作。胡适的《尝试集》，是新诗史上的第一部新诗集。他在语言、形式、诗体、风格等方面展开了自己的白话诗尝试。这是一场声势并不显赫，但却十分深刻，且与前代"诗界革命"有着本质区别的诗歌革新。

胡适一生学术活动主要在文学、哲学、史学、考据学、教育学、红学几个方面，主要著作有《中国哲学史大纲》（上）《尝试集》《白话文学史》（上）和《胡适文存》（四集）等。

黄遵宪

黄遵宪（1848—1905），字公度，广东嘉应州（今广东梅州市）人。清朝著名爱国诗人，外交家、思想家、政治家、改革家、教育家、文学家、史学家、民俗学家，中国近代杰出的爱国者、维新志士，中日友好的先驱使者。1876年中举人，其一生阅历丰富，历任驻日本公使馆参赞、美国旧金山总领事、驻英国参赞、新加坡兼马六甲总领事等职。

黄遵宪工诗，喜以新事物熔铸入诗，有"诗界革新导师"之称。著有《人境庐诗草》11卷、《日本杂事诗》2卷、《日本国志》40卷，及其他文稿和书札。黄遵宪是将诗歌"吟到中华以外天"（黄遵宪《奉命为美国三富兰西士果总领事留别日本诸君子·其三》）的近代伟大诗人，是近代"新诗体"发展的奠基人。

郎士元

郎士元（生卒年不详，一说727—780），字君胄，唐代诗人，中山（今河北定县）人。天宝十五年（756）登进士第。安史之乱中，避难江南。宝应元年（762）补渭南尉，历任拾遗、补阙、校书等职，官至郢州刺史。郎士元与钱起齐名，世称"钱郎"。他们诗名甚盛，当时有"前有沈宋，后有钱郎"（高仲武《中兴间气集》）之说。著有《郎士元集》2卷，《唐诗二十六家》本。

《唐诗百名家全集》所收名为《郎刺史诗集》1卷。《全唐诗》编存其诗1卷。《全唐诗补编》补诗五首。事迹见《新唐书·艺文志》《唐才子传》。

李白

李白（701—762），字太白，号青莲居士，又号"谪仙人"，唐代伟大的浪漫主义诗人，被后人誉为"诗仙"，与杜甫并称为"李杜"，为了与另两位诗人李商隐与杜牧（即"小李杜"）区别，杜甫与李白又合称"大李杜"。据《新唐书》记载，李白为兴圣皇帝（凉武昭王李暠）九世孙，与李唐诸王同宗。其人爽朗大方，爱饮酒作诗，喜交友。

李白的诗歌具有鲜明的浪漫主义特色。其诗作具有强烈的自我意识，感情丰富，抒写恣肆豪放；善于借助夸张等手法，运用奇丽的想象描绘充满神异色彩的理想世界。其诗歌创作以古体诗为主。在王琦注本《李太白全集》中，乐府诗歌共有四卷149首，约占其全部诗歌的百分之十四。其他诗歌多为古体诗，除了绝句之外，李白的律诗创作不多。李白诗歌的代表作有《望庐山瀑布》《行路难》《蜀道难》《将进酒》《明堂赋》《早发白帝城》等。

李金发

李金发（1900—1976），原名李淑良，广东梅县人。中国早期象征诗派代表诗人之一。14岁在梅县高小毕业，接着到香港罗马书院攻读英语。1919年夏到法国马赛、巴黎留学。翌年入法国国立美术学校学雕塑，又回巴黎入巴黎艺术学院随法国雕塑家布谢学美术，与徐悲鸿同校。在法国期间醉心于法国象征派和颓废派诗风，开始作诗，也开始雕塑人像。1923年2月，编成诗集《微雨》，收入创作、译作诗约120首。在巴黎毕业后赴德国留学，在旅途作诗约80首，题名《食客与凶年》，连《微雨》寄周作人编入北新书局的"新潮社丛书"出版。1925年6月抵上海，在上海美术专科学校任教，诗集《为幸福而歌》交郑振铎出版。并以雕刻家身份参加南京中山陵的筹建。翌年出任武昌中山大学文学院教授兼国际编译局编译，与文学研究会的茅盾、傅东华、叶绍钧、夏丏尊及剧作家田汉结为文友。1945年被派驻伊朗大使馆任一等秘书，写出《伊朗文学》。1951年从伊拉克辗转赴美，在新泽西州经营养鸡场。1976年12月24日，因心脏病复发，在纽约长岛寓所去世。生平著作有诗集3本，诗文集《异国情调》《岭东恋歌》，随笔集《飘零闲笔》，以及译作《苏俄之歌》《古希腊恋歌》《托尔斯泰夫人日记》等。雕塑作品有《孙中山像》《伍廷芳像》《蔡元培头像》等。

他的诗作受法国象征派诗人波物蒙尔和魏尔金影响，是中国象征派诗人的代表，曾有"诗怪"之称。

李商隐

李商隐（约813—约858），字义山，号玉溪（谿）生、樊南生，唐代著名诗人，祖籍怀州河内（今河南省沁阳市），出生于郑州荥阳。开成二年（837）进士及第，起家秘书省校书郎，迁弘农县尉，成为泾原节度使王茂元（岳父）幕僚。卷入"牛李党争"的政治旋涡，备受排挤，一生困顿不得志。大中末年（约858年），病逝于郑州。

他擅长诗歌写作，骈文文学价值也很高，是晚唐最出色的诗人之一，和杜牧合称"小李杜"，与温庭筠合称为"温李"，因诗文与同时期的段成式、温庭筠风格相近，且三人都在家族里排行第十六，故并称为"三十六体"。其诗构思新奇，风格秾丽，尤其是一些爱情诗和无题诗写得缠绵悱恻、优美动人，广为传诵。但部分诗歌过于隐晦迷离，难于索解，致有"诗家总爱西昆好，独恨无人作郑笺"（元好问语）之说。作品收录为《李义山诗集》。

刘禹锡

刘禹锡（772—842），字梦得，生于河南郑州荥阳，唐朝文学家、哲学家，有"诗豪"之称。

贞元九年（793），进士及第，释褐太子校书，迁淮南记室参军，进入节度使杜佑幕府，深得信任器重。杜佑入朝为相，迁监察御史。贞元末年（805），加入以太子侍读王叔文为首的"二王八司马"政治集团。唐顺宗即位后，实践"永贞革新"。革新失败后，宦海沉浮，屡遭贬谪。会昌二年（842），迁太子宾客，卒于洛阳，享年七十一，追赠户部尚书，葬于荥阳。

刘禹锡诗文俱佳，涉猎题材广泛，与柳宗元并称"刘柳"，与韦应物、白居易合称"三杰"，与白居易合称"刘白"，留下《陋室铭》《竹枝词》《杨柳枝词》《乌衣巷》等名篇。哲学著作《天论》三篇，论述天的物质性，分析"天命论"产生的根源，具有唯物主义思想。著有《刘梦得文集》《刘宾客集》。

马致远

马致远（约1250—约1321），号"东篱"，大都（今北京附近）人。元代著名戏曲家，被后人誉为"马神仙"，有"曲状元"之称，与关汉卿、郑光祖、白朴并称"元曲四大家"。创作杂剧16种，现存7种。代表作《汉宫秋》是其借相关历史背景而加以大量虚构改造成的宫廷爱情悲剧。《荐福碑》一剧多处表现出对社会现状的不满，集中反映了作者怀才不遇的牢骚和宿命的人生观，也反映出元代许多文人在社会地位极端低落的处境下的苦闷。他写得最多的是"神仙道化"剧，如《吕洞宾三醉岳阳楼》《西华山陈抟高卧》《马丹阳三度任风子》以及《邯郸道者悟黄粱梦》，作品内容以神化道士为主，剧本全都涉及全真教的故事。元末明初贾仲明称赞他："万花丛中马神仙，百世集中说致远。""姓名香贯满梨园。"

除了戏曲，马致远还创作散曲120多首，有辑本《东篱乐府》。其散曲题材领域广，艺术意境高，声调和谐优美，语言疏宕豪爽、雅俗兼备，词采清朗俊雅而不浓艳，《太和正音谱》评为："马东篱之词，如朝阳鸣凤。其词典雅清丽，可与《灵光》《景福》两相颉颃，有振鬣长鸣、万马皆喑之意；又若神凤飞鸣于九霄，岂可与凡鸟共语哉？宜列群英之上。"小令《天净沙·秋思》脍炙人口，匠心独运，自然天成，丝毫不见雕琢痕迹，被誉为"秋思之祖"。

毛泽东

毛泽东（1893—1976），字润之，湖南湘潭人。伟大的马克思主义者，无产阶级革命家、战略家和理论家，中国共产党、中国人民解放军和中华人民共和国的主要缔造者和领导人，军事家，诗人，书法家。

毛泽东是伟大的马克思主义者，伟大的无产阶级革命家、战略家和理论家，是近代以来中国伟大的爱国者和民族英雄，是领导中国人民彻底改变自己命运和国家面貌的一代伟人。毛泽东毕生最突出最伟大的贡献，就是领导党和人民找到了新民主主义革命的正确道路，完成了反帝反封建的任务，建立了中华人民共和国，确立了社会主义基本制度，并从中国实际出发探索社会主义建设的道路，为古老的中国赶上时代发展潮流、阔步走向繁荣昌盛创造了根本前提，奠定了坚实的理论和实践基础。毛泽东被视为现代世界历史中最重要的人物之一，《时代》杂志也将他评为20世纪最具影响100人之一。

毛泽东具有深厚的古典文学素养，对古典诗词创作有着强烈的爱好。臧克家说："他的诗词创作，艺术性很高，充满革命豪情，是他几十年革命实践的产物，誉满海内外，家传而户诵。影响之深，难与伦比。"一个外国人曾经说过："一个诗人赢得了一个新中国。"这话并不是夸张。

纳兰性德

纳兰性德（1655—1685），满族，字容若，号楞伽山人，原名纳兰成德，一度因避讳太子保成而改名纳兰性德。清初第一词家，出身于官宦显要之家，其父是当朝权宰明珠，其母为英亲王阿济格第五女爱新觉罗氏。

纳兰性德自幼饱读诗书，文武兼修，十七岁入国子监，十八岁考中举人，次年成为贡士。康熙十五年（1676）殿试中二甲第七名，赐进士出身，深受康熙皇帝赏识，授一等侍卫衔，多随驾出巡。

纳兰性德的词以"真"取胜，写景逼真传神，词风"清丽婉约，哀感顽艳，格高韵远，独具特色"。著有《通志堂集》《侧帽集》《饮水词》等。他不但有很高的文学成就，而且书法、古文、书画鉴赏、学术均可观，被王国维誉为"北宋以来，一人而已"。

齐己

齐己（863—937），俗名胡得生，唐潭州益阳（今湖南宁乡）人，晚唐五代时期诗僧群体的代表人物

齐己从小即因善写诗而受到众人的称赞，他一生创作的诗歌颇多，现存有《白莲集》十卷，其诗歌数量位居唐代诗僧之首，现存815首。另外齐己还著有诗格理论《风骚旨格》一卷，以及《全唐文》中收有他的两篇文章。尝以《早梅》诗谒郑谷，谷改其"昨夜数枝开"为"昨夜一枝开"，遂拜谷为"一字师"。

屈原

屈原（约公元前340—公元前278年），名平，字原，出生于楚国丹阳（今湖北省秭归县），战国时期楚国伟大的爱国诗人，世界文化名人。少年时受过良好的教育，博闻强识，志向远大。早年受楚怀王信任，任左徒、三闾大夫，兼管内政外交大事。他对内主张举贤能，修明法度，对外力主联齐抗秦，后因遭贵族排挤，被流放沅、湘流域。楚国都城郢都被攻破后，忧国忧民的屈原在汨罗江怀石自杀，端午节据说就是他的忌日。

屈原在楚国民歌的基础上创造了新的诗歌体裁"楚辞"，开创了"香草美人"抒写情志的传统。主要作品有《离骚》《九章》《九歌》等。以屈原作品为主体的《楚辞》是中国浪漫主义文学的源头之一，以最著名的篇章《离骚》为代表的《楚辞》与《诗经》中的《国风》并称为"风骚"，对后世诗歌产生了深远影响，成为中国文学史上的璀璨明珠。1953年，在屈原逝世2230周年之际，世界和平理事会通过决议，确定屈原为当年纪念的世界四大文化名人之一。

宋祁

宋祁（998—1061），字子京，北宋初期著名的政治家、文学家和史学家，安州安陆（今湖北安陆）人，后徙居开封雍丘（今河南杞县）。

北宋天圣二年（1024）举进士，授翰林学士、史馆修撰。与欧阳修等合修《新唐书》，书成，进工部尚书，拜翰林学士承旨。嘉祐六年（1061）卒，年六十四，谥景文。与兄宋庠并有文名，时称"二宋"。

宋祁词语言工丽，最为后人所熟知的诗词，当为《玉楼春》："东城渐觉风光好，縠皱波纹迎客棹。绿杨烟外晓寒轻，红杏枝头春意闹。浮生长恨欢娱少，肯爱千金轻一笑。为君持酒劝斜阳，且向花间留晚照。"该词使他获得"红杏尚书"的美誉。王国维在《人间词话》中评价："'红杏枝头春意闹。'著一'闹'字而境界全出。"

舒婷

舒婷（1952—），原名龚佩瑜，福建厦门人。中国当代女诗人，朦胧诗派的代表人物。1969年参加工作，1979年开始发表作品，1983年加入中国作家协会。著有诗集《双桅船》《会唱歌的鸢尾花》《始祖鸟》《舒婷的诗》等。

舒婷的诗，有明丽隽美的意象，缜密流畅的思维逻辑，她努力探索着人、事、情等生活元素，用精神内省的诗文折射出了时代中人的灵魂。《致橡树》是朦胧诗潮的代表作之一，与北岛、顾城齐名。诗歌《祖国呵，我亲爱的祖国》获1980年全国中青年优秀诗歌作品奖，《双桅船》获全国首届新诗优秀诗集奖、1993年庄重文文学奖。

苏轼

苏轼（1037—1101），字子瞻、和仲，号铁冠道人、东坡居士，世称苏东坡、苏仙，眉州眉山（今四川省眉山市）人，北宋著名文学家、书法家、画家，豪放词派的代表。和父亲苏洵，弟弟苏辙合称为唐宋八大家中的"三苏"。

苏轼少负才名，博通经史，嘉佑二年（1057）与弟弟苏辙同登进士，曾官至礼部尚书、翰林学士等职。他一生仕途坎坷，多次被贬官放逐。他在宋神宗时曾受重用，然而因新旧党争，屡遭贬抑，出任杭州、密州、徐州、湖州等地方官；又因"乌台诗案"被人构陷入狱。出狱后贬黄州团练副使。此后几经起落，再贬惠州、琼州，一直远放到儋州（今海南儋州市），从此随缘自适，过着读书作画的晚年生活。

苏轼是北宋中期文坛领袖，在诗、文、书、画等方面取得很高成就。他提倡以诗为词，一改唐五代以来弥漫词坛的淫靡之风，在创作实践中，全面继承了前人词作的题材范围，丰富了词作的题材范围，丰富了词作的思想内容，提高了词作的文学地位。词开豪放一派，与辛弃疾同是豪放派代表，并称"苏辛"。苏轼的文章纵横恣肆；诗题材广阔，清新豪健，善用夸张比喻，独具风格，与黄庭坚并称"苏黄"。苏轼善书，是北宋时期书法"宋四家"（苏轼、黄庭坚、米芾和蔡襄）之一，其书法作品《前赤壁赋》《黄州寒食诗帖》《洞庭春色赋》《中山松醪赋》等皆为传世名作。苏轼是第一个提出"文人画"概念的人，并将其视为比"画工画"更高的东西，倡导诗情画意的文人画风格。"论画以形似，见与儿童邻。诗画本一律，天工与清新。"苏轼的这首诗是中国画史上人们最为熟悉的言论。苏轼画作目前存两幅，一幅《潇湘竹石图》，现收藏于中国美术馆，另一幅是《枯木怪石图》。

王昌龄

王昌龄（698—756），字少伯，河东晋阳（今山西太原）人。盛唐著名边塞诗人，被后人誉为"七绝圣手"。

王昌龄早年贫贱，困于农耕，开元十五年（727年），进士及第，初任秘书省校书郎，又中博学宏辞，授汜水尉，因事贬岭南。与李白、高适、王维、王之涣、岑参等交厚。开元末返长安，改授江宁丞。被谤谪龙标尉。安史乱起，为刺史闾丘晓所杀。

王昌龄存诗181首，体裁以五古、七绝为主，有"五古之严，七绝于美"之誉，其诗作多以边塞、宫怨、离别为题材。王昌龄与李白、高适、王维、王之涣、岑参等诗家交往深厚，诗作数量虽不及李白、杜甫、高适、岑参，但其诗歌质量足以与李杜比肩，尤以边塞诗为最佳。725年，28岁的王昌龄开始写边塞诗。当时，他漫游西北边地，拥有丰富的边塞生活体验，被称为边塞诗的创始和先驱。王昌龄的五古，或劲健奔放，雄浑豪迈；或清丽幽秀，超逸旷达；或悲怆惨恻，深沉苍郁；或清新活泼，自然明朗。对于王昌龄的七绝，吴乔在《围炉诗话》中评价其"如八股之王济之也。起承转合之法，自此而定，是为唐体，后人无不宗之"。也就是说，七绝至王昌龄，体制大定，表现手法完全成熟，堪为后来者学诗的范本。著有《王江宁集》六卷。

王维

王维（701—761），字摩诘，唐朝诗人、画家。王维出生在一个虔诚的佛教徒的家庭里，生前人们就认为他是"当代诗匠，又精禅理"（苑咸《酬王维序》），死后更是被称为"诗佛"。

王维青少年时期即显露出过人的文学才华。开元九年（721年）进士及第，历任右拾遗、监察御史、河西节度使判官。天宝年间，拜吏部郎中、给事中。安禄山攻陷长安时，被迫受伪职。长安收复后，被责授太子中允。唐肃宗乾元年间任尚书右丞，故世称"王右丞"。

王维在诗歌上的成就是多方面的，无论边塞诗、山水诗、律诗还是绝句等都有流传千古的佳篇。他的诗句被苏轼称为"味摩诘之诗，诗中有画，观摩诘之画，画中有诗"。王维不仅仅是田园山水诗大家，也是著名画家。他曾向吴道子学习写意的笔法，独创了一种山水写意淡雅疏朗的水墨画。王维曾说："宿世谬词客，前身应画师。不能舍余习，偶被世人知。"（《偶然作》）这表明他刻意在作诗时融入绘画的技巧与方法。著有《王右丞集》《画学秘诀》，存诗约400首。

闻一多

闻一多（1899—1946），本名闻家骅，字友三，生于湖北省黄冈市浠水县，中国现代伟大的爱国主义者，坚定的民主战士，中国民主同盟早期领导人，中国共产党的挚友，新月派代表诗人和学者。

1912年考入清华大学留美预备学校。1920年4月，发表第一篇白话文《旅客式的学生》。同年8月，发表第一首新诗《西岸》。1922年3月，写成《律诗的研究》，开始系统地研究新诗格律化理论。1922年7月，他赴美国留学，专攻美术且成绩突出。期间对文学表现出极大兴趣，特别是对诗歌的酷爱。在美国留学期间创作《七子之歌》。1923年9月出版第一部诗集《红烛》，把反帝爱国的主题和唯美主义的形式结合在一起。1928年1月出版第二部诗集《死水》。1944年，他加入中国民主同盟，后出任民盟中央执行委员、民盟云南支部宣传委员兼《民主周刊》社社长，成为积极的民主斗士。1946年7月15日在云南昆明被国民党特务暗杀。

闻一多是中国早期新诗重要的实践者与理论倡导者，他的诗歌创作不仅继承了中国古典美学精神的精髓，而且广泛地吸收了西方现代派诗歌的观念与技巧，是"中西合璧的宁馨儿"。其诗沉郁奇丽，具有强烈而深沉的民族意识和民族气质。他不仅是一位优秀的诗人，而且是一位重视新诗理论探索的文学批评家。徐志摩在《猛虎集·序》中就认为闻一多不仅是诗人，也是最有兴味探讨诗理论和艺术的一个人。他的新格律诗理论对于中国新诗的"规范化"有着重要的贡献。闻一多在中国古代文学研究方面也取得了非凡的成就，郭沫若叹为"前无古人，后无来者"。

席慕蓉

席慕蓉（1943— ），蒙古族女诗人，蒙古名字全称穆伦·席连勃，意为浩荡大江河。席慕蓉出生于重庆，1949年迁居香港，1954年迁至台湾。1963年从台湾师范大学美术系毕业，1966年在比利时布鲁塞尔皇家艺术学院进修，入油画高级班，获得比利时皇家金牌奖、布鲁塞尔市政府金牌奖等多项奖项。1981年，台湾大地出版社出版席慕蓉的第一本诗集《七里香》，一年之内再版七次。

席慕蓉著有诗集、散文集、画册及选本等五十余种。其作品多写爱情、人生、乡愁，写得极美，淡雅剔透，抒情灵动，饱含着对生命的挚爱真情，影响了整整一代人的成长历程。《七里香》《无怨的青春》《一棵开花的树》等诗篇脍炙人口，成为经典。

晏殊

晏殊（991—1055），字同叔，著名词人、诗人、散文家，北宋抚州府临川城（今江西进贤县）人，北宋著名文学家、政治家。与其第七子晏几道被称为"大晏"和"小晏"。

晏殊自幼聪明，七岁能文，被称为"神童"，十四岁中进士，曾官居宰相，是当时的抚州籍第一位宰相。后历经宦海沉浮，六十四岁病逝，宋仁宗亲临丧事，死后赠司空兼侍中，谥号元献。晏殊知人善任，当世名人范仲淹、孔道辅都出自其门下，欧阳修、宋祁等人均受其重用。

晏殊擅长诗词，尤工小令，他的词承袭南唐风格，追宗"西昆体"，以情致胜，文词典丽，雍容华贵，妙语天成，韵味独特，又不失清新雅淡，具有含蓄委婉、温润圆融、意趣横生的艺术风格，有"导宋词之先路""为北宋倚声家之初祖"的美誉。"无可奈何花落去，似曾相识燕归来"和"梨花院落溶溶月，柳絮池塘淡淡风"等佳句，为千古传颂。其作品有《珠玉词》《晏元献遗文》传世。

徐志摩

徐志摩（1897—1931），浙江海宁市硖石镇人。现代诗人、散文家。原名章垿，字槱森，留学美国时改名志摩。

1915年徐志摩毕业于杭州一中，先后就读于上海沪江大学、天津北洋大学和北京大学。1918年赴美国学习银行学。1921年赴英国留学，入剑桥大学当特别生，研究政治经济学。在剑桥两年深受西方教育的熏陶以及欧美浪漫主义和唯美派诗人的影响，开始翻译文学著作。1923年成立新月社。1924年任北京大学教授。1926年任光华大学（华东师范大学前身）、大夏大学（华东师范大学前身）和南京中央大学（1949年更名为南京大学）教授。1930年辞去了上海和南京的职务，应胡适之邀，再度任北京大学教授，兼北京女子师范大学教授。1931年11月19日，徐志摩搭乘"济南号"邮政飞机北上，途中因大雾弥漫，飞机触山，不幸罹难。

在诗歌方面，徐志摩学贯中西，吸纳中西方文化精华。他的诗歌创作在受西方文学浪漫、唯美倾向浸染的同时，又继承并发展了中国古典诗歌浪漫主义的抒情传统，实现了感性与理性、传统与现代、浪漫理想与古典精神的完美统一。徐志摩倡导新诗格律，对中国新诗的发展做出了重要的贡献。代表作品有《再别康桥》《翡冷翠的一夜》等。

伊沙

伊沙（1966—），当代著名诗人，作家，翻译家。原名吴文健。生于四川成都，1989年毕业于北京师范大学中文系。现居陕西省西安市，任教于西安外国语大学。

伊沙自20世纪80年代末至今，一直活跃在中国诗坛上，引人瞩目也饱受争议，是"民间写作"的代表诗人。曾获《诗参考》诗刊"十年成就奖"暨"经典作品奖"，《山花》杂志2000年度诗歌奖，首届"明天额尔古纳"中国诗歌双年展"双年诗人奖"等多种奖项。

余秀华

余秀华（1976—），诗人，湖北钟祥人。因出生时倒产、缺氧而造成脑瘫，行动不便。高中毕业后赋闲在家。2009年正式开始写诗，至今已有诗作2千余首；2014年11月《诗刊》发表其诗作，引发关注；2015年1月，因"民谣与诗"微信公众号发布诗人沈睿评点其几首诗作的文章，引起疯狂转发。2015年1月底，诗集《月光落在左手上》上市热销，为20年来国内诗人作品销量最高。2016年5月15日，余秀华的第三本诗集《我们爱过又忘记》在北京单向空间首发。2018年6月，出版散文集《无端欢喜》。

元传青

元传青，女，70后，江苏南京人，从事幼教工作。江苏省作协会员。2010开始诗歌创作。作品散见于《星星》《扬子江诗刊》《天津诗人》《新民晚报》《扬子晚报》《江南时报》及微信平台等，至今发表作品一百多首。2019年出版个人诗集《喊》。

元稹

元稹（779—831），字微之，别字威明，行九。祖籍洛阳，六世祖时迁居长安。元氏出自鲜卑族拓跋氏，元稹为后魏昭成皇帝十四代孙。

元稹少有才名，八岁丧父，由其母亲自教两兄弟读书。贞元九年（793年，14岁）明经及第，授左拾遗，进入河中幕府，擢校书郎，迁监察御史，曾一度拜相。但元稹多次遭受诬陷与贬谪。在朝中为官仅数年，绝大多数时间都是外放。太和五年（831年）去世，时年五十三，追赠尚书右仆射。

元稹与白居易同科及第，结为终生诗友，共同倡导新乐府运动，世称"元白"，形成"元和体"。诗词成就巨大，言浅意哀，扣人心扉，动人肺腑。乐府诗创作受到张籍、王建的影响，"新题乐府"直接缘于李绅。现存诗830余首，收录诗赋、诏册、铭谏、论议等共一百卷，有《元氏长庆集》传世。

翟永明

翟永明（1955—），四川成都人，毕业于成都电讯工程学院，曾就职于某物理研究所。翟永明是中国第一位激进的先锋女诗人，她的诗歌创作具有鲜明的性别意识。20世纪80年代完成《女人》组诗及其序言《黑夜的意识》，以其鲜明的女性意识震惊诗坛，《女人》组诗奠定了翟永明最优秀的当代女诗人的地位。1986年离职，后专事写作。1998年在成都开"白夜"酒吧，亦为文化沙龙，在此间策划、举办了一系列跨领域文化活动，经营至今。其代表作品有《女人》《在一切玫瑰之上》《纽约，纽约以西》等诗歌、散文集10多部。翟永明2005年入选"中国魅力50人"，2010年入选"中国十佳女诗人"。2007年获"中坤国际诗歌奖·A奖"；2011年获意大利Ceppo Pistoia国际文学奖，该奖评委会主席称翟永明为"当今国际最伟大的诗人之一"。其作品曾被翻译为英、德、日、荷兰等国文字。

张籍

张籍（约767—约830），唐代诗人，字文昌，和州乌江（今安徽和县）人。

贞元二年（786），与王建同在魏州学诗，后回和州。贞元十二年（796），孟郊至和州，访张籍。贞元十四年（798），张籍北游，经孟郊介绍，在汴州认识韩愈。韩愈为汴州进士考官，张籍被荐，次年在长安进士及第。元和元年（806）调补太常寺太祝，与白居易相识，互相切磋，对各自的创作产生了积极的影响。元和十一年（816），转国子监助教。元和十五年（820）后，迁秘书郎。长庆元年（821），被韩愈推荐为国子博士，迁水部员外郎，又迁主客郎中。大和二年（828），迁国子司业，大和四年（830），张籍病逝，"仕终国子司业"。世称"张水部""张司业"。有《张司业集》，存诗400余首。

张籍诗歌整体风格呈现出多样化的特点，兼具"雅正"与"流荡""真切深婉"与"天然清新""寻常"与"奇崛"。张籍与中晚唐时期的诗人如王建、韩愈、白居易、刘长卿、贾岛、姚合等都有着密切的交往，其诗歌在诗人中传播较广。以乐府诗闻名于世，与中唐另一位诗人王建并称为"张王乐府"。存诗470余首，其中乐府诗90余首，其余大多为近体诗。著名诗篇有《塞下曲》《征妇怨》《采莲曲》《江南曲》等。

朱淑真

朱淑真（一作朱淑贞，约1135—约1180），号幽栖居士，是我国历史上著名的女诗词人之一，其文学成就仅次于李清照，是宋代有名的才女。陈廷悼曾言："宋妇人能诗词者不少。易安为冠，次则朱淑真，次则魏夫人也。"

朱淑真生于仕宦之家。夫为文法小吏，因志趣不合，夫妻不睦，终致其抑郁早逝。工诗书，晓音律，精通绘画，是宋代与李清照齐名的女诗词作家。由于死后其作品被"父母一火焚之"，"今所传者，百不一存"，现存《断肠诗集》《断肠词》传世，为劫后余篇，共约370首，其中诗337首，词33首，是我国元代以前作品数量最多的女性作家。